永别了，武器

[美] 厄尼尼斯特·海明威——著　楼武挺——译

天津出版传媒集团

天津人民出版社

作者序

写作本书的过程中，我先后到访了法国巴黎、佛罗里达州的基韦斯特、阿肯色州的皮戈特、密苏里州的堪萨斯城、怀俄明州的谢里登。初稿在怀俄明州的比格霍恩附近完成。本书从1928年年初寒冷的冬月开始创作，同年九月才完成初稿。1928年秋季和冬季在基韦斯特重写。1929年春，全书在巴黎完成最后一次重写。

创作初稿期间，我的第二个儿子帕特里克在堪萨斯通过剖腹产手术降生。文稿修订期间，我父亲在伊利诺伊州橡树园镇自杀。写完本书时，我还不到三十岁——本书正式出版那天，股市崩盘——我总认为，父亲或许一直都在等待这一刻。但那时候，他也可能是等不及了。我很爱我父亲，所以不想评判此事。

我记得那年发生的所有事，我们住过的所有地方、拥有过的所有美好时光和糟糕时刻。但活在书中，创造书中每日之事的经历，我记得更加鲜明生动。在书里创造出乡村、人物和发生的一系列事，给我带来了前所未有的快乐。每一天，我都会从开头读到前一天搁笔之处；每一天，我都会在状态正佳和十分清楚接下来会发生什么时停笔。

事实上，本书虽为悲剧作品，却并未给我带来丝毫不快。因为，我相信生活就是一场悲剧，也知道它只有一个结局。不过，发现自己能每天坚持创作某样东西，某样足够真实、能让人乐于阅读的东西，让我体会到了前所未有的快乐。除此之外，其他的一切都不再重要。

我虽然已经出版过一部小说，但开始创作本书之前，我对写小说还一无所知。我写得非常快，每天都写到筋疲力尽。因此，初稿相当糟糕。我用六周完成初稿，之后几乎完全重写了一遍。不过，重写的过程让我收获良多。

　　我的出版人查尔斯·斯克里布纳对赛马的事见识颇丰，同他对于出版业务以及与书相关的事的熟悉程度相当。但令人意外的是，他竟请求我就插画和出版插图本的事，写几句话。我的回答相当简单：要让一个没有像作者一样亲历过书中人事、到过书中各处的人来作画，除非他技艺无比高超，否则定会让作家失望。

　　如果要写一本发生在巴哈马群岛的书，我希望由温斯洛·荷马来画插图。但他只画在巴哈马的所见所闻，还没画过书籍插图。无论是好是坏，我若是居伊·德·莫泊桑，都会希望本书插图能采用几幅土鲁斯·劳特累克的画和几幅雷诺阿中期的室外风景画。不用画诺曼的风景，因为任何画家都无法画出那里的美景。

　　你也可以假设自己是别的作家，想想若是成为他们，希望由谁来创作插画。但那些作家和画家都已去世。去年，马克斯·珀金斯和另一个人也死了。对今年来说，这是件好事。因为今年无论谁离世，情况都不会比去年更糟，也不会比1944或1945年初冬和春天更糟。那年头不少人去世了。

　　这一年始在爱达荷州太阳谷展开——喝着别人付账的香槟，看着大家玩游戏——专注地从拉直的绳子或木棍下爬过去，努力不让自己的大肚皮、鼻子、奥地利式夹克上的带子或身上其他"突出特征"碰到绳子或木棍。我坐在角落里，一边跟英格丽·褒曼小姐喝着主人的香槟，一边聊天。我对她说：孩子，这将是我们见过的最糟糕的一年。（此处省略了诸多形容词）。

英格丽·褒曼小姐问我为何今年会很糟糕。她这些年来一直过得很愉快，所以并不愿接受我的意见。我告诉她，因为对英语这门语言掌握程度有限，我的表达可能引起误会，所以我不会详细解释这点。不过，无论是观察许多不相关的事物，还是观察富人，或人们仰面爬过拉直的绳索或木棍的欢喜场面，没有一样能让我安下心来。最后，我们放弃了这个话题。

本书首次面世之日，也是1929年股市崩盘之时。插图版于同年秋天上市。斯科特·菲茨杰拉德死了、汤姆·沃尔夫死了、吉姆·乔伊斯（他是位很好的朋友，跟官方传记里的他大不相同。有一次，喝醉酒后，他问我是否认为他的作品太平淡乏味）死了、约翰·毕晓普死了、马克斯·珀金斯死了。还有很多应该死掉的人也死了，不是倒挂在米兰加油站外，就是无论好坏，统统绞死在经过了狂轰滥炸的德国城镇中。还有很多连名字都不知道的男人也死了，他们大多都非常热爱生活。

本书名为《永别了，武器》，但书付梓以来，除了其中有三年时间，其余时候几乎总会爆发某种形式的战争。过去，有些人常常说，男人为何如此痴迷战争。如今，自1933年以来，一名作家应该对连续不断、恃强凌弱、凶狠残酷、肮脏邋遢的战争感兴趣，原因或许已不言自明。我见识过很多场战争。我相信自己有偏见，也希望自己继续保持严重的偏见。但本书作者坚信，上战场的都是最棒的人。或者说，你越接近战场，碰到的人就越好。但他们都是被直接的经济竞赛和靠其牟利的猪猡们迫使、煽动和驱赶上战场的。忠诚的公民们为各自的国家奋勇抗战。我相信，所有靠战争牟利和帮助挑起战争的人，都应该在战争爆发的第一天被公民代表们枪毙。

若即将为国奋战的公民们让我担任合法代表，我将十分乐意执行这场枪决，并尽可能仁慈、尽可能得体地行刑（有些行刑者行动起来，无疑会比别的行刑者更得体），然后亲眼见证所有犯人都得到体面的安葬。或许，我们甚至可以用玻璃纸或任何更新的塑料制品包裹尸体。

长日将尽，如果有任何证据表明，我以任何方式挑起了新的战争，或没有正确履行委派的职责，就算不甘心，我也愿意被同一批行刑者枪毙。埋葬我时，有没有玻璃纸包裹尸身都不要紧。或者，即便赤条条地曝尸山野，也没关系。

这便是我为本书于问世近二十年之时，所作的序。

厄尼斯特·海明威
瞭望山庄，圣弗朗西斯科·德保拉，古巴
1948 年 6 月 30 日

第一卷	第一章	2
	第二章	4
	第三章	9
	第四章	14
	第五章	21
	第六章	28
	第七章	33
	第八章	43
	第九章	47
	第十章	65
	第十一章	71
	第十二章	78
第二卷	第十三章	84
	第十四章	92
	第十五章	97
	第十六章	103
	第十七章	109
	第十八章	114
	第十九章	119
	第二十章	131
	第二十一章	137
	第二十二章	147
	第二十三章	151
	第二十四章	162
第三卷	第二十五章	167
	第二十六章	182
	第二十七章	186
	第二十八章	199
	第二十九章	207
	第三十章	213
	第三十一章	230
	第三十二章	234
第四卷	第三十三章	237
	第三十四章	244
	第三十五章	253
	第三十六章	265
	第三十七章	272
第五卷	第三十八章	290
	第三十九章	302
	第四十章	305
	第四十一章	311
	附录	336

1. 海明威身着军装

2. 海明威坐在救护车驾驶座上

3. 海明威与战地护士

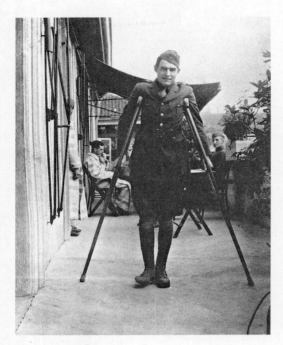

4. 海明威在米兰养伤

5. 米兰街景

6. 马焦雷湖畔

7. 战时戈里齐亚

第一卷

第一章

当年夏末，我们驻扎在一处村庄。住的房子面朝一条河，河对岸是一片平原，平原尽头山峦连绵起伏。河床上裸露着卵石与漂砾，因太阳曝晒干得发白。清澈、湍急的河水，流淌成几条碧蓝水道。一支军队从我们房前经过，带起的尘土沾满路边的树干与枝叶。那年，树木很早便开始掉叶子。我们看着队列沿路行进扬起漫天尘雾，微风拂过，树叶纷纷飘落。列队经过后，空寂发白的马路上只剩一地落叶。

河对岸的平原种满庄稼，其间有数片果园。平原尽头，褐色的山峦光秃秃的。群山中正在交战。夜里，我们能看见闪耀的炮火。黑暗中，这些炮火酷似夏季里不闻雷声的闪电——不过晚间天气凉爽，毫无阵雨欲来时的闷热。

黑暗中，时而听到部队从窗下经过，还有炮车拉着大炮驶过的声音。夜晚的村庄非常繁忙：马路上涌现大量骡子，驮鞍两侧驮着一箱箱弹药；除了满载士兵的灰色卡车，还有速度较慢的其他卡车，车上的物资用帆布蒙着。白天也能见到炮车拉着重炮经过：长长的炮管盖着绿枝，炮车周身也用茂密的枝叶和藤蔓遮掩。望过村北的山谷，山丘上有片栗树林；栗树林后面是座高山，在河这边。那座山上也在交战，但并未取得什么进展。几场雨后，栗树掉完叶子，只剩下光秃秃的树枝；树干也因雨水侵蚀发黑。葡萄园里同样只剩下稀稀疏疏、掉光叶子的葡萄藤。总之，到处都湿漉漉，满眼尽是枯黄与萧瑟。薄雾笼罩河面，层云遮蔽山头。马路上，卡车不断溅起泥浆，行进的士兵浑身湿淋

2

淋，沾满泥垢。那些士兵身着披风，肩扛同样湿淋淋的步枪，腰间武装带前面各挂两个沉甸甸的灰皮子弹盒——里面所装弹夹上的是又细又长的6.5毫米子弹。披风下，子弹盒鼓鼓囊囊，一个个大老爷们看上去就跟已有六个月身孕似的。

此外，还有许多疾驰而过的灰色小车：往往驾驶员旁边坐一名军官，后排再坐几名军官。小车溅起的泥浆，甚至超过军用卡车。如果某辆小车后排坐着两名将军，中间挤着一名小个子军官，矮小到你瞧不见他的脸，只能看见他的帽顶和窄小的后背，同时这辆小车又开得飞快，那这位小个子军官很可能就是国王本人。国王住在乌迪内[1]，几乎天天都这样坐车来前线视察，无奈战况非常不妙。

刚入冬时，阴雨连绵，导致军中爆发霍乱，好在疫情得到了控制。最终，只减员七千。

---

1 乌迪内，意大利东北部城市，当时为意军最高指挥部所在。

第二章

次年，捷报频传。意军最终攻下村北那座高山，同时，在南面平原外的高原上也打了些胜仗。八月，我们渡河，进驻名为戈里齐亚[2]的小镇。我们住的房子有围墙围起的花园。花园里绿树成荫，有喷水池。紫藤爬满房子一侧外墙，紫成一片。现在，前线阵地已推进至第二重山脉，而非仅在一英里之外。这座背靠河流的小镇非常不错，我们住的房子也挺好。意军干净利落地拿下此镇，但死活攻不下镇外的群山。我很高兴奥地利人似乎打算一旦战争结束，就重回这里——因为除了出于军事需要的小规模炮击，他们并未对这个镇子进行毁灭性的狂轰滥炸。镇上仍有居民[3]，几所医院、一些咖啡馆、两家妓院——一家专门接待士兵，另一家专门接待军官。此外，各条小巷里都部署着炮队。夏末的夜晚凉爽宜人。镇外群山中，两军鏖战正酣。遭受炮击的铁路桥弹痕累累。支离破碎的河边通道见证了曾经的激战。一条长长的林荫路通向树木环绕的广场。此处有不少姑娘，还能见到国王坐车经过——有时能瞧见他的脸，还有他细长的脖颈、矮小的身躯、灰白的山羊胡。一些被炮弹炸毁外墙的房子，内景裸露在外，炸落的灰泥和瓦砾散满了自家带的花园，甚至散落到街上。卡尔索高原[4]上一切顺利。凡此种种，使这年秋天迥异于困守乡

---

2 戈里齐亚，位于今意大利东北部，原属奥匈帝国。1916年8月，意军攻占此镇。
3 至1916年初，原来的大部分居民已逃离此镇。
4 卡尔索高原，即戈里齐亚所处的高原。

野的上一年秋天。而且，战局也发生了变化。

夏天，我们刚进驻此镇时，镇外一座高山上曾有片郁郁葱葱的橡树林。现在橡树林消失了，只剩下残留的树桩、破碎的树干和满地坑洞。暮秋的一天，身处橡树林曾经的位置，我看到一团乌云来势极快，迅速笼罩山头。太阳变得暗黄，紧接着一切都灰了下去，乌云遮蔽天空，把整座山笼罩其中。突然间，天地一片昏暗，下起雪来。大雪随风斜掠，逐渐掩盖光秃秃的大地，只留下突出的树桩。大炮上也积了雪。几条人踩出的小径穿过雪地，通往战壕背后的茅坑。

下山后，我和朋友坐在镇上接待军官的妓院里，一人一只酒杯，同饮一瓶阿斯蒂白葡萄酒。望着窗外纷纷扬扬的大雪，我们知道年前不会再发动任何进攻。上游的群山尚未攻下；河那头的群山，更是一座也没打下来。那些都得留待明年再说。看到与我们在同一个食堂就餐的牧师小心翼翼地从泥泞的街上经过，朋友重重地敲了敲窗户，以引起他的注意。抬头看到我们，牧师笑了笑。朋友示意他进来。牧师摇摇头，继续赶路。那晚，食堂供应的最后一样食物是意大利细面条。每个人都吃得又快又认真：要么高高提起餐叉，将散乱的面条抄离盘子，再放低餐叉把面条送入嘴中；要么就是连续抄起面条，不断地吸进嘴里。大家边吃面条，边喝葡萄酒——裹着干草套，一加仑装的长颈瓶搁在金属酒篮上，只需食指扳下瓶颈，清澈、鲜红、透着单宁涩味的琼浆，便注入手中握着的酒杯。吃完面条，上尉开始作弄牧师。

牧师很年轻，爱脸红，穿和大家一样的灰色紧身军装，只是左侧胸袋上方饰有暗红色丝绒十字架。大概是为我着想，让我能完全听懂不错过任何内容，上尉故意说一口夹生的意大利语。

"牧师今天玩妞儿。"上尉边说，边看看牧师和我。牧师笑了笑，又红着脸摇摇头。上尉经常作弄他。

"没有？"上尉问，"今天，我看见牧师玩妞儿了。"

"没有。"牧师说。两人的对话，把其他军官都逗乐了。

"牧师没玩妞儿。"上尉继续说，"牧师从不玩妞儿。"他对我解释，接着拿走我的酒杯为我斟满。斟酒过程中，上尉一直看着我的眼睛，但仍用眼角的余光瞟向牧师。

"牧师每天晚上一战五[5]。"在座所有人都笑了。"你懂吗？牧师每天晚上一战五。"上尉比了个手势，纵声大笑。牧师权当他在开玩笑。

"教皇希望奥地利赢。"少校说，"他喜欢弗朗茨·约瑟夫[6]。教会的钱就是从那里来的。我是无神论者。"

"你看过《黑猪猡》[7]吗？"中尉问，"我给你一本看看。正是那本书动摇了我的宗教信仰。"

"那是一本既邪恶又龌龊的书。"牧师说，"你不会喜欢的。"

"那本书很有价值。"中尉反驳，"它揭露了那些牧师的真面目。你会喜欢的。"他对我说。我隔着烛光，冲牧师笑了笑。他也回以微笑。"别看那本书。"牧师说。

"我会拿给你看的。"中尉说。

"理性的人都是无神论者。"少校说，"不过，我也不信什么共济会[8]。"

"我信共济会。"中尉说，"这是一个崇高的组织。"有人走了进来。门打开的瞬间，我看见外面仍在下雪。

---

5 此处，"一战五"是"手淫"的意思。

6 弗朗茨·约瑟夫，当时奥匈帝国的皇帝。

7 《黑猪猡》，意大利未来主义作家翁贝托·诺塔里（Umberto Notari）所著。

8 共济会，一种带宗教色彩的秘密组织，崇尚理性。

"一开始下雪，就不会再发动进攻了。"我说。

"肯定不会了。"少校说，"你该去休假。你该去罗马、那不勒斯、西西里岛——"

"他该去阿马尔菲[9]。"中尉说，"我给你写几张名片，介绍你去见我在阿马尔菲的家人。他们会像对亲儿子那样招待你的。"

"他该去巴勒莫[10]。"

"他该去卡普里岛[11]。"

"我建议你去阿布鲁齐[12]看看，顺路去卡普拉科塔[13]见见我的家人。"牧师说。

"听啊，他竟然叫人家去阿布鲁齐，那里的雪比这儿还大。他不应该去见那些乡巴佬，他该去文化之都、文明之都。"

"他该去找漂亮妞儿。我告诉你几个地方，在那不勒斯。年轻的漂亮妞儿——由她们的妈妈陪着。哈！哈！哈！"上尉摊开一只手：拇指朝上，其余四指完全张开，就像玩手影游戏那样。墙上出现那只手的影子。他用蹩脚的意大利语继续往下说，"你离开的时候像这个。"上尉指着拇指，"回来的时候像这个。"他碰了碰小指。所有人都笑了。

"瞧，"上尉说着，再次摊开手。烛光又一次把那只手的影子投到墙上。他从竖起的拇指开始，数着手指报军衔："so-to-tenente（拇指）、tenente（食指）、capitano（中指）、maggiore（无名指）、tenente-colonello（小指）。你离开的时候

9　阿马尔菲，位于意大利萨莱诺湾沿岸。

10　巴勒莫，西西里岛首府。

11　卡普里岛，位于意大利西海岸。

12　阿布鲁齐，意大利中东部山区。

13　卡普拉科塔，位于阿布鲁齐东南方，当时为一小镇。

是'soto-tenente'！你回来的时候是'soto-colonello'！ [14]”其他人哈哈大笑。上尉的手指游戏大获成功。随后，他看着牧师，大声嚷嚷："牧师每天晚上都是一战五！"其他人又哈哈大笑。

"你应该马上开始休假。"少校说。

"我倒希望陪你一起去，给你当向导。"中尉说。

"归队时，带一台留声机来。"

"带点好听的歌剧唱片。"

"带卡鲁索[15]的唱片。"

"别带卡鲁索的，他就会乱吼。"

"难道你不希望自己也能像他那样'乱吼'？"

"他就会乱吼。真的，他就会乱吼！"

"我还是建议你去阿布鲁齐。"牧师说。其他人仍在大喊大叫。"那里是打猎的好地方。你肯定会喜欢当地的人。那儿虽然寒冷，但晴朗干爽。你可以住我家。我爸很会打猎。"

"快走。"上尉催促道，"要不然，妓院就关门了。"

"晚安。"我向牧师告别。

"晚安。"牧师回答。

---

14 soto-tenente、tenente、capitano、maggiore、tenente-colonello 均为意军军衔，分别意为：少尉、中尉、上尉、少校、中校。

15 卡鲁索，意大利男高音歌唱家、歌剧演员。

第三章

　　我回到前线时，我们仍驻扎在原来的小镇。周围的乡村新部署了许多大炮。春天已至，海风习习。田野一片青翠，葡萄藤缀满绿色嫩芽，路边的树木也长出了小叶子。小镇坐落在众多山丘形成的杯状山坳中，镇边的一座山丘上矗立着古城堡；那些山丘之外是连绵起伏的山峦，褐色中呈现些许绿意。镇上也增加了一些大炮，还增设了几所医院。走在街上，你会遇见英国人，有时还有女的。在街上，又有一些房子遭到了炮击。这是一个和煦的春日。我沿着林荫小道往前走，阳光照在路旁墙壁上，感觉暖洋洋的。我们仍住在原来的房子里，房子看上去跟我离开时一样。正门开着，一名士兵坐在屋外长椅上晒太阳。侧门外停着辆救护车。一进屋，就闻到大理石地砖和医院特有的气味。一切都跟我离开时没什么两样。唯一的区别是，这会儿已是春天。我望向少校所在的大房间，看见他正在伏案工作。窗户开着，阳光从外面照进来。少校没发现我。我不知道是该立刻进去报到，还是先上楼收拾。最后，我决定先上楼。

　　我和里纳尔迪中尉合住的房间朝着院子，同样开着窗户。我床上的毯子是理好的，我的个人用品挂在墙上：一是用圆柱形白铁罐装着的防毒面具，一是钢盔，都挂在同一颗钉子上。挨着床脚放着我的平顶大衣箱，上面搁着我那双用鞋油擦得锃亮的皮冬靴。我的奥地利制狙击步枪挂在两张床上方：枪管呈八边形并经过烤蓝处理；便于贴着脸颊射击的步兵枪托，由上好的深色胡桃木制成。我记得枪的瞄准镜锁在大衣箱里。里纳尔迪中尉此时正躺在另一张床上睡觉。听到我在房间里发出的声响，他醒了，坐起身子。

"你好！"[16]里纳尔迪招呼道，"玩得怎么样？"

"爽极了。"

我们握了握手。接着，他用一条胳膊搂住我的脖子，亲了我一下。

"噢！"我叫道。

"你可真脏。"里纳尔迪说，"你得好好洗洗。你去了哪儿，做了什么？赶紧交待。"

"哪儿都去了。米兰、佛罗伦萨、罗马、那不勒斯、圣乔瓦尼[17]、墨西拿[18]、陶尔米纳[19]——"

"你像是在背火车时刻表。有艳遇吗？"

"有啊！"

"在哪儿？"

"米兰、佛罗伦萨、罗马、那不勒斯……[20]"

"行了。说实在的，快把最风流的那段告诉我。"

"在米兰。"

"因为那是你去的第一个地方。在哪儿遇到她的？科瓦咖啡馆[21]？你们后来去了哪儿？感觉怎么样？赶紧交待。你们整晚都在一起？"

16　原文为意大利语。

17　圣乔瓦尼，位于意大利墨西拿海峡沿岸，与海峡对面的墨西拿市隔海相望。

18　墨西拿，意大利西西里岛东北岸港市。

19　陶尔米纳，意大利西西里岛东岸的小镇。

20　原文为意大利语。

21　科瓦咖啡馆，米兰一家著名咖啡馆。

"嗯。"

"没什么了不起。现在我们这里也有漂亮妞儿。这些新来的妞儿，以前可从未到过前线。"

"真棒。"

"不信？那好，咱们下午就去看看。对了，镇上还来了一些漂亮的英国妞儿。我爱上了一位巴克利小姐，我带你去见见她。我很可能会娶那位巴克利小姐。"

"我得洗澡，然后报到。大家现在都不干活了？"

"自从你走后，这里就没什么正儿八经的活儿，除了处理一些小伤小病：冻伤、冻疮、黄疸、淋病、自残伤、肺炎、硬下疳、软下疳。每周都有人被碎石砸伤。当然也有一些真正的伤员。下周又要开始打仗。也许又要开始，他们说的。你觉得，我可以娶那个巴克利小姐吗——当然，是等战争结束后？"

"完全可以。"我边说，边往脸盆里倒满水。

"今天晚上，你得把一切都告诉我。"里纳尔迪说，"现在，我得接着睡觉，等会儿好精神抖擞、英俊潇洒地去见巴克利小姐。"

我脱下军装和衬衫，开始用毛巾就着脸盆里的冷水擦洗身子。我环视屋内，又望望窗外，最后看向闭着眼躺在床上的里纳尔迪。这个相貌英俊、与我同岁的阿马尔菲人是个热爱外科工作的军医，也是我的挚友。就在我看着他时，里纳尔迪睁开了眼睛。

"有钱吗？"

"有。"

"借我五十里拉。"

我擦干双手，从挂在墙上的军装内袋摸出钱包。里纳尔迪并未起身，接过那张纸币，随手一折，塞进裤袋，然后笑道："我得让巴克利小姐觉得，我是个阔佬。你真是够义气的好兄弟，也是我的钱袋子。"

"少来这套！"我说。

那晚在食堂，我坐在牧师旁边。得知我没去阿布鲁齐，牧师很失望，似乎突然变得难过起来。他曾写信给其父，说我要去他家。他家为此做了各项准备。我和牧师一样难过。我想不通自己为何没去。我本来是打算去的。我努力向牧师解释，事情如何一件又一件地发生，导致自己没去成。最后，牧师终于理解我是真想去的，才勉强释怀。我先前就喝了不少酒，接着又喝了咖啡和斯特雷加酒[22]。我带着酒意向牧师解释——我们不做自己想做的事，我们从不做自己想做的事[23]。

我们自顾自地交谈，其他人则在相互争吵。我本来是想去阿布鲁齐，但最终没去任何一个像那样的世外桃源：所有道路都冻得坚硬如铁，天气虽然寒冷，却晴朗干爽，雪花干燥细密，呈粉末状；雪地里时有野兔的足迹。农民会摘下帽子，喊你"老爷"。此外，那里也是打猎的好去处。我去了乌烟瘴气的咖啡馆，去了繁华之都醉生梦死：一到晚上，就天旋地转，得死死盯住某一面墙壁才能使一切停止旋转。深夜烂醉如泥地倒在床上，以为那就是所有的一切。一觉醒来，完全不知道躺在身边的是何人，因此莫名地感到刺激。昏暗的世界极不真实、却又令人兴奋，使你必定再次在夜里醉得什么也不知道，什么也不在乎，只相信那就是所有的一切、一切的一切。可突然，你又会变得非常在乎，在耿耿于怀中入睡，有时早上还会在耿耿于怀中醒来，昨夜的一切全

---

22 斯特雷加酒，一种呈黄色的餐后甜酒。
23 关于最后一句话，可参考《圣经·罗马书》第七章第十五节、第十九节。

都烟消云散，触目皆尖锐、残酷、清晰，偶尔还会因为价钱发生争执。有时，一觉醒来，仍亲切、温存、热情，于是共进早餐、午餐。有时，所有的好感荡然无存，巴不得逃到街上去，但不管怎样，同样的一天总会开始，接着又是同样的夜晚。我试图告诉牧师关于夜晚的情形、夜晚与白天的区别、白天如何比不上夜晚——除非白天晴朗而寒冷，但我怎么也说不清楚。直到现在，我仍说不清楚。不过，如果你也曾经历，自然就会明白。牧师虽未曾经历，但理解了我是真想去阿布鲁齐，尽管最后没去。我们仍是朋友，有许多共同爱好，也存在一些不同之处。他总是知道我不知道的道理，而就算是我知道的那些，我也常常忘却。我当时并不明白这点，尽管后来明白了。我们在食堂里交谈时，晚饭已经吃完，他们的争吵仍在继续。我们刚说完，上尉便嚷道："牧师不开心。牧师不开心，因为没有妞儿。"

"我很开心。"牧师反驳。

"牧师不开心。牧师希望奥地利人赢。"上尉说。其他人都在听着，牧师摇摇头。

"不。"

"牧师希望我们永远别进攻。难道你不希望我们永远别进攻？"

"不。如果战争无法避免，我想我们不得不进攻。"

"必须进攻。当然要进攻！"

牧师点点头。

"放过他吧。"少校说，"他人挺好的。"

"不管怎样，他对这件事也无能为力。"上尉说。大家纷纷起身，离开了餐桌。

第四章

　　早晨，隔壁花园的炮声将我吵醒。我发现阳光已从窗户照进来，于是下了床，走到窗边，望向外面：几条石子甬道湿乎乎的，草坪上沾满露珠。那组排炮齐鸣两次，每次都带起一阵疾风，震动窗户，吹动我的睡衣前襟。虽瞧不见那些炮，但显然，他们在对着我们的正上方开火。与大炮比邻而居非常讨厌，好在隔壁那些并非重炮。俯瞰花园时，我听到路上有辆卡车发动了，我穿好衣服下楼，去厨房喝了些咖啡，便往外面的车棚走去。

　　长长的车棚下并排停着十辆救护车：圆头，灰漆，上重下轻，活像搬家卡车。院子里也停着一辆，几名机修兵正在修理。另外有三辆停在山间的急救站。

　　"敌人的炮火轰击过那边的排炮吗？"我问一名机修兵。

　　"没有，中尉先生。因为有那座小山丘的掩护。"

　　"情况怎么样？"

　　"不算太坏。这辆车基本报废，不过其他的还能开。"那人停下手头的活儿，冲我微笑。"您去休假了？"

　　"是的。"

　　那人在自己的工作服上擦了擦手，咧嘴一笑。"玩得可好？"其他机修兵也都咧嘴一笑。

　　"挺好。"我回答，"这辆车出了什么毛病？"

　　"基本报废了，毛病不断。"

　　"现在的毛病是什么？"

　　"得换活塞环。"

那辆车看上去破旧不堪、只剩一副空壳：引擎已被拆开，各种零件摊满工作台。我离开正在工作的机修兵，走进车棚，逐一检查车子：大体还算干净，有几辆刚洗过，其他的布满尘土。我仔细检查每辆车的轮胎，看是否有破口或硬物伤。看起来，一切良好。显然，我在不在那里监管，并无区别。我曾以为有好几件事很大程度上都离不开自己：车子养护、零部件获取、顺利地把伤病员从山间的急救站转移至山下的医疗后送站，再送往他们病历上指定的医院。显然，我在与不在，都无关紧要。

　　"零部件难拿到吗？"我问机修兵中士。

　　"不难拿到，中尉先生。"

　　"现在加油站在什么地方？"

　　"老地方。"

　　"很好。"说完，我回到屋里，坐在食堂餐桌旁，又喝了碗咖啡。浅灰色的咖啡散发出炼乳的香味。这天早晨，窗外阳光明媚，春意盎然。我的鼻腔感到一丝干燥，预示今天白天将会很热。随后我去看了山间的各个救护车站，直到傍晚才回到镇上。

　　我不在，一切反而显得更加有条不紊。听说，马上又要发动进攻。我们所属的那个师将进攻上游的一处地方。少校让我在进攻期间统筹安排各救护车站的相关工作。部队将从上游那处狭窄的峡谷渡河，然后全面进攻对岸的山丘。救护车站得尽可能接近那条河，并保持隐蔽。站点的位置当然由师里选定，但实际得我们负责。有些事会使你产生从军打仗的错觉，这便是其中之一。

　　我带着一身尘土，上楼去自己的房间清洗。里纳尔迪坐在床上看《雨果英语语法》。他穿戴整齐，脚上一双黑靴，头发油光发亮。

　　"你来得正好！"一看见我，他就说，"陪我去见巴克利小姐。"

　　"不去。"

"去嘛。求你了，帮我给她留个好印象。"

"好吧。等我洗洗干净。"

"快洗，不用换衣服。"

我洗完脸，梳了头。接着，我们就出发了。

"等一下。"里纳尔迪说，"也许我们该喝点酒。"他打开自己的大衣箱，拿出一瓶酒。

"我不喝斯特雷加酒。"我说。

"不是斯特雷加酒，是格拉巴白兰地[24]。"

"那行。"

里纳尔迪倒了两杯。我们伸出食指，碰了一下杯。酒很烈。

"再来一杯？"

"好。"我说。喝完第二杯，里纳尔迪收起那瓶酒，我们便下了楼。在镇上穿街走巷很热，但太阳正开始西沉又令人非常愉悦。那家英国医院设在战前德国人所建的一栋大别墅里。巴克利小姐和另一名护士正待在花园里。透过树木，能看到她们身上的白制服。我们走上前，里纳尔迪行了军礼。我也一样，不过动作相对含蓄。

"你好！"巴克利小姐招呼道，"你不是意大利人吧？"

"嗯，不是。"

里纳尔迪在跟另一名护士聊天。他俩哈哈大笑。

"太奇怪了——你竟会加入意大利军队。"

"并非真正的军队，只是救护车队。"

"那也够奇怪的，你为什么这样做？"

"我也不知道。"我回答，"并非凡事都有理由。"

"啊？不是吗？我从小受的教育是，凡事都有理由。"

24　格拉巴白兰地，一种用酒渣酿制而成的白兰地。

"这个想法非常好。"

"我们还得继续这样说下去吗？"

"不必。"我回答。

"真让人松了口气，对吧？"

"这根是什么？"我问。巴克利小姐个子很高，穿的好像是护士制服。她一头金发、一双灰色眼睛，皮肤呈黄褐色，我觉得非常漂亮。她拿着一根细藤条，外形酷似缠着皮革的玩具短鞭。

"这是一个小伙子的遗物。他去年牺牲了。"

"真是非常遗憾。"

"他人很不错，本来打算娶我的，结果在索姆河战役[25]中牺牲了。"

"那是一场惨烈的战役。"

"你也参加了？"

"没有。"

"我听说过那场战役的惨烈。"巴克利小姐说，"这里倒没出现那么惨烈的战斗。他们把这根细藤条寄给了我。他妈妈寄的。他们送回了这根藤条和他的其他遗物。"

"你们订婚很久了？"

"八年了。我们从小一起长大的。"

"那你们怎么不结婚？"

"我也不知道。"巴克利小姐回答，"我真是傻瓜。我本来可以跟他完婚的，可当时我想也许这对他反而不好。"

---

25 索姆河战役，英法联军为突破德军防线，并减轻凡尔登方向德军对法军的压力，于1916年7月1日至11月18日，在法国北部的索姆河区域发动第一次世界大战中规模最大的会战。这次会战是人类历史上最惨烈的战役之一，也是人类历史上首次将坦克投入实战，造成的伤亡人数超过百万。

"原来如此。"

"你爱过吗？"

"没有。"我回答。

我们在一张长凳上坐下。我看着巴克利小姐。

"你的头发真好看。"我说。

"你喜欢吗？"

"非常喜欢。"

"得知他牺牲时，我本打算把头发全剪了。"

"千万别。"

"当时，我很想为他做点什么。要知道，那事我根本不在乎。他要是想，我完全可以给他。早知如此，他想要什么我都会答应。不管嫁给他还是别的什么，我都愿意。我现在全懂了。可那会儿，他想上战场，而我什么也不明白。"

我没搭腔。

"那会儿我什么也不懂。我以为给了他反而会害了他，以为给了他，他会熬不住。结果他死了，一切也都完了。"

"是吗？"

"唉，是的。"巴克利小姐回答，"一切都完了。"

我们望向正跟另一名护士聊天的里纳尔迪。

"那护士叫什么？"

"弗格森，海伦·弗格森。你朋友是医生，对吗？"

"对，他医术很高明。"

"太好了。在如此接近前线的地方，真是难得遇到好医生。这儿离前线很近，对吧？"

"没错。"

"在这里开战非常荒谬。"巴克利小姐说，"不过，风景倒是很美。他们是不是要进攻了？"

"是的。"

"那我们有得忙了，现在根本无事可干。"

"你做护士很久了？"

"从 1915 年底做起的。他一参军，我就开始做护士。记得当时我有个很傻的念头，觉得他可能会来我在的医院。让马刀砍了，头上缠着绷带，或者肩胛骨让子弹打穿了。总之是个挺浪漫的场面。"

"这里正是浪漫的前线。"我说。

"是的。"巴克利小姐说，"人们不知道法国现在变成了什么样。如果他们知道，战争就不会持续下去。对了，他没受什么马刀伤，而是让他们炸得粉身碎骨。"

我没搭腔。

"你觉得，战争会永远持续下去吗？"

"不会。"

"有什么可以使战争结束呢？"

"早晚有地方得垮。"

"我们会垮。我们会在法国垮掉。要是继续发生像索姆河那么惨的战役，他们非垮不可。"

"这里不会垮。"我说。

"你觉得不会？"

"不会。去年夏天，他们打得很好。"

"他们可能会垮。"巴克利小姐说，"谁都可能垮。"

"德国人也可能垮。"

"不。"她反驳，"我觉得不会。"

我们朝里纳尔迪和弗格森小姐走去。

"你爱意大利?"里纳尔迪用英语问弗格森小姐。

"很爱。"

"不懂。"里纳尔迪摇摇头。

"非常爱[26]。"我为他翻译。里纳尔迪仍摇摇头。

"这不够。你爱英格兰?"

"不怎么爱,我是苏格兰人,你知道。"

里纳尔迪茫然地望着我。

"她是苏格兰人,所以比起英格兰,她更爱苏格兰。"我用意大利语解释。

"可苏格兰就是英格兰啊。"

我把这句话翻译给弗格森小姐听。

"不算。"[27]弗格森小姐说。

"不是?"

"从来都不是,我们不喜欢英格兰人。"

"不喜欢英格兰人?不喜欢巴克利小姐?"

"啊呀,那不一样。你不能这么死抠字眼。"

过了一会儿,我和里纳尔迪向她们道了晚安,然后离开那所医院。返回住处的途中,里纳尔迪说:"很明显,巴克利小姐更喜欢你。不过,那小个子苏格兰人挺不错。"

"挺不错——"我说。我并未留心那名护士,"你喜欢她?"

"不喜欢。"里纳尔迪说。

26　原文为意大利语。
27　原文为法语。

第五章

次日下午，我再次去拜访巴克利小姐。她不在花园。我走向救护车停靠的别墅侧门。进门后，我见到了护士长。她说巴克利小姐正在值班。"正在打仗，你知道。"

我说我知道。

"你就是那个意大利军队里的美国人？"护士长问。

"是的，夫人。"

"你怎么会加入意大利军队？为什么没加入我们呢？"

"我也不知道。"我回答，"现在还能加入你们吗？"

"恐怕不行。告诉我，你为什么加入意大利军队？"

"当时我正在意大利。"我回答，"而且会说意大利语。"

"噢。"她说，"我正在学意大利语。这是一门优美的语言。"

"有人说，两周就能学会这门语言。"

"啊？我做不到，我已经学了好几个月。要是愿意的话，你可以七点后再来见她。那时候她下班了。不过，别带一大帮意大利人来。"

"就算听听美丽的语言也不行？"

"不行。就算他们穿的军装非常漂亮也不行。"

"晚安。"我说。

"再见[28]，中尉。"

28　原文为意大利语。

"再见[29]。"我行了个军礼，走了出去。要像意大利人那样对外国人行军礼难免尴尬，意大利军礼似乎绝不适宜"出口"。

那天很热。白天，我去了上游位于普拉瓦的桥头堡，进攻将从那里开始。上一年，没法向对岸推进，因为从山口到浮桥只有一条路可走，其中近一英里的路段暴露在敌军机枪和大炮的火力之下。而且，那条路不够宽，既不足以运输进攻所需的全部人员与辎重，还会成为奥地利人肆意屠杀的屠宰场。不过意大利人已成功渡河，并占据对岸距离奥地利人控制区一英里半左右的地方。按理，奥地利人不该容忍意大利人占据这一险要之地。现在想想那大概是双方彼此让步的结果，因为奥地利人仍控制着下游的一处桥头堡。奥军战壕位于山丘上，离意军前线仅几码远。那里原有一座小镇，已彻底化为废墟。废墟之外，还有一座仅剩断壁残垣的火车站、一座严重毁坏的固定桥。该桥完全暴露在奥地利人眼前，因此无法再修葺使用。

我顺着狭窄的小路，驾车下到河边的桥头堡。我把车停在山下的急救站，徒步通过山肩掩护的浮桥。一路通过的战壕穿过小镇废墟，开在山坡边。所有人都待在掩体中。战壕里立着众多待发射的信号火箭，以备需要时，向炮兵部队请求支援，或是电话线路意外中断时的信号交流。整个阵地寂静、炎热、肮脏。我隔着铁丝网，望向奥军前线。目光所及，空无一人。在其中一处掩体里，我跟一名相识的上尉喝了点酒。随后，我经浮桥原路返回。

一条宽阔的新路即将修通，翻越河边的高山，蜿蜒曲折地盘山而下，通向浮桥。一旦完工，进攻就将开始。方案如下：一

29　原文为意大利语。

切车辆由新路开往前线，空卡车、空马车、载有伤员的救护车及所有返程车辆则由狭窄的旧路返回。急救站设在对岸奥军那侧的山丘下，伤员由担架兵抬过浮桥。进攻开始后，同样如此。根据我所能观察到的情形，新路最后一英里左右、从山坡过渡到平地的路段，可能会遭受奥军的持续炮击。看起来那里可能会乱作一锅粥。不过我发现一处隐蔽之所——当车队经过最后的险恶路段时，可以在那处隐蔽之所等待担架兵把伤员抬过浮桥。我本想驾车熟悉一下路况，无奈新路此时尚未修通。新路显得很宽，坡度也不是太陡。通过树林的口子可望见山坡上的那些转角，修得非常不错。车在新路上开应该不成问题，因为救护车配的都是优质金属刹车，何况下坡时车上还没有装上伤员。最后，我驾车经由狭窄的旧路返回。

两名宪兵拦下我们的车。原来刚才有一发炮弹落下，而在停车等待期间，又有三发炮弹相继落到前面的路上：都是77毫米口径的炮弹，呼啸而至，猛地爆炸，强光闪耀，随即灰色的烟雾弥漫。宪兵挥了挥手，示意我们继续前进。落下的炮弹把路面炸得坑坑洼洼。驾车经过时，我闻到一股烈性炸药的火药味，夹杂着炸飞的土石和碎裂的燧石味。回到我们在戈里齐亚住的别墅后，正如之前所说，我去拜访了巴克利小姐。可惜她正在值班。

我匆匆吃完晚饭，再次前往那家英国医院所在的别墅。那栋别墅又大又漂亮，周遭种有名贵的树木。巴克利小姐和弗格森小姐坐在花园的长椅上，见到我，她俩显得很高兴。没过一会儿，弗格森小姐便找借口离开了。

"不打扰你们了。"弗格森小姐说，"没有我，你们也能相处得很好。"

"别走，海伦。"巴克利小姐挽留道。

"还真得走，我有几封信要写。"

"晚安。"我说。

"晚安，亨利先生。"

"不要写任何会让审查员不高兴的内容。"

"别担心。我只写我们住的地方非常漂亮，意大利人十分英勇。"

"那样的话，你将获得勋章。"

"非常荣幸。晚安，凯瑟琳。"

"待会儿见。"巴克利小姐说。弗格森小姐走进了暮色。

"她人不错。"我说。

"嗯，是啊，她人很好。她是护士。"

"难道你不是？"

"啊，不是。我是所谓的'志愿救护队员'[30]。我们工作很卖力，可得不到任何人的信任。"

"为什么？"

"没有事情时，他们不信任我们。真有事情时，他们才信任我们。"

"两者有何区别？"

"护士好比医生，得经过长期训练才有资格做。而志愿救护队员可以速成。"

"明白了。"

"意大利人不让女人这么接近前线。所以，我们得非常注意自己的言行，不随便外出。"

"不过，我可以来。"

---

30 "志愿救护队"，英国及大英帝国成员国中提供战地护理服务的志愿者组织。

"嗯，是啊。我们也不是关在修道院里的修女。"

"别谈战争了吧。"

"很难，战争无处不在，没法不谈。"

"再难也别谈了。"

"好吧。"

暮色中，我们望着彼此。我觉得巴克利小姐非常漂亮，于是情不自禁地抓住她的手。巴克利小姐没有反对。我抓着她的手，然后把胳膊伸到她的胳膊底下，搂住她。

"不可以。"巴克利小姐说。我仍抱着她。

"为什么？"

"不可以。"

"可以。"我说，"请不要拒绝。"黑暗中，我倾身向前，打算去亲巴克利小姐，结果冷不防眼冒金星，脸上一阵火辣辣的刺痛。她狠狠捆了我一巴掌，正打在我的鼻子和眼睛上。眼里顿时涌出眼泪来。

"真对不起。"巴克利小姐道歉。我觉得自己得到了某种优势。

"你没错。"

"实在对不起。"她再次道歉，"我受不了男人轻薄晚上下班了的护士，我不是存心要打你的。我把你打疼了吧？"

黑暗中，巴克利小姐盯着我看。我很生气，却又充满把握，就像下象棋，对棋局了然于胸。

"你做得很对。"我说，"我一点儿也不介意。"

"可怜的家伙。"

"你知道，这些年，我过着一种可笑的生活。我甚至从不讲英语。而且你又这么漂亮。"我看着巴克利小姐。

"你没必要说这么多无意义的话。我已经道过歉了。我们确实合得来。"

"是啊。"我说，"而且，我们没再说战争的事了。"

巴克利小姐笑了。这是我第一次听到她笑。我盯着她的脸。

"你真讨人喜欢。"巴克利小姐说。

"哪有。"

"你真的讨人喜欢。你是个可爱的家伙。我想亲亲你，如果你不介意的话。"

我看着巴克利小姐的眼睛，像刚才那样搂住她，开始吻她。我余怒未消，狠狠地吻她，紧紧地搂着她，迫她张开紧闭的双唇。突然，巴克利小姐哆嗦了一下。我们的身子紧紧贴着，我能感觉到她的心跳。她终于张开双唇，她的脑袋仰靠在我手上。接着，巴克利小姐趴到我肩上，哭了起来。

"噢，亲爱的，"巴克利小姐说，"你会对我好的，对吗？"

见鬼，我边想边抚摸她的头发，又拍拍她的肩膀。她还在哭。

"你会对我好的，对吗？"巴克利小姐抬起头，看着我，"因为，我们将开始一段不同寻常的生活。"

过了一会儿，我陪巴克利小姐走到别墅门口。她进去了，我走回自己的住处。回到我们所住的别墅后，我上楼走进房间。里纳尔迪躺在自己床上。他抬起头，看着我。

"看来，你跟巴克利小姐有进展了？"

"我们是朋友。"

"瞧你那样儿，就像一条发情的小狗。"

我不懂那个词的意思。

"就像什么？"

里纳尔迪作了解释。

“你呢，”我说，“看着就像一条——”

“停。”里纳尔迪说，“再说下去，我们就得对骂了。”说完，他哈哈大笑。

“晚安。”我说。

“晚安，小狗狗。”

我用枕头打掉里纳尔迪的蜡烛，在一片漆黑中上了床。

里纳尔迪捡起蜡烛，重新点上，继续看书。

第六章

我在山间的各救护车站忙了两天。回到镇上时，天已很晚，所以直到第三天夜里，我才去见巴克利小姐。她不在花园里。我只好在医院办公室等她下来。用作办公室的房间里沿墙立着许多油漆过的木墩子，木墩子上摆着一尊尊大理石半身像。办公室外面的大厅也排着同样的雕像，一如所有大理石像，这些雕像看着几乎一模一样。雕塑这玩意儿，我总觉得沉闷——其中青铜像倒还有点意思。所有大理石半身像都会令人联想到墓地。不过，墓地也有不错的，比萨[31]有一个。要想看糟糕的大理石雕像，该去热那亚[32]。这座医院原来是一位德国富豪的别墅，这些半身像肯定花了他不少钱。我很想知道雕刻师是谁，这家伙从中赚了多少钱。我仔细观察这些半身像会不会是同一个家族成员什么的，但其实都是古典风格的人物，无一例外。再怎么瞧，也瞧不出任何名堂。

我坐在椅子上，手里拿着军帽。按规定，即使在戈里齐亚，我们也必须佩戴钢盔。这么做非但不舒服，在平民尚未撤离的小镇里戴着钢盔也显得装腔作势。去山间的救护车站时，我倒是戴了钢盔，还随身带着一副英国制防毒面具。是真正的防毒面具，我们刚领到一些。此外，我们还必须佩带自动手枪，连军医和卫生工作人员也不例外。我能感觉到自己的手枪顶着椅背。若未在身上显眼的位置佩带手枪，可能会遭到拘捕。里纳尔迪只背了个

31　比萨，意大利中西部城市。

32　热那亚，意大利西北部港口城市。

塞满手纸的枪套。我倒佩带了真手枪，并有种身为枪手的感觉。等到练习射击时，才发现这纯属错觉。这是一支 7.65 毫米口径的阿斯特拉手枪[33]，枪管短得不合比例，开火时又跳得厉害，根本打不中任何目标。我瞄准靶子下方，努力控制住枪管，经过一番练习，终于能在二十步开外，击中离标靶一码的地方。我突然觉得佩带手枪十分可笑，于是很快忘了身上有把枪。手枪啪嗒啪嗒地拍打着我的腰，但我没有任何感觉，除了遇到说英语的人时，会隐隐感到一丝羞愧。此刻，我坐在椅子上，等巴克利小姐下来。写字台后面，一个勤务模样的人满脸嫌恶地盯着我。我则看看大理石地面，又看看那些木墩子及上面的大理石半身像，还有墙上的湿壁画[34]。那些画并不难看，任何湿壁画，只要开始成片剥落，其实都不错。

　　我看见凯瑟琳·巴克利从大厅走来，起身相迎。她朝我走来时看起来没那么高，楚楚动人。

　　"晚上好，亨利先生。"她说。

　　"你好。"我回答。写字台后面的勤务听着我们的对话。

　　"就在这里坐会儿呢，还是去外面的花园？"

　　"去外面吧，外面凉快得多。"

　　我跟在她身后，朝花园走去。那名勤务一直盯着我们。走到屋外的石子车道，她问："你去哪了？"

　　"我去镇外执勤了。"

　　"你就不能给我捎张字条？"

　　"不能。"我回答，"不太方便。我以为自己马上就能回来。"

33　"阿斯特拉"为手枪品牌名。
34　湿壁画，绘于墙壁灰泥未干时的壁画。

"你应该告诉我的，亲爱的。"

我们离开车道，在树下走着。我抓住她的双手，接着停下脚步，开始吻她。

"我们不能去别的地方吗？"

"不能。"她回答，"我们只能在这里走走。你离开了好长时间。"

"这是第三天。但无论如何，现在我回来了。"

她看着我问："你真的爱我吗？"

"嗯。"

"你说过你爱我，对吗？"

"嗯。"我撒谎道，"我爱你。"我之前从未说过。

"你能叫我凯瑟琳吗？"

"凯瑟琳。"我们沿路而行，然后停在一棵树下。

"说'今天晚上，我回到了凯瑟琳身边。'"

"今天晚上，我回到了凯瑟琳身边。"

"噢，亲爱的，你回来了，对吗？"

"嗯。"

"我好爱你，等你等得好辛苦。你不会再离开我了吧？"

"不会了。不管去哪儿，我都会回到你身边。"

"噢，我真爱你。请把你的手放回那儿吧。"

"我的手从未拿开。"我把她的身子转过来，准备吻她，却看到她双目紧闭。我亲了亲那双眼睛，心想，她可能有点疯疯癫癫。可就算真是那样也没关系，我不在乎自己会惹上什么麻烦。无论如何，这都好过每晚去接待军官的妓院鬼混。在妓院，陪其他军官上楼的时候，那些姑娘会爬到你上面，反戴你的军帽，以示喜爱。我知道自己并不爱凯瑟琳·巴克利，也毫无爱她的念头。这不过是场游戏，就像桥牌，只不过是用说话代替纸牌。一如桥牌，你得假装自己在赌钱或赌别的什么。但没人会提起赌注到底是什么。对此，我毫不在意。

"真希望我们能有其他什么地方可去。"我说。长时间站着求爱，对男人而言可是件难事。而此刻，我就碰到了这件难事。

"没有任何地方可去。"她说。回话前，她不知道在想什么。

"我们可以去那边稍微坐一会儿。"

我们坐在平坦的石椅上。我抓着凯瑟琳·巴克利的一只手。她不让我搂着她。

"你很累吗？"她问。

"不。"

她低头看着草地。

"我们玩的这个游戏烂透了，对吗？"

"什么游戏？"

"别装傻了。"

"我不是故意装傻的。"

"你是个好小伙。"她说，"你竭尽所能地陪我玩这个游戏。不过，这是个烂游戏。"

"你总能看出别人心里想什么？"

"不一定。但你心里想什么，我看得出来。你没必要假装爱我。好啦，今天晚上的游戏结束了。你还有什么要说的吗？"

"可我真的爱你。"

"不必要的时候，我们还是不要撒谎吧。我刚才出了个大洋相，现在没事了。你知道，其实我没发疯，也没失去理智，只是偶尔有点神经质。"

我紧紧抓着她的手。"亲爱的凯瑟琳。"

"现在，凯瑟琳这个名字听起来真滑稽。你的发音也跟他不太一样。不过，你人很好。你是个非常不错的小伙子。"

"牧师也这么说。"

"是啊，你人非常不错。你还会来看我吗？"

"当然。"

"你不用非得说爱我。这个游戏暂时结束了。"她站起来，伸出一只手，"晚安。"

我想吻她。

"不要。"她拒绝，"我好累。"

"再累也亲我一下吧。"我请求。

"我真的好累，亲爱的。"

"亲我一下。"

"你真的很想吗？"

"嗯。"

我们开始接吻，接着她突然挣脱。"停下。晚安，请你回去吧，亲爱的。"我送她到门口，然后看着她走进大厅。我喜欢看她走路的样子。她顺着大厅往里走。我开始走回住处。这天晚上很热。镇外群山上激战正酣。我望着圣加布里埃莱山上闪耀的炮火。

我在"红色别墅"前停下脚步。百叶窗是关着的，但妓院里仍非常热闹。有人正在唱歌。我回到住处。正脱衣服时，里纳尔迪进来了。

"哎哟！"他说，"看来情况不太妙。咱老弟遇到难题了。"

"你去哪儿了？"

"'红色别墅'。很有启发，老弟。大家都唱了歌，你去哪儿了？"

"去见英国人了。"

"谢天谢地，我没跟英国人搅在一块儿。"

第七章

次日下午，我从我们在山间的第一个救护车站回到镇上，把车停在医疗后送站[35]。在那里，人们会根据伤病员的病历对其分类，然后在他们的病历上注明将去的医院。那天一直由我开车。这时，我坐在车里，驾驶员把伤病员的病历送进站。天气很热，蔚蓝的天空一片晴朗，发白的马路满是尘土。我坐在菲亚特救护车[36]高高的座位上，脑中一片空白。一个团沿路走来，我看着他们经过，人人热得大汗淋漓。有些人头戴钢盔，但大部分人把钢盔挂在背包上。钢盔大都过大，几乎盖住佩戴者的双耳。军官都戴着钢盔——他们的钢盔大小比较合适。巴西利卡塔旅[37]一半的兵力都在这了。一看红白条纹的领章就知道他们属于那个旅。整支队伍过去很久以后，又走来几波没跟上所在队伍的掉队散兵。他们汗流浃背，灰头土脸，疲惫不堪，有些人看上去状况非常不妙。最后一波散兵经过后，出现一名形单影只的士兵。他一瘸一拐地走来，接着停下脚步，在路边坐下。我跳下车，走了过去。

"怎么回事？"

那人看着我，站了起来。

"我马上就走。"

"到底怎么了？"

---

35 原文为意大利语。

36 "菲亚特"为意大利汽车品牌。

37 "巴西利卡塔"为意大利南部地名。

"——战争。"

"你的腿怎么了?"

"不是腿的问题。我得了疝气。"

"为什么不坐车呢?"我问,"为什么不上医院呢?"

"他们不让。中尉说我故意丢掉疝气带[38]。"

"让我摸摸看。"

"鼓得非常大。"

"在哪边?"

"这边。"

我摸了摸。

"咳嗽一下。"我说。

"我怕这会让它变得更大。现在已经比早上大了一倍。"

"坐着休息一下。"我说,"一拿到伤员的病历,我就带你赶上大部队,把你交给你们的医务官。"

"他会说我是故意丢掉疝气带的。"

"他们不能拿你怎么样。"我说,"这又不是外伤。你以前就得过疝气,对吗?"

"可我弄丢了疝气带。"

"他们会送你上医院的。"

"我不能留在这里吗,中尉[39]?"

"不行。我没有你的病历。"

驾驶员拿着车上伤员的病历,从医疗后送站的大门出来了。

"四个到 105 医院,两个到 132 医院。"驾驶员说。这两所医

---

38 疝气带,疝气患者所用。
39 原文为意大利语。

院位于河对岸。

"你来开车。"说完，我扶患疝气的士兵上车，让他跟我们坐在一起。

"你会说英语？"士兵问。

"当然。"

"你怎么看这场该死的战争？"

"烂透了。"

"烂透了。天哪，真的烂透了。"

"你在美国待过？"

"是啊，在匹兹堡待过。我知道你是美国人。"

"因为意大利语说得不够好？"

"我非常肯定你是美国人。"

"又一个美国人。"驾驶员看着得疝气的士兵，用意大利语说。

"对了，中尉 40，你非得把我送到那个团里去吗？"

"是的。"

"那个团的上尉医生知道我得了疝气。我丢了该死的疝气带好让疝气变得严重，就不必再上前线了。"

"原来如此。"

"你不能送我去其他地方吗？"

"如果是在前线附近，我可以送你去急救站。但在这里的话，你得有病历。"

"如果回去，他们会对我动手术，然后把我送去前线，永远回不来。"

我仔细想了想。

40　原文为"lootenant"。是对"lieutenant（中尉）"一词美式发音的拼法。

"你也不想老是待在前线，对吧？"他问。

"不想。"

"主啊，这是一场该死的战争，难道不是吗？"

"听着。"我说，"你下车去，然后故意摔倒在路边，在脑袋上磕个包出来。我们回来时我会捎上你，送你去医院。在这里停一下，阿尔多。"我们在路边停住车，我把那名士兵扶了下去。

"我就在这儿等你，中尉。"他说。

"再见！"我向他道别。我们继续赶路，往前开了大概一英里的时候追上了刚才经过的那个团，接着过了河。浑浊的雪水湍急地从桥墩之间流过。过河后，我们顺着马路穿过平原，把伤员分别送往两所医院。返回时，我驾驶空车飞快赶往约定地点，去接那名在匹兹堡待过的士兵。我们经过了那个团——人人浑身是汗、步履维艰，又经过了那些掉队的散兵，最后看到路边停着一辆救护马车。两人正抬着那名得了疝气的士兵，准备把他放进马车。他们回来找他了。那名士兵冲我摇摇头，他的钢盔掉了，额头发际线下淌着血，鼻子擦破了皮，血淋淋的伤口和头发上沾满尘土。

"瞧我脑门上的包，中尉！"那名士兵喊道，"没什么用，他们回来找我了。"

回到所住的别墅，已是下午五点。我走到外面洗车处，冲了个澡。回到自己房间后，我只穿长裤和背心，坐在打开的窗户前写报告。进攻定于两天后发动，我也将随车队前往普拉瓦。我已很久未给在美国的亲人写信。虽然知道应该写信，但因为一拖再拖，现在几乎不知道该怎么写了。其实也没什么好写的。我曾寄去两三张军方定制的"战地"明信片——划去上面印制的所有条目，只留下"我很好"这一条[41]。这应该能敷衍他们了。那些明信片显得既陌生又神秘，在美国可能很受欢迎。这个战区也既陌生又神秘，不过我估计，与史上奥地利的历次战争相比，这次奥地利人已经算得上组织有序、意志顽强。奥地利军队的存在，纯粹是为了给拿破仑——不管哪个拿破仑——增添功绩。真希望我们也有一位拿破仑，但可惜，我们只有肥胖而富有的卡多尔纳将军[42]和脖颈细长、蓄山羊胡的小个子维托里奥·埃马努埃莱[43]，再边上是奥斯塔公爵[44]，也许他英俊得不像伟大的将军，但起码看着像那么回事儿。许多意大利人可能希望这位公爵当国王。他看着就像一位国王。他是国王的叔叔，任第三军统帅。我们属于第二军。第三军里有几支英国炮兵连。在米兰，我曾遇见两名第三军的英国炮兵，人非常不错，我们度过了一个愉快的夜晚。他俩都是大个子，性格腼腆，爱难为情，而且无论发生什么事，总是连连道谢。真希望能跟英国人待在一起，那会省事很多。不过那样的话，我也可能已经死了。在救护车队是没有生命危险的。不，也不一定。英国救护车驾驶员就时有牺牲。呃，我知道自己不会死，不会死于此地。这场战争跟我毫无关系，而且就我看还没有电影里的战争危险。不过我仍向上帝祈祷，让战争早点结束。也许今年夏天就能结束。也许奥地利人会突然崩溃。在史

41　文中提到的"战地"明信片，上面列着若干关于寄信人基本情况的条目。除了日期与本人姓名，寄信人不能在明信片上书写任何内容，而只能通过划去不相干的条目，向收信人传达自己的情况。

42　卡多尔纳将军，意大利将领，第一次世界大战中任总参谋长，战后晋升为陆军元帅。

43　维托里奥·埃马努埃莱，指的是维托里奥·埃马努埃莱三世，时为意大利国王。

44　奥斯塔公爵，后文提到他是意大利国王维托里奥·埃马努埃莱三世的叔叔，实际是堂兄。

上的历次战争中，他们次次都被打得溃不成军。这场战争到底出了什么毛病？人人都说法国人完蛋了。里纳尔迪说法国人发生了哗变，军队转而向巴黎进军。我问他后来怎样。他回答："噢，他们挡住了那支军队。"我想去没有战争的奥地利。我想去黑森林[45]。我想去哈茨山[46]。

不过，哈茨山又在哪儿呢？喀尔巴阡山脉[47]激战正酣。无论如何我不想去那里，虽然那地方也许不错。如果没有战争，我还可以去西班牙。太阳渐渐西沉，炎热慢慢消退。吃过晚餐，我要去见凯瑟琳·巴克利。真希望此刻她就在这里，真希望此刻我跟她在米兰。我会跟凯瑟琳·巴克利去科瓦咖啡馆共进晚餐，在闷热的夜晚沿曼佐尼大街散步，然后过街，接着拐过弯，最后沿运河回到旅馆。也许她会愿意跟我去米兰，也许她会把我当作她那个战死的男友。我们走进旅馆大门，门房摘下帽子以示敬意。我走向服务台，问侍者拿房间钥匙，她站在电梯旁等待。我们走进电梯，电梯缓缓上升，每到一层都"咔哒"一响，最后终于来到我们住的那层。侍者打开电梯门恭送我们。她先走出电梯，我紧随而出。我们沿走廊来到房间门前。我把钥匙插进钥匙孔，打开房门，走进去，拿起电话，吩咐侍者送一瓶装在盛满冰块的银制冰桶里的卡普里白葡萄酒[48]。过了一会儿走廊上就传来冰块碰撞桶壁的声音。接着侍者敲了敲门。我对他说，请把酒放在门外吧。因为太热，我们什么都没穿。窗户开着，燕子在鳞次栉比的屋顶上空盘旋，夜幕降临后，走到窗边，小小的蝙蝠在房子上空

45　黑森林，位于德国西南部。

46　哈茨山，位于德国北部。

47　喀尔巴阡山脉，位于欧洲中部，属于阿尔卑斯山脉主干东伸部分。

48　卡普里白葡萄酒，产于卡普里岛，不带甜味。

捕食，然后俯冲下来掠过树梢。我们喝着卡普里白葡萄酒，房门锁着，天气很热，我们共用一条被单。我们在米兰的一个闷热夜晚里互相深爱。没有任何遮掩。整整一个夜晚。在米兰，一个闷热的夜晚，我们缠绵到天亮。这才叫生活。我要赶紧吃完晚餐，然后去见凯瑟琳·巴克利。

在食堂，大家你一嘴我一舌，说个没完。我喝了酒，因为如果不喝点儿，今晚大家就做不成兄弟。喝酒间歇，我跟牧师聊了聊大主教爱尔兰[49]。听上去那是个道德高尚的人，在美国蒙受了冤屈——尽管之前闻所未闻，但身为美国人的我也有责任。我假装知道此事，如果坦白对此一无所知感觉很不礼貌。毕竟牧师已滔滔不绝，为我详细解释了造成那些冤屈的原因，而所谓的原因，归根到底，似乎也就是一些误会。我觉得那位大主教的姓氏不错，加上又是来自明尼苏达州，读起来朗朗上口，听着就像：明尼苏达岛，威斯康星岛，密歇根岛。之所以朗朗上口，是因为该姓氏的发音近似"岛屿"一词的发音。不，不是这样，没那么简单。是的，神父。有道理，神父。也许吧，神父。不，神父。呃，也许是的，神父。你知道得比我多，神父。牧师是好人，然而无趣。那些军官不是好人，而且无趣。国王是好人，同样无趣。酒不是好酒，但喝着有趣。喝下去，会溶解你的牙釉质，并把溶解的牙釉质留在你的上颚。

"那牧师进了监狱。"罗卡说，"因为从他身上搜出了三厘息公债。当然，这事发生在法国。要是在这里，他绝对不会被抓。

---

49 大主教爱尔兰，全名为约翰·爱尔兰，美国明尼苏达州圣保罗市第三任天主教主教及第一任天主教大主教。

他否认见过任何五厘息公债。这事发生在贝济耶[50]。当时我正好在那里，从报上读到这则新闻后，我去了监狱请求见这位牧师。很明显，证据确凿，他偷了那些公债。"

"你说的，我一个字都不信。"里纳尔迪说。

"随你的便。"罗卡说，"反正，我是说给我们这位牧师听的。这事很有教育意义。他也是牧师，他会理解的。"

牧师笑了笑。"继续说。"他说，"我在听。"

"有些公债自然已经不知去向，但在那牧师身上搜到了全部的三厘息公债和一些地方债券——具体是什么债券，这会儿我忘了。刚才说到我去了监狱，下面就是整个故事的重点。我站在牢房外，像告解时那样对他说：'保佑我，神父，因为你犯了罪。'[51]"

所有人哈哈大笑。

"那他怎么回你的？"牧师问。罗卡没搭理他，而是继续向我解释那个笑话，"你听懂了吧？"如果能完全理解的话，那是一则非常幽默的笑话。他们又给我倒了些酒。我说了一名英国列兵被迫淋雨的故事。接着，少校说了十一名捷克斯洛伐克人和一名匈牙利下士的故事。又喝了些酒后，我说了一名骑师找回一枚便士的故事。少校说，意大利也有类似的故事，讲的是一名夜里睡不着觉的公爵夫人。这时，牧师走了。我又说了个一名旅行推销员清晨五点来到马赛，正赶上那里刮密史脱拉风[52]的故事。少校说他听闻我很能喝酒。我否认了。他说传闻是真的，还说要凭酒神巴克斯的尸体起誓，来验证一下传闻的真伪。不要搬出巴克

---

50 贝济耶，法国南部城市。

51 教徒向神父作告解，通常会说："保佑我，神父，因为我犯了罪。"

52 密史脱拉风，法国南部主要出现于冬季的寒冷强风。

斯，我连连说。不要搬出巴克斯。就要搬出巴克斯，他说。我可以跟菲利波·琴扎·巴西拼酒，他一杯，我一杯。巴西说，这不公平，因为他已经比我多喝了一倍的酒。我说这是无耻的谎言，巴克斯不巴克斯的，无论菲利波·温琴扎·巴西，还是巴西·菲利波·温琴扎，整个晚上都滴酒未沾，而且他到底叫什么名字来着？他反问我的名字究竟是弗雷代里科·恩里科[53]，还是恩里科·费代里科。我说别管什么巴克斯，来来来，我们来决一雌雄。于是少校倒上两大杯红酒，让我们开始拼酒。喝到一半，我不想再喝了。我想起了自己将要去的地方。

"巴西赢了。"我说，"他比我强。我有事得走了。"

"他真的有事。"里纳尔迪说。"他有个约会，我可以作证。"

"我得走了。"

"改天晚上，"巴西说，"改天晚上，等你状态好了我们再好好拼一把。"他拍了拍我的肩膀。餐桌上，烛光摇曳，所有军官都非常高兴。"晚安，先生们。"我向他们道别。

里纳尔迪陪我走出食堂。在门外小草坪上，他说："你最好不要醉醺醺地去那里。"

"我没醉，里宁[54]。真的。"

"你最好嚼点咖啡豆。"

"胡说八道！"

"我去拿点来，老弟。你在这儿来回走一走。"他拿来一把烤咖啡豆。"来，嚼点，老弟。愿上帝与你同在。"

---

53 弗雷代里科·恩里科，本书主人公的名字"弗雷德里克·亨利"在意大利语中的发音。

54 里宁，对"里纳尔迪"的昵称。

"巴克斯与我同在。"我说。

"我陪你一起去。"

"我一点也没醉。"

我嚼着咖啡豆，跟里纳尔迪穿街走巷，前往英国人住的别墅。走到那栋别墅的大门口，里纳尔迪向我道别。

"晚安。"我回道，"你干吗不一起进去呢？"

他摇摇头，"不。"他说，"我喜欢简单的快乐。"

"谢谢你给我拿咖啡豆。"

"没什么，老弟。没什么。"

我顺着车道往里走，车道两旁的柏树轮廓分明。我回过头，看见里纳尔迪仍站在原地望着我，我冲他挥挥手。

我坐在别墅的接待大厅，等凯瑟琳·巴克利下来。有人从走廊那头过来。我站了起来。但来人并非凯瑟琳，而是弗格森小姐。

"喂，"她招呼道，"凯瑟琳让我告诉你，今天晚上她不能见你，很抱歉。"

"真遗憾，希望她没得什么病。"

"她不是很舒服。"

"麻烦你转告她，我很为她担心，行吗？"

"行，我会的。"

"那我明天再来见她，你看可以吗？"

"嗯，可以。"

"非常感谢。"我说，"晚安。"

走出门后，我突然感到一阵寂寞与空虚。我并没把见凯瑟琳当回事，所以喝得半醉，差点忘了来见她。可见不到她，我又感到莫名的寂寞与空虚。

第八章

次日下午，我们得到通知，部队将于当日夜间在上游发起进攻，要我们派四辆救护车前往。尽管人人争相发表自己的战略高见，言谈之间颇为乐观，但大家其实都一无所知。我坐在第一辆救护车里。经过那家英国医院大门时，我让驾驶员停一停。后面三辆车也跟着停了下来。我跳下车，叫后面的车继续开，告诉他们，如果我们没及时赶上，就在去往科尔蒙斯[55]的交叉路口等一等。我急忙顺着车道冲进医院接待大厅，要求见见巴克利小姐。

"她在值班。"

"我能见她吗，就一会儿？"

他们派了个勤务去看看情况。接着，她跟那名勤务一起来了。

"我刚好路过，所以进来问问你有没有好点。他们说你在值班，我就请他们把你叫来了。"

"好多了。"她回答，"大概是昨天太热，让我有点吃不消。"

"我得走了。"

"我送你出去。"

"你真的没事了？"走到屋外，我问。

"嗯，亲爱的。今晚你会来吗？"

"可能来不了，我要去上游的普拉瓦那边。那里即将上演一出好戏。"

"一出好戏？"

55　科尔蒙斯，位于戈里齐亚西面的城镇。

"但应该也没什么大不了。"

"你会回来的吧？"

"明天。"

她从颈上解下一样东西，放到我手里。"这是圣安东尼像[56]。"她说，"明天晚上，请一定要来。"

"你不是天主教徒吧？"

"不是。不过，他们说圣安东尼像很灵。"

"那我暂时替你保管吧。再见。"

"不要。"她说，"不要再见。"

"好吧。"

"你要好好的，保重自己。不，你不能在这儿亲我。不行。"

"好吧。"

我回过头，看见她仍站在门阶上。她挥了挥手。我亲了一下自己的手，并把手伸向她。她再次挥了挥手。我走下车道，爬上救护车。随后，车子发动了。圣安东尼像装在一个白色小铁匣里。我打开铁匣，圣像滑入手中。

"圣安东尼像？"驾驶员问。

"嗯。"

"我也有一个。"他的右手离开方向盘，解开军装的纽扣，从衬衫下面拉出他戴的圣像。

"瞧？"

我把自己的圣像放回铁匣，收拢金链条，把铁匣连金链条一起放入胸袋。

"你不戴？"

---

56 圣安东尼，古埃及隐修士，相传系基督教古代隐修院的创建人。

"不戴。"

"戴上好点儿，本来就是用来戴的。"

"好吧。"说着，我解开金链条的搭扣，把它戴在脖子上，扣好。圣像垂在我的军装外面。我松开军装领口，解开衬衫领扣，把它塞进衬衫下面。随着车子的颠簸，我感到装着圣像的铁匣紧贴着我的胸口。接着，我完全忘了这回事。我受伤后，再也没找到这个圣像。估计是在某个急救站让人拿走了。

过桥后我们一路疾驰，不久便望见另外几辆车在前面扬起的尘雾。开过一处转弯，那三辆车还看起来非常小，在车轮扬起的尘雾里，他们消失在树林中。我们赶超上去，接着拐到一条上山的路。坐在打头的车中，身后还有几辆结队而行，其实感觉还不错。我舒服地坐在座位上，欣赏着车外的乡野风情。我们行驶在位于河这头的山麓丘陵之间。随着路面逐渐上升，北边开始耸现仍为积雪覆盖的崇山峻岭。我回过头看见另三辆车也都开始爬坡，扬起的尘雾将它们彼此分隔。我们经过一长队负重的骡子，旁边行走的赶骡人头戴红色非斯帽[57]。他们是狙击兵团的狙击兵[58]。

骡队前方，一片空荡。我们在丘陵间不断攀爬，接着沿一个长长的山坡而下，进入河谷。道路两旁种着树，隔着右侧那排，能望见一条河，水流清浅而湍急。河床很低，除了一条狭窄的水道，到处都是泥沙和卵石。有些河段，流水宛如晶莹的白练，平铺在无数光洁的卵石上。近岸处分布着一些深潭，如天空

---

57 非斯帽，地中海东岸各种男人所戴，通常为红色并饰有黑色长缨的圆筒形无边毡帽。

58 意大利狙击兵团，一支高机动性轻步兵部队。

般湛蓝。河面上横跨几座石拱桥，小径由此连上马路。我们经过几间农家石屋：石屋南墙与枝桠交错的梨树紧贴在一起，周围的田野上砌有低矮的石墙。我们在河谷中行驶了很长一段路，接着拐弯，再次进入山区。新修的军用公路在栗树林间蜿蜒盘旋，陡直上升，最终依着山脊向前延伸。隔着树林，能望见山底极远处有一条细长水道，阳光照耀下，波光粼粼。这便是隔在两军之间的那条河。沿着崎岖的道路向前行驶，我望见北边有两重山脉，雪线以下一片青黑，而峰峦在阳光下白得迷人。随着道路依山脊爬升，我望见第三重山脉。这些海拔更高的白垩色雪山上沟壑密布，呈现出各异的平面。更远处，还有崇山峻岭，亦幻亦真，让你不由怀疑自己的眼睛。那些山脉全部属于奥地利。意大利这边就没有如此雄伟的高山。接着，前路出现一个和缓的右弯。往下俯瞰，能望见道路在树林间陡直地向下延伸。路上开始出现军队、卡车和拉山炮的骡子。我们贴着路边行驶，盘山而下。我望见山底极远处的那条河、沿河铺设的铁轨与枕木、通往对岸的旧铁路桥，对岸一座山丘下，满是断壁残垣的废墟。那片废墟就是我方要攻取的小镇。

我们下山，拐上沿河的那条大路时，天都快黑了。

第九章

　　路上很拥挤，两旁围着用玉米秆和草席搭成的屏障，顶上也盖着草席，感觉就像前往马戏场或某个土著村落的通道。我们顺着这条通道缓缓行驶，到达一处光秃秃、清理一空的开阔地。那里便是曾经的火车站。这一路段的路面低于河岸，沿路的河岸上挖着大量供士兵藏身的掩体。太阳逐渐西沉，坐在车上，顺着河岸抬头远眺，我望见了奥军布于对岸山丘上空的观测气球。在晚霞映衬下，这些观测气球看起来黑乎乎的。我们把车停在一处砖厂附近，砖窑和一些深洞已经改造成急救站。我认识这里的三名军医，我跟那名少校军医聊了聊，得知在进攻开始，救护车装满伤员后，我们应沿盖着草席的来路返回，然后拐上依山脊而修的马路，到达一个救护车站。那里另有车辆转送伤员。少校希望到时此路不会拥堵。因为这是通往后方唯一的路。而它完全暴露在奥军的视野中，所以才用玉米秆和草席遮掩。河岸为这个砖厂提供了躲避敌方枪支火力的屏障。河面上有座炸毁的桥。炮击开始后，他们将另搭一座桥，到时一些士兵将从上游的河湾浅滩渡河。少校身材矮小，蓄着两撇上翘的八字须。他曾在利比亚[59]参加过战斗，军装上缝着两条表彰光荣负伤的杠杠。少校说如果战事顺利，他保证让我荣获勋章。我说希望一切顺利，并感谢他对我太好了。我问有没有大点的掩体供同行的驾驶员藏身。少校派了一名士兵带我去。我跟着士兵来到一个不错的掩体。那几名

59　利比亚，北非国家，当时是意大利殖民地。

驾驶员对此非常满意。于是我把他们留在了那里。少校邀我同他及另外两名军官小酌几杯。我们喝着朗姆酒，彼此谈笑甚欢。外面，夜幕逐渐降临。我问进攻何时开始。他们回答，一等天黑就开始。我回到同行驾驶员所待的掩体。他们正坐着聊天，我一进去，就全都不说话了。我给他们每人一包马其顿牌香烟。这种香烟裹得很不紧实，老掉烟丝，抽之前得先把两头捻一捻。马内拉打着了自己的打火机，递给大家。酷似菲亚特汽车散热器的打火机在几个人手中传了个遍。我把听到的消息告诉了他们。

"我们下山时，怎么没见着那个救护车站呢？"帕西尼问。

"就在我们拐弯的地方过去一点。"

"那条路会乱成一锅粥的。"马内拉说。

"他们会把我们炸得粉身——"

"很有可能。"

"什么时候开饭，中尉？进攻一旦开始，我们肯定没机会吃东西了。"

"我这就去看一下。"我回答。

"您要我们就在这儿待着呢，还是我们可以到处转转？"

"就在这儿待着吧。"

我回到少校所在的掩体。少校说，战地厨房即将把饭菜送到，那几名驾驶员可以过来领炖菜，还说如果没带饭盒，他能借他们几个。我说想必他们带了。我回到那几名驾驶员所待的掩体，告诉他们饭菜一到我就给他们打来。马内拉说希望饭菜能赶在炮击开始前送到。接着直到我离开所有人都默不作声。他们都是机械师，都厌恶战争。

我出去检查了一下车辆，看了看周围的情况，然后回到掩体，跟四名驾驶员背靠土墙，坐在地上抽烟。外面，天差不多全黑了。掩体里的泥土温暖而干燥。我把整个肩膀靠在土墙上，后腰着地，全身放松地半躺下来。

"担任进攻的是哪支部队？"加武齐问。

"狙击兵。"

"只有狙击兵？"

"应该是吧。"

"光凭这点兵，不足以发动一次真正的进攻。"

"很可能只是佯攻，好把敌人的注意力从真正的进攻地点吸引过来。"

"那些狙击兵知道是哪支部队发动进攻吗？"

"应该不知道吧。"

"当然不知道。"马内拉说，"要知道的话，他们就不会进攻了。"

"不，他们会的。"帕西尼反驳，"狙击兵都是傻子。"

"他们作战勇敢，纪律严明。"我说。

"他们的胸围确实不小，体格健壮。但不管怎样，一群傻子。"

"近卫军倒是个个都很高。"马内拉说。这是句玩笑话。四名驾驶员全都哈哈笑起来。

"曾经有一次，近卫军不肯进攻，结果他们就每十人枪毙一个。当时您在那里吗，中尉？"

"不在。"

"是真的。他们命令那些近卫军排成一排，然后每隔九人枪毙一人。宪兵干的。"

"宪兵。"说着，帕西尼往地上啐了一口唾沫。"不过那些近卫军也是，个个身高超过六英尺，却不肯进攻，真是白长了那么高的个儿。"

"如果人人不愿进攻，战争就可以结束了。"马内拉说。

"并非这么回事。近卫军是贪生怕死，不敢进攻。那些军官都是富家公子。"

"有些军官独自冲了出去。"

"一名中士枪毙了两名不肯进攻的军官。"

"一些士兵也冲了出去。"

"事后，到每十人枪毙一人的时候，他们把那些冲出去的人排除在外了。"

"宪兵枪毙的那些人中，有一个是我的同镇老乡。"帕西尼说，"那小伙子长得人高马大又非常机灵，所以被选入近卫军。他总待在罗马，身边女人不断，还总跟宪兵在一起。"他哈哈大笑。"如今，他们派了一名步枪上插着刺刀的警卫守在他家门口，任何人不准进去见他的爸妈和姊妹。他爸还被剥夺了公民权利，甚至不能投票了。他全家都失去了法律的保护，谁都可以拿走他们的财产。"

"如果不这样惩罚那些人的家属，就没人肯进攻了。"

"不，阿尔卑斯山地部队会的。V.E.枪骑兵[60]会的。有些狙击兵也会的。"

"狙击兵也临阵脱逃了。现在他们想着掩盖这些不光彩的历史。"

"您不该纵容我们这样说话，中尉。军队万岁！"帕西尼挖苦道。

"我知道你们的脾气。"我回道，"只要你们好好开车，遵守纪律——"

"——还有，不要让其他军官听到。"马内拉接道。

---

60 "V.E."是维托里奥·埃马努埃莱的首字母缩写。

"我想我们得坚持到底。"我说,"战争并不会因为一方停止战斗而结束,如果我们停止战斗,后果只会更糟。"

"不可能更糟的。"帕西尼恭敬地反驳,"没有什么能比战争还糟。"

"战败比战争更糟。"

"我不信。"帕西尼仍恭敬地反驳,"什么是战败?战败就是你能回家了。"

"他们会一路追赶你。他们会霸占你的家。他们会掳走你的姊妹。"

"我不信。"帕西尼说,"他们不可能对每个人都这样。就让每个人自己保卫自己的家吧,让每个人去保护自己的姊妹不被掳走。"

"他们会绞死你。或者再次拉你去当兵。到那时可不会让你开救护车,而是逼你去当步兵。"

"他们不可能绞死每个人。"

"一个外来民族不能硬拉你去当兵。"马内拉说,"一开战,大家就全跑了。"

"就像捷克人[61]那样。"

"看来你们一点也不了解被征服的后果,所以才会认为没什么大不了的。"

"中尉。"帕西尼说,"我们明白您的好意,任由我们说什么都行。听我说,要论糟糕的话,没什么能比得上战争。我们这些开救护车的,根本不了解战争有多糟糕。等人们真正了解的时候,已经无法阻止战争,因为那时他们全都疯了。有些人永远不会了解,有些人害怕他们的上官。正是这两种人,导致了战争。"

---

61 "捷克人"的原文为葡萄牙语。

"我知道战争很糟糕，但我们得坚持到底。"

"没有底的。战争根本没有底的。"

"有的。"

帕西尼摇摇头。

"战争不是靠打胜仗获胜的。就算我们攻下圣加布里埃莱山，又能怎样？"

"就算我们攻下卡尔索高原、蒙法尔科内[62]、的里雅斯特[63]，又能怎样？到那时，我们又在哪里呢？今天在路上您瞧见远处那些高山了吗？您觉得，我们能攻下所有那些山吗？除非奥地利人停止战斗，否则绝无可能。必须得有一方停止战斗。为什么我们不停止呢？如果他们攻入意大利，他们筋疲力尽了就会离开，他们有自己的国家。可现实并非如此，相反，双方陷入了战争。"

"你的口才不错。"

"我们爱思考。我们爱阅读。我们不是农民。我们是机械师。可是，就连农民都不相信战争是好事。每个人都痛恨这场战争。"

"一个国家的统治阶级总是愚蠢的。他们不了解任何事，而且永远不会了解。这就是造成这场战争的原因。"

"而且，他们还从中大发横财。"

"他们中的大多数人没这个能力。"帕西尼说，"他们太蠢了。他们发动战争，不为任何目的，纯粹是出于愚蠢。"

"我们必须闭嘴了。"马内拉说，"就算在中尉面前，我们也说得太多了。"

"他爱听。"帕西尼说，"我们可以同化他。"

62　蒙法尔科内，今意大利东北部城市，毗邻的里雅斯特湾，当时属于奥匈帝国。

63　的里雅斯特，同上。

"不过现在，我们必须闭嘴了。"马内拉说。

"我们可以开饭了吗，中尉？"加武齐问。

"我去看看。"我回答。戈尔迪尼也站了起来，跟我走出掩体。

"有什么我能做的吗，中尉？需要我帮忙吗？"他是四名驾驶员中话最少的一个。"既然你这么说，那就跟我来吧。"我说，"到了那边，看看有什么需要你帮忙的。"

外面，夜幕已完全降临。探照灯的长光柱在各座山头扫来扫去。在这些紧邻前线的马路上夜行时，偶尔会遇见大探照灯的军用卡车：卡车停在路边，一名军官指挥着探照灯转动，他的部下则一脸惊恐。我们穿过砖厂来到最大的急救站。入口处盖着一些绿枝。晚风拂过，被烈日烤干的树叶沙沙作响。急救站里亮着灯，少校坐在一个箱子上打电话。其中一名上尉军医说，进攻提前了一小时。他给我倒了杯科涅克白兰地。我打量着几张板桌、在灯光下闪闪发亮的医疗器械、盆子、带瓶塞的瓶子。戈尔迪尼站在我身后。少校打完电话，站了起来。

"进攻现在开始。"少校说，"并没有提前。"

我望向外面，漆黑的夜幕中，奥军探照灯在我们背后的山岭上扫来扫去。周围仍一片寂静，但片刻之后，我们背后的所有大炮开始轰击。

"萨沃亚王室[64]的炮兵。"少校说。

"汤来了吗，少校？"我问。他没听到，我又问了一遍。

"还没。"

一发大炮弹呼啸而至，并在急救站外的砖厂爆炸。接着又是一次。在巨大的爆炸声中，可以听见砖石和泥土如雨般倾泻

64　萨沃亚王室，1861 年至 1946 年间统治意大利。

而下。

"那吃什么呢？"

"我们有一些干面。"少校回答。

"只要是吃的，什么都行。"

少校对一名护理员交代了几句。后者走进后面的洞里，端来一铁盆煮熟后放冷了的通心面。我把那盆面递给戈尔迪尼。

"你们有奶酪吗？"

少校不耐烦地对护理员吩咐了一声，后者再次弯腰走进刚才的洞里，拿来四分之一块白奶酪。

"太谢谢您了。"我说。

"这会儿你们最好别出去。"

急救站外来了两个人，在入口边的地上放下了什么，其中一人开始朝里张望。

"把他抬进来。"少校说，"你们两个怎么回事啊？你们想让我们亲自把他抬进来吗？"

那两名担架兵一人从胳膊底下抱住伤员，一人抓住伤员双腿，抬起担架上的伤员，送了进来。

"割开军装。"少校命令。

他手持一把夹有纱布的镊子。那两名上尉脱下各自的外套。"出去。"少校对两名担架兵说。

"我们走吧。"我对戈尔迪尼说。

"你们最好等到炮击结束再走。"少校回过头来说。

"他们等着吃饭。"我说。

"那随你们的便吧。"

出了急救站，我们跑步穿过砖厂，一发炮弹在河岸边中途落下。接着，虽未听到任何声响，另一发炮弹又突然从天而降。我们猛地扑倒在地，眼前一闪，炮弹触地而炸，刺鼻的火药味随之弥漫开来。与此同时，弹片嗖嗖乱飞，碎砖嘭嘭坠落。戈尔迪尼站起来，冲向掩体。我抓着奶酪，紧随其后。奶酪光滑的表面粘满砖屑。掩体里，三名驾驶员仍背靠土墙，坐着抽烟。

"饭来了，你们这些爱国者。"我说。

"车子没事吧？"马内拉问。

"没事。"

"你被吓到了吗，中尉？"

"让你他妈的说中了！"我回答。

我掏出随身携带的小刀，打开，擦了擦刀身，刮去奶酪脏兮兮的表层。加武齐把那盆通心面递给我。

"您先吃吧，中尉。"

"不。"我说，"把它放在地上，大家一起吃。"

"没有叉子。"

"管他妈的。"我用英语说。

我把奶酪分成几块，搁到通心面上。

"坐下来吃吧。"我说。他们坐下来等着，我把五指插入盆中，抓起一团通心面。

"提高点，中尉。"

我提起一根面，伸直手臂，直到面条不再与其他粘连，放下来送入嘴中，"哧溜"一声，整根吸了进去。我嚼了嚼，咬上一口奶酪，又嚼了嚼，灌下一口酒。一股生锈的金属味在嘴里弥漫开来。我把装酒的水壶递还给帕西尼。

"这酒坏了。"他说，"放太久了，我之前一直把它搁在车里。"

那几名驾驶员也都吃了起来：先把下巴凑到盆边，接着脑袋往后一仰，把面条吸入嘴里。我又抓了一团通心面塞进嘴里，咬了点奶酪，灌了口酒。这时，不知何物落到掩体外面，震得地都抖了几下。

"不是420毫米大炮，就是迫击炮[65]。"加武齐说。

"山上没有420毫米大炮。"我说。

"他们配有斯科达大炮[66]，我见过那些弹坑。"

"那是305毫米大炮。"

我们接着吃饭。就在这时传来一阵如火车开动般的尖锐噪音。紧接着，剧烈的爆炸再次把地震得抖了几下。

"这个掩体不太深。"帕西尼。

"那是一门大口径迫击炮。"

"没错，长官。"

我吃掉手里剩下的奶酪，灌了口酒。一片嘈杂中突然传来尖锐的噪音，接着听到"乞—乞—乞—乞"的呼啸声。刹那间，眼前猛地一闪，一如高炉打开的瞬间。紧接着便是一声巨响，随之冒出一团白光。随着一股急遽的气浪，那团白光变得越来越红，越来越红……我拼命呼吸，可依旧喘不上气来。我感觉自己冲出了自己的躯体，随着气浪不断往外冲，冲，冲……我迅速而彻底地离开了自己的躯体。我意识到自己死了，也意识到自己过去的想法大错特错——过去，我一直以为人死了就是死了，不存在什么灵魂。接着我开始在气浪中飘荡，但没一会儿又感觉自己飘回了自己的躯体。我大口呼吸，然后醒了过来。地面炸出一个坑，我的脑袋前方横着一根破碎的梁木。我的大脑里一片轰鸣，但听见有人在哭泣。我似乎听见有人在哀叫。我试着挪动身子，可根

---

65 原文为德语。
66 "斯科达"指的是捷克著名的斯科达兵工厂。

本无法动弹。我听见机枪和步枪声响彻河对岸及整条河沿岸。外面传来巨大的溅水声，我瞧见几枚照明弹升空、爆炸、闪着白光划过，一些信号火箭跟着升空，传来此起彼伏的爆炸声，所有这一切都发生在刹那之间。接着我听见有人在身边喊："我的妈呀！噢，我的妈呀！"我又是拉腿，又是扭动身体，终于把双腿从障碍物底下抽了出来，然后转过身去摸身边的人。原来是帕西尼。一碰到他他就厉声尖叫。他的双腿对着我。在忽暗忽明间，我瞧见那双腿膝盖以上的部分血肉模糊：一条腿不见了，另一条腿仅靠肌腱和裤子的碎片相连，而且不断抽搐，仿佛已完全断开。帕西尼咬着自己的胳膊，不断呻吟："噢，我的妈呀，我的妈呀！""上帝保佑您，玛利亚！上帝保佑您，玛利亚！噢耶稣一枪崩了我基督一枪崩了我我的妈呀我的妈呀噢圣洁无比的慈悲的玛利亚一枪崩了我。停下。停下。停下。噢耶稣慈悲的玛利亚快让它停下。噢—噢—噢—噢！"接着，呻吟变成了哽咽："妈呀我的妈呀。"最后，他安静了下来，但仍咬着胳膊，那条断腿也仍在抽搐。

"担架兵！"我拢起双手喊道，"担架兵！"我使劲往帕西尼身边挪动，好给他的双腿缠上止血带，可根本无法动弹。我又试了试，这次双腿微微动了动。我借助双臂和双肘，倒着挪动身子。此刻帕西尼已无任何动静。我坐在他身边，脱下自己的军装，然后使劲撕扯自己的衬衫后摆。怎么都撕不破，我只好咬住布的边缘借助牙齿来撕。接着我想起了帕西尼的绑腿。我穿的是羊毛袜，但帕西尼裹着绑腿。所有驾驶员都裹绑腿，不过帕西尼只剩下一条腿。我开始解那条腿上的绑腿以用作止血带。解着解着，我发现没必要那么做了，因为帕西尼已经死了。我探了探，他确实已死。还有三名驾驶员在哪儿呢？我坐直身子，然后感到脑袋中有什么东西，如同玩具娃娃脑袋中眼睛后面的铁块，它晃了一下，碰到了我眼球背后的某个地方。我感到双腿暖乎乎、湿漉漉的，鞋子里也是。我意识到自己被弹片击中了，于是俯身向前，去摸其中一条腿的膝盖。没摸着！我的手直接伸进了一个窟窿，并发觉膝盖骨掉到了小腿上。我把手放到衬衫上擦了擦，一点亮光从夜空缓缓划落，我借机瞧了瞧自己的腿。眼前的景象令我无比害怕。天哪，我喊道，快把我弄出去。不过，我知道掩体里还有另外三个人，一共四名驾驶员，帕西尼死了，那就还剩三名。这时，有人从胳膊底下抱住我，另一个人则抬起我的双腿。

"还有三个人。"我说，"死了一个。"

"我是马内拉。我们刚才去找担架了，可一副也没找着。您怎么样，中尉？"

"戈尔迪尼和加武齐在哪？"

"戈尔迪尼在急救站接受包扎。加武齐正抬着您的腿。搂住我的脖子，中尉。您伤得厉害吗？"

"伤在腿上。戈尔迪尼怎么样？"

"他没什么大碍。击中这里的是一发大口径迫击炮弹。"

"帕西尼死了。"

"嗯，他死了。"

一发炮弹落到附近。他俩猛地扑倒，把我摔在地上。"对不起，中尉。"马内拉道歉，"搂紧我脖子。"

"你们敢再摔我一次试试！"

"刚刚是因为我们吓了一跳。"

"你们没受伤吗？"

"我们都只受了点小伤。"

"戈尔迪尼还能开车吗？"

"大概开不了了。"

到达急救站前，他俩又把我摔了一次。

"你们这两个狗娘养的！"我骂道。

"对不起，中尉。"马内拉道歉，"我们再也不会把你摔地上了。"

夜幕下，大量伤员躺在急救站外的地上。他们把伤员抬进去，又抬出来。急救站的门帘每次被掀开就有灯光从里面透出来。死者全部集中摆在一边。忙碌的军医个个袖子卷到肩膀上，浑身沾满了殷红的血渍，望去活像屠夫。担架完全不够用。有些伤员叫唤不止，但大部分很安静。晚风拂过急救站入口上方用来遮阳的树枝，吹得树叶沙沙作响。夜越来越凉。担架兵络绎不绝地赶来，放下担架，抬出伤员，再次出发。一把我抬到急救站，马内拉就去里面叫来一名中士军医。那人给我的两条腿都缠上绷带，并说伤口进了大量污泥，所以没流多少血，还说他们会尽快为我处理。说完那人就回里面去了。戈尔迪尼无法开车了，马内拉说。戈尔迪尼的一侧肩膀被炸烂，头部也受了伤。刚开始并不觉得多严重，但现在肩膀已经完全僵硬。他正挺着身子，靠坐在一面砖墙边。马内拉和加武齐各载走一车伤员。他俩尚能开车。英国人派来三辆救护车，每辆车配备两人。苍白而虚弱的戈尔迪尼领着其中一名英国驾驶员来到我身边。那人冲我俯下身。

"你伤得厉害吗？"他问。那人个子很高，戴着钢边眼镜。

"伤在腿上。"一位医务官说。

"希望伤得不厉害。来支烟？"

"谢谢。"

"他们告诉我，你们损失了两名驾驶员。"

"是的。一人死了，带你来的这位弟兄受伤了。"

"太倒霉了。你愿意把车交给我们来开吗？"

"我正想提出这个请求。"

"我们会很当心的，用完就开回你们住的别墅。206号别墅，对吗？"

"对。"

"那地方不错。我以前见过你。他们告诉我，你是美国人。"

"没错。"

"我是英国人。"

"不是吧！"

"是的，我是英国人。难道你以为我是意大利人？我们有个小队倒是有些意大利人。"

"你们愿意开我们的车，真是太好了。"我说。

"我们一定会万分小心。"英国人直起身子，"你们这位弟兄急着要我来见你。"他拍了拍戈尔迪尼的肩。后者先是皱了皱眉，接着便露出微笑。英国人突然说起流利而地道的意大利语："现在一切都安排好了，我也见了你们的中尉，我们会替你们驾驶那两辆车，你不用担心了。"接着，他又突然说回英语："我得设法把你从这里弄走。我这就去找管医务的人，我们会带你一起回去。"

英国人小心翼翼，避开躺在地上的伤员，朝急救站走去。我看见门帘掀开，灯光透出来，他走了进去。

"他会照顾您的，中尉。"戈尔迪尼说。

"你怎么样，佛朗哥？"

"我没事。"他在我身边坐下来。没过一会儿，急救站入口的门帘再次被掀开，两名担架兵从里面走了出来，紧随其后的是那名高个子英国人，他领着他们朝我走来。

"这就是那位美国中尉。"英国人用意大利语说。

"我愿意再等等。"我说，"有些伤员的伤势比我严重得多，我扛得住。"

"得啦，得啦。"英国人说，"别逞强了。"接着，他又用意大利语说："抬腿的时候，千万当心，他的腿痛得要命。他是威尔逊[67]总统的正统公子。"他们抬起我把我送进包扎室。每张桌上都有伤员在接受伤口处理。小个子少校恼怒地瞪了我们一眼，接着认出我来，于是挥挥手中的镊子。

"你还好吧?"

"还好。"[68]

"我把他送来了。"高个子英国人用意大利语说，"他是美国大使的独子，他就待在这儿，直到你们有空给他处理伤口。等处理完毕，我就把他同我的第一车伤员一起送走。"他冲我俯下身，"我现在去把他们的副官找来，给你办病历。这样能节约很多时间。"说完，那英国人弯腰穿过包扎站的门，出去了。这时，少校取下镊子，丢进一个盆里。我的目光随着那双手移动。他开始为伤员包扎。接着，担架兵把那个伤员抬下了桌子。

"我来给美国中尉处理伤口。"其中一名上尉说。他们把我抬上桌子，桌面又硬又滑，散发着各种化学性气味和发甜的血腥味，刺鼻难闻。他们扒掉我的裤子，上尉军医开始边操作边对中士副官口述："左右大腿、左右膝盖和右脚有多处表皮损伤，右膝盖和右脚重伤。头皮有几处划伤。（他戳了戳——疼吗？——哎哟，疼！）颅骨可能骨折。执行任务时负伤——这句话可以证

67　威尔逊，时任美国总统。
68　原文为法语。

明你不是自残，从而免遭军事审判。"他说，"想来杯白兰地吗？话说，你是怎么弄成这副样子的？当时你想干吗？自杀？请给他打一针抗破伤风，并在两条腿上各画一个叉，谢谢。我会把伤口清理，冲洗，然后包扎。你的血凝结得非常好。"

正在记录的副官抬起头，问："这些伤是怎么弄出来的？"

上尉军医把副官的问题转述了一遍："你被什么击中了？"

我闭着眼睛回答："迫击炮弹。"

上尉边进行一系列令人疼痛难忍的操作，包括切除肌肉组织，边问："你确定？"

在切除肌肉时，我强忍疼痛竭力不让自己乱动，同时胃部一阵阵地痉挛。"我想是的。"

上尉军医发现了什么东西，表现出极大兴趣。"敌军迫击炮弹的弹片。要是你愿意，我可以再找一些出来，不过暂时不管也没事。我会给整个伤口擦上药，然后——疼？好，跟后面比起来这根本不算什么。真正的疼痛还没开始呢。给他倒杯白兰地，震惊会使痛感变得麻木。不过没什么大碍，如果伤口不感染，根本用不着担心，而如今这类伤口也很少感染。你的头感觉怎么样？"

"哎哟！"我喊道。

"看来最好还是别喝太多白兰地。如果真的骨折了，你肯定不想发炎。感觉怎样？"

我痛得浑身冒汗。

"哎哟！"我再次喊道。

"我想你肯定骨折了，我现在给你包扎，注意别乱晃脑袋。"上尉开始为我包扎。他的动作十分麻利，绷带绑得又紧又牢。

"好啦，祝你好运。法兰西万岁[69]！"

"他是美国人。"另一名上尉说。

"我记得你说他是法国人。而且他说法语。"为我处理伤口的上尉说，"我之前就认识他。我一直以为他是法国人。"他灌下半玻璃杯的科涅克白兰地，"别拿酒了。再拿点抗破伤风来。"上尉冲我挥了挥手。他们抬起我，往外走。入口处的门帘拂过我的脸。到了外面，我躺在地上，那名中士副官在我身边跪下来。"贵姓？"他轻声问，"中名？教名？军衔？籍贯？入伍年份？所属部队？"他问了一系列诸如此类的问题。"真遗憾您的头部受伤了，中尉。希望您现在感觉好点了，我这就安排那辆英国救护车送您回去。"

"我没事。"我回道，"非常感谢你。"上尉提到的疼痛开始发作，令我无心顾及周围的一切。不久那辆英国救护车到了。他们把我抬上担架，接着把我推进救护车。车中一侧已摆了另一副担架。那伤员呼吸沉重，整个脑袋裹着层层绷带，只留蜡制一般的鼻子露在外面。他们又陆续抬进一些担架送入我上方的吊索中。高个子英国驾驶员走过来，望向车里。"我会开得很小心的。"他说，"希望能让你舒服一点。"我感觉到引擎发动，感觉到他爬上驾驶座，感觉到刹车松开、离合器被踩下，接着车子开动了。我一动不动地躺着，任由疼痛不断加剧。

救护车沿马路逐渐爬升。交通很拥堵，车子开得很慢，时而停下，时而在拐弯处倒退，最后终于开始疾驰。我感到有什么东西不断滴落，起初滴得缓慢而有规律，接着滴得越来越快，越来越急，啪嗒，啪嗒，最后流了起来。我大声呼喊驾驶员。他停下

69　原文为法语。

车，从驾驶座背后的小孔望进车厢。

"怎么了？"

"我上面那个人大出血了。"

"我们离山顶不远了，我一个人没法把担架抬出来。"驾驶员再次发动车子。血仍流个不停。黑暗中，看不清源头位于头顶那块帆布的哪个位置。我费力向一侧挪了挪身子，以避开那股血流。之前落到身上的血渗透衬衫，黏黏的，尚带余温。我浑身发冷，腿又疼得厉害，血腥味令我恶心欲呕。过了一会儿，上方的血流再次变为血滴。我听到并感觉到，上方的帆布动了动——担架上的那个人似乎解脱了。

"他怎么样了？"那英国人回头喊道。"我们就快到山顶了。"

"估计已经死了。"我回答。

血滴得很慢，一如太阳消逝后从冰柱上滴落的水珠。夜幕中车子不断爬升，车内寒气逼人。到达山顶的救护车站后，他们抬走我上方的担架，换进了另一副。接着，我们继续上路。

第十章

　　在战地医院的病房，他们告诉我，下午有个人要来看我。这
天很热，病房里苍蝇乱飞。我的护理员剪了些纸条，绑到棍子
上，做成掸子，刷刷地挥赶苍蝇。我看着苍蝇纷纷落到天花板
上。一等护理员停止挥赶，睡着了，苍蝇又从天花板飞扑下来。
起初我用嘴吹气，把苍蝇赶走，后来实在犯困，就用双手捂住
脸，跟着也睡着了。天气十分闷热，醒来时，我感到双腿阵阵
发痒。我喊醒护理员。他往我腿上的包扎处淋了些矿泉水。水浸
湿床铺，凉丝丝的。病房里，醒着的人互相说着闲话。下午很安
静。每天上午，有三名男护士和一名医生来到病房，把伤员挨个
抬离病床，送去包扎室。这样一来，护士就可以在伤员换药时整
理床铺。去包扎室换药并非什么乐事。后来我才知道就算床上躺
着伤员也照样可以整理床铺。我的护理员淋完了水。浸湿的床铺
十分凉爽。我告诉他两只脚底板哪几个地方痒，让他帮我挠挠。
正说着，里纳尔迪跟随一名医生进来了。他快步走到床前，俯身
亲了我一下。我看到他戴着手套。

　　"身体怎么样，老弟？感觉如何？我给你带来了这个——"
是一瓶科涅克白兰地。护理员搬来一把椅子。里纳尔迪坐了下
来。"还有一个好消息，你要荣获勋章了。他们打算给你弄一枚
银质勋章。不过，也许，他们只能弄到一枚铜的。"

　　"为什么要给我勋章？"

　　"因为你受了重伤。他们说只要你能证明自己做了不管什么
英勇的事，你就能获得银质勋章。要不然，只能获得铜的。快把

发生的一切原原本本地告诉我，你做了什么英勇的事？"

"没有。"我回答，"我被炮弹击中时，我们正在吃奶酪。"

"说正经的。受伤前后，你肯定做过什么英勇的事，仔细想想。"

"我没做过什么。"

"难道你没背过伤员吗？戈尔迪尼说你背过几名伤员，但急救站的少校军医说不可能。必须得他在嘉奖提名上签字。"

"我没背过任何人，我动都动不了。"

"没关系。"里纳尔迪说。

他摘下手套。

"我想我们能给你弄到一枚银质勋章。你不是拒绝在别人之前接受救治吗？"

"并不是很坚决。"

"那也没关系。瞧你伤得多重！瞧你多么英勇，总是要求亲赴第一线！对了，你的手术很成功。"

"他们成功渡河了吗？"

"大获全胜。他们俘虏了将近一千敌人。公告上都宣布了。你没看吗？"

"没。"

"下次我带来给你看看，这是一次成功的奇袭。"

"大家都好吗？"

"好极了。大家都好极了。每个人都为你感到骄傲。快把整件事原原本本地告诉我。我相信，你会获得银质勋章。快点告诉我，把一切都告诉我。"他略微停顿，想了想。"没准你还会获得一枚英国勋章呢。那边有个英国人，我去找他，问问他能不能保荐你。他应该有这个权力。你是不是很痛？来，喝点。护理员，去拿个瓶塞钻来。啊，你真该看看我是如何切除三米长的小肠的。我的技艺越来越精湛了，绝对可以上《柳叶刀》[70]杂志。你帮我翻译一下，我要把文章投给杂志社。我每天都在进步。可怜而亲爱的老弟啊，你感觉怎样？他妈的，瓶塞钻怎么还没来？你可真勇敢，一声不吭的，我都忘记你受了重伤。"他用手套"啪"地拍打了一下床沿。

"瓶塞钻拿来了，中尉先生。"护理员说。

"把瓶塞打开，拿个杯子来。喝吧，老弟。你那可怜的脑袋怎么样？我看了你的病历，你没有骨折。急救站那位少校简直就是杀猪的屠夫。换作我，绝不会弄疼你。我从不会把人弄疼——我在学习怎样才能不把人弄疼。我每天都在学习怎样让自己更熟练、更优秀。你一定得原谅我这么唠叨，老弟。看到你伤得这么严重，我心里非常难过。给，喝吧。这酒不错，15里拉一瓶。应该不错，五星级的。一离开这儿，我就去找那个英国人。他会给你弄到一枚英国勋章的。"

"他们的勋章不是这么容易给的。"

"你太谦虚了。我让联络官去说，他能搞定英国人。"

"你见过巴克利小姐吗？"

"我去把她找来，现在就去。"

"别走。"我说，"跟我说说戈里齐亚的情况，那些妞儿怎么样了？"

"哪还有什么妞儿。已经整整两周了，还是原来那些人。我再也不去那了，太恼人。她们不是妞儿，而是我们的老战友了。"

"你真的一次也没去了？"

"我只是去看了一下有没有新的妞儿，顺路去的。她们都问

---

70 《柳叶刀》，英国著名医学杂志。

了你的情况。真恼人，竟然让她们在那儿待这么长时间，都成朋友了。"

"也许其他妞儿不愿到前线来。"

"她们当然愿意来。他们有大量妞儿。完全是管理的问题。他们把那些妞儿留在后方，好让躲在掩体里的贪生怕死之徒玩个痛快。"

"可怜的里纳尔迪。"我说，"独自战斗，还没有新的妞儿可玩。"

里纳尔迪又给自己倒了杯酒。

"这对你没什么害处，老弟。喝吧。"

我喝了那杯酒，一股暖流由上往下，进入腹中。里纳尔迪又倒了一杯。他举着酒杯，比刚才安静了些。"为你英勇负伤干杯！为银质勋章干杯！告诉我，老弟，大热天的，一直躺在这儿，你不憋得难受吗？"

"有时会。"

"换作我绝对躺不住。我会发疯的。"

"你本来就疯了。"

"真希望你没受伤。现在，没人夜里从外面回来，没人可以捉弄，没人借钱给我，也没有兄弟和室友了。你为什么要让自己受伤呢？"

"你可以捉弄牧师啊。"

"说到那牧师——捉弄他的不是我，而是上尉。我喜欢那牧师。要是你必须找个牧师，那就找他吧。他也要来看你，他准备了很多礼物。"

"我也喜欢他。"

"哈，我早就知道了。有时我觉得，你跟他有点那种关系，你知道的。"

"别胡说。"

"真的，有时我真有这种感觉。你俩有点像安科纳旅第一团的那个家伙。"

"去你妈的！"

他站起来，戴上手套。

"啊，我真喜欢逗你，老弟。你也喜欢那个牧师和那个英国姑娘，所以骨子里，你跟我一样一样的。"

"不，我跟你才不一样。"

"我们完全一样。你其实就是意大利人，身体里除了火和烟，其他什么也没有。你只不过假装自己是美国人。我们互相喜欢，亲如兄弟。"

"我不在的时候，你可要守规矩。"我揶揄道。

"我让巴克利小姐自己来看你。你俩单独在一起，你会变得更好。你会更纯洁，更讨人喜欢。"

"去你妈的！"

"我会让她来看你。你那美丽动人的女神。英国女神。天哪，面对那样一个女人，男人除了当女神崇拜，还能怎么做？一个英国女人，不用来当女神崇拜，还能用来做什么啊？"

"你这个愚昧无知、满嘴脏话的拉丁佬[71]。"

"你说我什么？"

"愚昧无知的意大利佬。"

"意大利佬。那你就是板着面孔的……意大利佬。"

"你无知。愚蠢。"我发现这个词刺痛了他，于是继续往下说，"没见识，没经验，因为没经验而愚蠢。"

71　拉丁佬，对意大利人、西班牙人或葡萄牙人的蔑称。

"真的？我来告诉你一件事，关于你的那些好女孩，你的那些女神。搞纯洁的女孩和搞女人，区别只有一个，那就是女孩会痛。我只知道这一点。"他用戴着手套的手拍打了一下床，"至于那女孩是否真的喜欢被你搞，你永远不得而知。"

"别生气。"

"我没生气。我只是告诉你真相，老弟，为了你好。为了给你省去麻烦。"

"只有那一个区别？"

"是的。但无数像你一样的傻瓜不知道。"

"你真好，告诉我这个。"

"我们不会吵架的，老弟。我太爱你了。不过，千万别做傻瓜。"

"不会的，我会像你一样聪明。"

"别生气，老弟。笑一笑，喝一杯。我得走了，真的。"

"你真是我的好哥们儿。"

"现在你明白了吧。骨子里我们完全一样。我们是亲如兄弟的战友。亲我一下，跟我告别。"

"你喝醉了。"

"没有。我只是比你容易动感情。"

我感到他的气息逐渐逼近。"再见。我很快会再来看你。"他的气息离我而去。"要是你不愿意，我不会亲你的。我会让你的英国女友来看你。再见，老弟。科涅克白兰地放在床底下。祝你早日康复。"

他走了。

第十一章

牧师是黄昏时分来的。此前，医院让伤员喝了汤，然后收走了碗。我躺在床上，看看其他病床，又看看窗外晚风中微微摇曳的树梢。晚风吹进窗户，病房里比白天凉快了些。苍蝇都停在天花板上、从电线吊下的灯泡上。只夜里有人来访或需要做什么事时，电灯才会打开。看着黄昏渐渐变成黑夜，感觉仿佛回到了小时候：早早吃过晚饭，就上床睡觉。护理员沿两排病床间的过道走来。他停下脚步，身后跟着一人——正是牧师：瘦小的个子，黄褐色的脸，局促不安地站着。

"你还好吗？"他边问，边把几包东西放到床边地上。

"挺好的，神父。"

他在里纳尔迪坐过的椅子上坐下来，然后局促不安地望向窗外。我发现他一脸疲倦。

"我只能待一会儿。"他说，"太晚了。"

"一点都不晚。一起在食堂吃饭的那帮家伙还好吗？"

他笑了笑。"我仍是大家取笑的对象。"他的声音也显得很疲倦，"感谢上帝，大家都安然无恙。"

"看到你没事，我真高兴。"他说，"希望你现在不疼了。"他显得疲惫不堪。以前很少见他这样。

"已经不疼了。"

"你不在食堂，让人挺想念的。"

"我也希望能在那儿，我一直都喜欢跟你说话。"

"我给你带了几样小东西。"说着，他从地上拿起那几包东西，"这是蚊帐。这瓶是苦艾酒。你喜欢喝苦艾酒吧？这些是英语报纸。"

"请把它们拆开吧。"

他很高兴，依言拆开那几包东西。我接过蚊帐，捧在手里。他举起那瓶苦艾酒，给我瞧了瞧，放在床边的地上。我拿起一份报纸。对着窗户，借助微弱的夜光，可以看出上面的大字标题。原来是《世界新闻报》[72]。

"其余报纸都是有配图的。"他说。

"这些报纸肯定很有意思，你从哪儿搞来的。"

"我从梅斯特雷[73]订购的。后面还会有。"

"神父，你能来看我真是太好了。一起喝杯苦艾酒吧？"

"谢谢。你留着自己喝。这是专门带给你的。"

"不行，一定要喝一杯。"

"好吧。那我下次再给你带一些来。"

护理员拿来两个酒杯，打开酒瓶。他不小心弄断了瓶塞，只得把半截瓶塞戳进酒瓶里。看得出来，牧师有些失望，但嘴上还是说："没事，不要紧。"

"敬你健康，神父。"

"敬你早日康复。"

他单手握着酒杯，我们相对无言。过去，我们虽偶尔聊一聊，但总是很投缘，今晚却有点找不到话说。

"怎么了，神父？你好像很疲倦。"

"我是很疲倦，但我不应该这样。"

72　《世界新闻报》，英国通俗小报，已停刊，曾为世界上最畅销的英语报纸。

73　梅斯特雷，位于意大利北部亚得里亚海滨，与威尼斯隔海相望。

"是天气太热的缘故。"

"不。现在还只是春天。我的情绪很低落。"

"你是厌战了。"

"不是。不过，我确实厌恶战争。"

"我也不喜欢战争。"我说。他摇摇头，望向窗外。

"你并不在乎战争，也不了解战争。原谅我这样说，我知道你负了伤。"

"纯属意外。"

"不过就算受了伤，你也不了解战争。我看得出来。我自己也不了解，但我感觉到了一点儿。"

"我受伤时，我们正在讨论战争。帕西尼发表了他的看法。"

牧师放下酒杯，若有所思。

"我了解他们，因为我跟他们一样。"他说。

"可你跟他们不一样。"

"其实我跟他们很像。"

"军官们什么也不了解。"

"有些军官是了解的。有些军官非常敏感，比我们任何人都忧心。"

"可大部分军官并不了解。"

"原因不在于受教育程度或钱多钱少，而在其他方面。就算是受过良好教育或很富裕的人。像帕西尼那样的人就不会想当军官。我也不想当军官。"

"你的军阶是军官，我也是军官。"

"我不算真正的军官。而你连意大利人都不是，你是外国人。不过，你更接近军官而非士兵。"

"有什么区别呢?"

"我也说不太清。有些人爱挑起战争。在这个国家这样的人不少。还有一些人不爱挑起战争。"

"可第一类人迫使第二类人参战。"

"是的。"

"而我正在助纣为虐。"

"你是个外国人。你是个'爱国主义'者。"

"那些不爱战争的人，能阻止战争吗？"

"我不知道。"

他再次望向窗外。我盯着他的脸。

"历史上，他们曾成功阻止过战争吗？"

"他们没组织起来。而等组织起来时，他们的领导人就把他们出卖了。"

"那不是没希望了？"

"希望永远都会有。可有时，我无法保持希望。我努力让自己始终保持希望，但有时做不到。"

"战争说不定会结束。"

"希望如此。"

"到了那时，你打算做什么？"

"要是可能的话，我打算回阿布鲁齐。"

他黄褐色的脸上突然绽开笑容。

"你喜欢阿布鲁齐？"

"嗯，非常喜欢。"

"那你应该回去。"

"我会高兴得跳起来。要是我能住在那里，我会全心爱上帝，侍奉上帝。"

"还能受人尊敬。"我说。

"是啊，还能受人尊敬。为什么不能呢？"

"没理由不能，你本该受人尊敬。"

"没关系。不过在我的家乡，爱上帝是天经地义的。可不是什么龌龊的玩笑。"

"我理解。"

他看着我，笑了笑。

"你理解，可不爱上帝。"

"是的。"

"一点都不爱？"他问。

"在夜里有时我害怕上帝。"

"你应该爱上帝。"

"我心中没多少爱。"

"不。"他反驳，"你有爱。但你告诉我的那些夜晚的事，那并不是爱，只是情欲。真正爱上什么，你会愿意为之做些什么，你会愿意为之牺牲，你会愿意为之服务。"

"我什么也不爱。"

"你会爱上什么的，我知道你会。到了那时，你会快乐。"

"我现在就很快乐，我一直都很快乐。"

"不是一回事，你不会懂，直到你亲身经历。"

"好吧。"我说，"要是真能经历那种快乐，我会告诉你的。"

"我待得太久，也说得太多了。"他生怕影响我休息。

"不，别走。爱上女人呢？要是我真的爱一个女人，能获得你说的那种快乐吗？"

"这我就不知道了，我从未爱过任何女人。"

"你妈呢？"

"那是一定的，我肯定爱过我妈。"

"你一直都爱上帝？"

"打小就爱。"

"噢。"我不知道该说什么，"你是个好男孩。"我说。

"我是男孩。"他说，"可你称我为'父'。"

"那是敬称。"

他笑了笑。

"我真得走了。"他说，"你不要我给你带什么吗？"他满怀期待地问。

"不要，我只想跟人说说话。"

"我会代你向食堂那些人问好。"

"谢谢你带这么多好东西给我。"

"没什么。"

"请再来看我。"

"好的，再见。"他拍拍我的手。

"再见！"我用方言回道。

"再见！"他重复了一遍。

病房里一片漆黑。坐在床尾的护理员站起来送牧师出去。我非常喜欢这牧师，希望他将来能回阿布鲁齐。在食堂，大家总拿他开涮，他的日子很不好过，但他对此并不介怀。我忍不住想象他回到家乡后的生活。在卡普拉科塔时他曾告诉我，镇子下游的小河里有鲑鱼。夜里不许吹长笛，小伙子到爱慕的姑娘窗下唱小夜曲，演奏什么乐器都行，就是不许吹长笛。我问为什么。因为夜里听到长笛声对姑娘们不好。所有农民都称呼你"堂"[74]，跟他们相遇时他们会脱帽致敬。他父亲天天打猎，在农民家里吃饭他

---

74 堂（或唐），加于人名前的尊称。

们会倍感荣幸。外国人如果想在当地打猎就得出示自己从未被拘捕过的证明。大萨索山[75] 上有熊出没，不过那山离镇子很远。阿奎拉[76] 是个不错的小镇。阿布鲁齐的夏夜很凉爽，阿布鲁齐有全意大利最美的春天。最令人向往的还数在秋天的栗树林里打猎。那儿的鸟儿吃着葡萄长大。你从来不必带午饭出门，农民们会很高兴你在他们家里吃饭。想了一会儿，我睡着了。

---

75 大萨索山，位于阿布鲁齐地区。
76 阿奎拉，今为阿布鲁齐地区首府，位于大萨索山山麓。

第十二章

病房很长，窗户都在右边，包扎室的门在房间的尽头。我所在的这排病床面对窗，另一排面对墙。朝左侧卧能看见包扎室的门。病房尽头还有一扇门，时有人出入。如果有伤员要死了，他们会用屏风围住那张病床，不让你瞧见他临死的情形。唯有屏风底下露出医生和男护士的鞋子和绑腿。最后时刻，屏风背后有时会传出一阵窃窃私语。接着牧师会从屏风后出来，换男护士进入，抬出用毯子包裹着的死者，沿两排病床间的过道，把死者抬出病房。同时，有人会折起屏风收走。

这天上午，掌管病房的少校问我次日能否出发。我说能。他说，那明天一大早就送我走。还说迟走不如早走，趁天还不是太热。

每逢他们把你抬离病床送往包扎室，你就可以望望窗外，看到花园里增加的新坟。一名士兵坐在通往花园门口，不停地做着十字架，并用油漆在十字架上书写死者的姓名、军衔、所属部队。那士兵也会替病房跑跑腿，还利用空闲时间，拿一枚奥地利制步枪弹壳给我做了个打火机。医生都很和蔼，医术好像也都不错。他们急切地想把我送去米兰，因为那里有更好的 X 光设备，术后我可以接受机械疗法。我自己也想去米兰。他们想把伤员全部转移到离前线尽可能远的后方，好腾出床位为接下来的进攻做准备。

在我离开战地医院的前一天晚上，里纳尔迪和车队的少校前来看我。他们说我将被送往米兰一家新设立的美国医院。有几支美国救护车队调派来意大利。那家医院将成为他们的驻地，收治在意大利服役的美国人。红十字会里就有许多美国人。美国已对德国宣战，但未对奥地利宣战。

意大利人坚信美国迟早会对奥地利宣战，所以只要有美国人来意大利，哪怕是红十字会的都能让他们激动不已。他们问我威尔逊总统会不会对奥地利宣战。我回答，几天之内就会。我不知道我们跟奥地利有何过节，但既然政府已对德国宣战，那对奥地利宣战似乎也就成了顺理成章的事。他们问我，我们会不会对土耳其宣战。我说不大可能，因为火鸡⁷⁷毕竟是我们的国鸟。但这句笑话我用意大利语表达得太差，他们听了后，一脸的困惑不解。我只好补充道，是的，我们大概也会对土耳其宣战。那保加利亚呢？我们已各自灌下几杯白兰地，我回答，是的，老天作证，我们也会对保加利亚宣战，还有日本。但他们说，日本是英国的盟友。你没法相信该死的英国佬。日本人想要夏威夷，我说。夏威夷在哪儿？在太平洋。日本人为什么想要那里？其实，他们并非真想侵占那里，我回答。这只是谣传。日本是个矮小而神奇的民族，喜欢跳舞、喝低度酒。就像法国人，少校说。我们要从法国手里夺回尼斯⁷⁸和萨沃亚。我们要夺回科西嘉岛⁷⁹和整条亚得里亚海岸线，里纳尔迪说。意大利将重现罗马盛世，少校说。我不喜欢罗马，我说。那里太热，到处都是跳蚤。你不喜欢罗马？不，我爱罗马。罗马是万国之母。我永远忘不了罗穆卢

77　英语中，"土耳其"与"火鸡"是同一个词。

78　尼斯，今法国东南部港市，前萨沃亚公爵领地，曾属意大利。

79　科西嘉岛，位于法国东南部。

斯[80]吸吮台伯河[81]的乳汁。什么？没什么。我们都去罗马吧。

我们今晚就去罗马，永远不再回来。罗马是座美丽的城市，少校说。万国之母，万国之父，我说。罗马是阴性的[82]，里纳尔迪说。所以不可能是万国之父。那什么是万国之父，圣灵？不要亵渎上帝。我没有亵渎上帝，我只是想知道答案。你喝醉了，老弟。谁把我灌醉的？我把你灌醉的，少校说。我把你灌醉，因为我喜欢你，因为美国参战了。美国完完全全地参战了，我说。你明天早上就走吧，老弟，里纳尔迪说。去罗马，我说。不对，去米兰。去米兰，少校说，去水晶宫、科瓦咖啡馆、坎帕里酒吧、比菲饭店、风雨街廊[83]。你这小子太幸运了。去意大利大饭店，我说，去向乔治[84]借钱。去斯卡拉歌剧院，里纳尔迪说。你一定得去斯卡拉歌剧院。每晚都去，我说。那可去不起，少校说。

门票贵极了。我可以兑现一张我爷爷开给我的即期汇票，我说。一张什么？一张即期汇票。他必须支付，要不然我就得坐牢。银行的坎宁安先生会给我办理，我就是靠即期汇票过活的。做爷爷的会让爱国的亲孙子，为保卫意大利而不惜付出生命的亲孙子坐牢吗？美国的加里波第[85]万岁，里纳尔迪说。即期汇票万岁，我说。我们得小声点，少校说。人家已经好几次要我们小声点了。你明天真要走，费代里科？他肯定要去那家美国医院，里纳尔迪说。那里有漂亮的护士。不是战地医院里这种满脸胡子的

---

80 罗穆卢斯，战神马耳斯之子，罗马城的创建者，"王政时代"的首位国王。

81 台伯河，位于意大利中部，流经罗马。

82 在意大利语中，罗马是阴性名词，所以里纳尔迪这么说。

83 这里的风雨街廊，指著名的埃马努埃莱二世长廊。

84 乔治，即后文提到的米兰一家饭店的侍者领班。

85 加里波第（1807—1882），意大利民族解放运动领袖。

护士。对，对，少校说，我知道他要去那家美国医院。我不介意他们满脸胡子，我说。要是男人想留胡子，就让他留呗。你为什么不留胡子啊，少校先生？因为塞不进防毒面具。塞得进，什么都塞得进。我还在防毒面具里吐过呢。轻点声，老弟，里纳尔迪提醒。大家都知道你上过前线。唉，我的好老弟啊，你走了，我该怎么办？我们必须走了，少校说。再不走，大家要越来越伤感了。对了，我有个惊喜给你。你那个英国女友。知道吗？你天天晚上去他们医院见的那个英国姑娘，她也要去米兰，她跟另一人要调去那家美国医院，美国那边还没派来护士。今天我跟他们那支医疗队的头儿聊了聊，他们派来前线的女人太多了，要调回去一些。这算不算惊喜，老弟？不错，对吧？你马上就要搂着你的英国女友，去大都市快活了。我怎么就没受伤呢？没准你会受伤的，我说。我们必须走了，少校再次说。我们又喝酒又嚷嚷，打扰费代里科休息了。别走。不，我们必须走了。再见。祝你好运。一切顺利。再见。再见。再见。快点回来，老弟。里纳尔迪向我吻别。你身上全是来苏儿消毒水的味道。再见，老弟。再见。一切顺利。少校拍拍我的肩膀。他们蹑手蹑脚地走出病房。我发觉自己醉得厉害，没过一会儿就睡着了。

次日清晨，我们出发了。四十八小时后终于抵达米兰。一路上很不舒服，在梅斯特雷附近，我们乘坐的火车在侧线上停了很久。许多孩子跑来，朝车厢里张望。我叫一个小男孩帮我买瓶科涅克白兰地，他回来说只买得到格拉巴白兰地，我告诉他就买格拉巴白兰地。酒来了，我把零钱赏给小男孩，然后与旁边一人喝得酩酊大醉，不省人事。直到过了维琴察[86]我才醒来，在地上大

86　维琴察，意大利东北部城市。

吐一阵。不过这没什么关系，因为在此之前，我旁边那人已在地上吐过好几次了。后来我感到口渴难忍，于是在维罗纳[87]城外的调车场上喊住在火车边来回巡逻的士兵，叫他给我弄点水喝。水来了，我喊醒同醉的乔吉蒂，让他也喝点。乔吉蒂说直接把水倒在他肩上，说完又睡着了。我要给那士兵一分钱，对方说什么也不要，还给了我一个新鲜多汁的橘子。我吮吸橘汁、吐掉橘络，看着车外那名士兵沿着节节货车车厢来回巡逻。过了一会儿，火车猛地一颤，开动了。

87　维罗纳，意大利北部城市。

第二巻

第十三章

清晨，火车抵达米兰，货车调车场卸下我们。随后一辆救护车把我载往那家美国医院。我躺在担架上，完全不知道救护车穿梭在城市的哪个区域，不过在他们把我抬下车时，我看见一个集市和一家已经开门的酒馆。酒馆里一个姑娘正在打扫卫生。有人正在街上洒水，空气里弥漫着清晨的气息。他们放下我，走进医院。门房跟着他们一起出来。那门房蓄着灰白的八字须，头戴门房的帽子，只穿了件衬衣。担架进不了电梯，他们商量是让我直接乘电梯上楼好，还是抬着担架走楼梯好。我在一旁静静地听着。最后他们决定乘电梯，于是把我抬离担架。"慢点。"我提醒道，"轻点。"

我们挤在电梯里，我的双腿因蜷曲疼痛不已。"我的腿，伸直。"我说。

"没法伸直，中尉先生。空间不够。"说这话的人用一条胳膊抱住我，我用一条胳膊攀着他的脖子。他的呼吸冲着我的脸，混合着大蒜和红酒味的金属气味。

"手脚轻点。"另一人说。

"狗娘养的，谁手脚重啦！"

"我说，你手脚轻点。"抬我双脚的人重复了一遍。

我看着门房依次关上电梯门、格栅并按下到四楼的按钮。他看起来很担心。电梯开始缓缓上升。

"重吗？"我问那个满嘴蒜味的人。

"这点儿重量不算什么。"那人回答。他满头大汗，喘着粗

84

气。电梯稳稳上升，停了下来。抬脚的人打开电梯门，迈步出去。电梯外是阳台，阳台上有几扇黄铜球形把手的门。抬脚的人按了一下门铃。几扇门内传来门铃声。无人应门。接着，门房从楼梯上来了。

"人呢？"抬担架的两人问。

"我不知道。"门房回答，"他们是在楼下睡的。"

"去找个人来。"

门房按按门铃，又敲敲其中一扇门，接着开门而入。他回来时身边跟着一个上了年纪的女人：戴眼镜，穿护士服，头发松散，一半垂着。

"我听不懂。"那护士说，"我听不懂意大利语。"

"我会说英语。"我说，"他们想找个地方把我放下。"

"一个病房都没准备好，现在还不能接收病人。"她边挽头发，边瞪着近视眼打量我。

"随便带他们去个能把我放下的房间。"

"我不知道。"她说，"现在还不能接收病人，我没法让你住进任何房间。"

"随便什么房间都行。"说完，我又用意大利语对门房说："去找个空房间。"

"所有房间都空着。"门房说，"您是第一个病人。"他拿着自己的帽子，盯着那名上了年纪的护士。

"他妈的，看在上帝的份儿上，赶紧送我去房间。"由于双腿一直蜷着，我感到持续而刺骨的疼痛。门房再次走进他刚才打开的那扇门，头发花白的护士紧随其后。没过一会儿门房急匆匆地回来了，"跟我来。"他招呼道。他们抬着我，经过长长的走廊，进了一个拉着百叶窗的房间。一股新家具的气味扑鼻而来。房间里摆着一张床和一个带镜子的大衣橱。他们把我放到床上。

"我没法给你床单和被单。"护士说，"床单和被单都锁起来了。"

我没理她。"我口袋里有些钱。"我对门房说，"扣着的那个口袋。"门房掏出那些钱。抬担架的两人手拿帽子，站在床边。"给他俩和你自己一人五里拉。我的病历在另一个口袋，你拿给护士。"

抬担架的两人向我敬礼道谢。"再见。"我说，"多谢你们。"他们又敬了个礼，便走掉了。

"那是我的病历。"我对护士说，"上面记录我受伤的情况和已接受的治疗。"

戴眼镜的护士拿起病历，瞧了瞧。病历共三张纸，折叠在一起。"我不知道该怎么做。"她说，"我不懂意大利语。没有医生的吩咐，我什么也做不了。"她哭了起来，边哭边把病历放进护士围裙的口袋，"你是美国人吗?"她哭着问。

"嗯，请你把病历放在床头柜上。"

房间里昏暗而凉爽。躺在床上，能看见房间另一头的大镜子，但看不见镜子里的影像。门房站在床边。他长得不错，人也很好。

"你可以走了。"我打发门房。"你也可以走了。"我对护士说，"你贵姓?"

"沃克。"

"你可以走了，沃克夫人。我想睡一觉。"

终于只剩下我一人，房间里很凉爽，而且没有医院的味道。床垫紧实而舒适，我一动不动地躺着，放缓呼吸，感觉到疼痛在逐渐消退。我感到口渴，发现床边电线上接了电铃。我伸手按电铃，但没人来。接着，我睡着了。

醒来后，我打量了一下四周。阳光透过百叶窗照进房间。视野中出现大衣橱、光溜溜的墙壁和两把椅子。我的腿缠着脏兮兮的绷带，直挺挺地僵在床上。我非常小心，避免挪动它们。我觉得口渴，伸手按了电铃。听到开门的声音，我望向门口，看到进来的是一名护士，年轻，漂亮。

"早上好。"我招呼道。

"早上好。"护士说着，来到床前。"我们没能叫来医生。他去科莫湖[88]了。谁也不知道会有病人来。对了，你怎么啦？"

"我受伤了，双腿和双脚。另外，头也疼。"

"你叫什么？"

"亨利。弗雷德里克·亨利。"

"我会给你擦洗身子。不过医生回来前，我们没法给你换药。"

"巴克利小姐在这里吗？"

"这里没有姓这个的人。"

"我进来时哭哭啼啼的那个女人是谁？"

护士大笑了几声，"那是沃克夫人，昨晚轮到她值夜班。你来之前，她一直在睡觉。她没料到会有人来。"

在我们说话的时候她边给我脱衣服，把我脱得全身只剩下绷带。她开始擦洗，动作轻柔而娴熟，十分舒服。我的脑袋也缠着绷带，不过她擦洗了所有绷带边缘的地方。

"你在哪儿受的伤？"

"普拉瓦北边的伊孙左河附近。"

"那是在哪儿？"

88　科莫湖，位于意大利北部。

"在戈里齐亚北边。"

看得出来，她对上述地名完全陌生。

"你很疼吗？"

"不，现在不太疼了。"

她把体温计放进我嘴里。

"意大利人都把体温计放在腋下。"我说。

"别说话。"

稍后，她拔出体温计，读上面的度数，甩了甩。

"几度啊？"

"不能告诉你。"

"告诉我吧。"

"几乎正常。"

"我从不发烧。我两条腿里全是烂铁。"

"什么意思？"

"我两条腿里全是迫击炮弹的弹片、废螺丝、床垫弹簧那些东西。"

她笑着摇摇头。

"要是你腿里存在任何异物，就会导致炎症，你就会发烧。"

"好啊。"我说，"我们等着瞧。"

她走出房间，接着又跟清晨的那名老护士一起进来。她俩没把我从床上抬走就开始直接整理床铺，手脚麻利，令我既惊奇又叹服。

"这里的负责人是谁？"

"范坎彭小姐。"

"这里共有多少护士？"

"就我们。"

"不会有其他护士了吗？"

"另外几个正在赶来。"

"什么时候到？"

"我不清楚。你问题太多了，要知道你可是病号。"

"我没病。"我反驳，"我只是受伤了。"

她们整理完床铺。我的身下还有身上分别多了条洁净光滑的床单和被单。沃克夫人出去拿来一件睡衣。她们给我穿上后，我感到自己既干净又整齐。

"你们对我实在太好了。"我说。姓盖奇的护士咯咯地笑了笑。"我能喝点水吗？"我问。

"当然。喝完水，你就可以吃早餐啦。"

"我不想吃。请把百叶窗打开好吗？"

百叶窗打开后，原本昏暗的房间顿时明亮起来。我望向屋外阳台，望向阳台外鳞次栉比的瓦片屋顶和烟囱，望向天际洁白的云朵和蔚蓝的天空。

"你们不知道其他护士什么时候到吗？"

"为什么这么问？我们没照顾好你吗？"

"你们很好。"

"你想用便盆吗？"

"可以试试。"

她们扶我坐起来，然后扶着我让我解手，但没成功。撤去便盆后，我躺在床上，看着房门外的阳台。

"医生什么时候来？"

"慢慢等吧，我们已经给科莫湖那边打过电话了。"

"难道没有别的医生了？"

"他是这家医院指定的医生。"

盖奇小姐拿来一壶水和一个杯子。我一口气连喝了三杯。她们走了，我朝窗外望了一会儿，又睡着了。中午我吃了点午餐，下午负责人范坎彭小姐来看我。她不喜欢我，我也不喜欢她。这小个子女人精明干练，担任现在的职务，真是屈才了。她一连问了许多问题，似乎认为我跟意大利人鬼混有点不光彩。

　　"吃饭时我能喝点酒吗？"我问。

　　"除非医生有医嘱。"

　　"在他回来以前我都不能喝酒？"

　　"绝对不能。"

　　"你们会把他找来吧？"

　　"他在科莫湖，我们已经给他打过电话了。"

　　她出去了。接着，盖奇小姐回来了。

　　"你干吗对范坎彭小姐那么无礼？"麻利地为我忙了一阵后，盖奇小姐问。

　　"我不是存心的，可她太傲慢。"

　　"她说你蛮横无礼。"

　　"我才没有呢。我问你，没有医生，还叫医院吗？"

　　"他正在赶来，他们已经给科莫湖那边打过电话了。"

　　"他在那里干吗？游泳吗？"

　　"不是，他在那里有家诊所。"

　　"他们为什么不另找个医生？"

　　"嘘。嘘。乖乖的，别闹。他马上就会来啦。"

　　我让她们把门房找来。门房一到，我便用意大利语托他去对面酒馆，买一瓶沁扎诺苦艾酒、一瓶勤地葡萄酒、几份晚报。把酒裹在报纸里买上来后，门房把酒拆出来，按照我吩咐打开两瓶酒的瓶塞，把它们放到床下。他们都走了。我躺着，看了会儿报上关于前线的新闻、阵亡军官和他们所获的勋章列表，然后抓起那瓶沁扎诺苦艾酒，用手扶着，立在肚子上，让冰凉的玻璃瓶底贴着我的肚皮。我呷瓶中酒，望着夜幕逐渐笼罩城中鳞次栉比的屋顶，望着燕子在附近往来盘旋，夜鹰从万千屋顶上掠过。我呷一口，就把酒瓶立回原处。慢慢的，肚皮上出现许多瓶底印。盖奇小姐送来少许蛋奶酒[89]，用玻璃杯装着。看到她进来，我把正在喝的苦艾酒放到床的另一侧。

"范坎彭小姐往里面加了点雪利酒。"盖奇小姐说，"你不该对她无礼的，她年纪不轻了，管理医院的担子又重。沃克夫人太老，什么忙也帮不上。"

"她是个非常不错的女人。"我说，"多谢她。"

"我马上把晚饭给你送来。"

"不着急。"我说，"我不饿。"

盖奇小姐用托盘端来晚饭，放在床头柜上。我道了谢，吃了几口。不久，夜幕完全降临，我看见探照灯射出的光柱在夜空中扫来扫去。看了一会儿，我睡着了，睡得很沉。中途从噩梦中惊醒，吓得直冒冷汗。我继续睡觉，努力不去想刚才的噩梦。天远没亮时，我又醒了，久久再没睡着。外面传来公鸡打鸣的声音。接着天开始亮起来。我困得不行，但直到天彻底亮起来我才又睡了过去。

89　蛋奶酒，用酒和蛋、糖、牛奶等搅拌而成。

第十四章

我醒来时，房间里阳光明媚。我以为自己又回到了前线，下意识地舒展一下身子，结果冷不防，双腿一阵剧痛，我低头看见腿上仍缠着脏兮兮的绷带，才猛然意识到自己此刻身在何处。我抬手按了电铃，走廊随即传来一阵蜂鸣声。接着便听见橡胶鞋底发出的脚步声，沿着走廊越来越近。来的是盖奇小姐。明媚的阳光下，她看着比之前要老一点，也没那么漂亮了。

"早上好。"盖奇小姐招呼道，"昨晚睡得好吗？"

"挺好的，多谢。"我回答，"可以给我找个理发师吗？"

"我进来看过你，发现你睡着了，这个在床上。"

她打开大衣橱，拿出那瓶苦艾酒，举给我看。酒瓶已见底。"我把另一瓶酒也从床底下拿出来放进衣橱了。"她说，"你干吗不问我要个杯子呢？"

"我以为你不会同意我喝酒。"

"早说的话，我就陪你喝几杯。"

"你真是个好姑娘。"

"独自喝闷酒不好。"她说，"千万记住。"

"好吧。"

"你朋友巴克利小姐到了。"她说。

"真的？"

"是的。但我不喜欢她。"

"你会喜欢她的，她人非常好。"

她摇摇头，"我相信她人不错。你能稍微往这边挪点吗？很好。我给你擦洗身子，擦完好让你吃早饭。"她拿着布，用温水给我擦洗，还给我打了肥皂。"把肩膀抬起来。"她说，"很好。"

"可以先理发再吃早饭吗？"

"我叫门房去找理发师。"她出去又回来。"他去找了。"说着，她把手上的布浸入水盆。

门房领着理发师进来。那人五十岁上下，蓄着两撇上翘的八字须。给我擦洗完，盖奇小姐出去了。理发师给我的脸抹上皂沫，开始刮胡子。他一脸严肃，闷声不响。

"怎么啦？外头有什么消息吗？"我问。

"什么消息？"

"随便什么消息。城里发生了什么事？"

"现在是战争时期。"他说，"到处都有敌人的耳目。"

我抬头看着他。"请不要动。"说完，他继续刮胡子。"我什么也不会说的。"

"你这人有什么毛病？"我问。

"我是意大利人，我不想通敌。"

我不再多说什么，假如他是个疯子，那越快从剃刀底下脱身越好。后来我试着好好打量一下他。"当心。"他说，"剃刀非常锋利。"

事毕我付钱给他，外加了半里拉小费，他把那些铜币全部还给了我。

"我不要你的钱。我没上前线，可我还是意大利人。"

"赶紧滚蛋。"

"告辞。"说着，他用报纸包起几把剃刀，出去了。五枚铜币留在床头柜上。我按了电铃。盖奇小姐进来了。"请叫门房来一下好吗？"

"好。"

门房来了，一副忍俊不禁的模样。

"那理发师是不是疯子？"

"不是，少爷。他弄错了。他听得不是很明白，以为我说您是奥地利军官。"

"噢。"我恍然大悟。

"嗬，嗬，嗬。"门房大笑，"他太逗了。他说只要您动一下，他说，他就——"他用食指划了一下喉咙。

"嗬，嗬，嗬。"他竭力忍住笑，"我告诉他您不是奥地利人的时候——嗬，嗬，嗬。"

"嗬，嗬，嗬。"我恼怒地说，"要是他割了我的喉咙才好笑呢！嗬，嗬，嗬。"

"不会的，少爷。不会的，不会。他非常怕奥地利人。嗬，嗬，嗬。"

"嗬，嗬，嗬。"我说，"出去。"

门房出去了，走廊上回荡着他的笑声。我听见有人沿走廊朝这边走来，我望向门口。是凯瑟琳·巴克利。

她进门，来到床边。

"你好，亲爱的。"她说。她看上去充满青春活力，非常漂亮。我觉得自己从未见过如此漂亮的人。

"你好。"我回道。见到她的那一瞬间，我就情不自禁地爱上了她，我心潮澎湃，热血沸腾。她瞥了眼门口，发现没人，在床沿坐下来，俯身亲了亲我。我一把拽下她，吻她，感到她的心怦怦直跳。

"亲爱的。"我说，"你能来这里，真是太了不起了！"

"来这里并不太难。但想留下恐怕不容易。"

"你一定得留下。"我说，"啊，你真了不起！"我为她神魂颠倒。我不敢相信她真的来到了自己身边，不由紧紧搂住了她。

"别这样。"她说，"你还没康复呢。"

"已经康复了。来吧。"

"不行，你的身子还很虚。"

"已经不虚了，真的。求求你啦。"

"你真的爱我吗？"

"我真的爱你，我为你神魂颠倒。求求你啦，来吧。"

"我们的心在跳。"

"我对我们的心不感兴趣。我想要你，我爱你爱得发疯了。"

"你真的爱我？"

"不要老问这个问题。来吧，求求你啦。求求你啦，凯瑟琳。"

"好吧，不过就一会儿。"

"好。"我说，"去把门关上。"

"你不能这样做。你不应该这样做。"

"来吧。别说话。求求你了，来吧。"

凯瑟琳坐在床边椅子上。通向走廊的门大开着。疯狂已经过去，我感到前所未有的愉悦。

她问："现在你相信我爱你了吧？"

"啊，你真讨人喜欢！"我说，"你一定得留下，他们不能把你调走。我爱你爱得发疯。"

"我们得非常小心。刚才真是疯了，我们不可以那样。"

"夜里可以。"

"我们得非常小心。在别人面前你一定要注意。"

"我会的。"

"你一定要注意。你真讨人喜欢。你是真的爱我，对吗？"

"不要再问这个问题了。你不知道，听到这个问题，我有多难过。"

"我会注意的，我可不忍心增加你的痛苦。我得走了，亲爱的，真的。"

"赶紧回来。"

"只要走得开，我就过来。"

"再见。"

"再见，亲爱的。"

她出去了。天知道，我并不想爱上她。我并不想爱上任何人。但天知道，我不由自主地爱上了她。我躺在米兰这家医院的病床上思绪万千，却异常愉快。最后，盖奇小姐进来了。

"医生正在赶来。"她说，"他从科莫湖打电话来了。"

"什么时候到？"

"今天下午。"

第十五章

　　下午，医生终于来了。那医生身材瘦小，沉默寡言，一副因为战争而忧心忡忡的模样。他从我的两条大腿取出许多碎铁片，动作轻巧、文雅又带着不易察觉的嫌恶。医生用了当地一种麻药，叫"雪"还是什么的。这种麻药把肌肉组织冻麻以抑制疼痛，直到探针、解剖刀或镊子穿透冻麻的组织下方，病人还能清楚地感觉到麻醉的范围。过了一会儿，优雅的医生失去了耐心，说还是去做 X 光检查吧。用探针探查效果不好，他说。

　　X 光检查是在马焦雷医院做的。操作医生热情、麻利、乐呵呵的。检查过程中，医生会扶着病人肩膀，让病人支起身子，通过机器亲眼看看体内几块较大的异物。片子洗好后，他们会送到收治我的医院。医生掏出袖珍笔记本，让我写下姓名、所属部队和感想。他说我体内的异物丑陋、可恶、残忍。奥地利人都是狗娘养的混蛋。我杀了几个奥地利人？其实一个都没杀过，但我想讨好他，于是信口胡诌说杀了许多。盖奇小姐跟我一起去的。医生搂住她，说她比克莱奥帕特拉还美。她懂这句话的意思吗？克莱奥帕特拉就是那位著名的埃及女王。是啊，老天作证她的确比克莱奥帕特拉还美。我们坐救护车回到收治我的小医院。让人抬了好一会儿后，我再次回到楼上，再次躺回床上。X 光片当天下午就送来了。那医生曾说，老天作证，他当天下午就要拿到片子。他果然拿到了。凯瑟琳·巴克利给我看了片子。两张片子分别装在红封套里。她依次拿出来，对着光，跟我一起看。

　　"那是你的右腿。"说着，她把那张片子放回封套，"这是你的左腿。"

"收起来。"我说,"然后到床边来。"

"不行。"她说,"我是来给你看片子的,马上就得走。"

她出去了,留下我独卧病床。天气很热,我闷得发慌,于是托门房去买报纸,把能买到的报纸统统买来。

门房回来前,有三名医生来到病房。我发现庸医都爱成群结队。没把握切除阑尾的医生,准会给你推荐压根不会摘除扁桃体的同行。来的三人就属于这类庸医。

"这就是那小伙子。"双手纤长的住院医生介绍。

"你好!"又高又瘦、满脸络腮胡子的医生招呼道。第三名医生手捧装X光片的红封套,什么也没说。

"是不是要把绷带解开?"满脸络腮胡子的医生问。

"当然。请把绷带解开,护士。"住院医生吩咐盖奇小姐。她照做了。我低头望向自己的腿。在战地医院,我那两条腿的颜色酷似不太新鲜、用来做汉堡饼的碎牛肉。而此时伤口已结痂。右膝肿着,毫无血色,右腿小腿肚也凹陷了,不过并未化脓。

"很干净。"住院医生说,"很干净,很不错。"

"嗯。"满脸络腮胡子的医生附和。第三名医生在住院医生的后面打量着我。

"请动一下右膝盖。"满脸络腮胡子的医生说。

"动不了。"

"检查一下关节?"满脸络腮胡子的医生问。他袖章上镶有三星一杠,表明其军衔为大尉。

"当然。"住院医生回答。两名医生小心翼翼地抓着我的右腿,慢慢弯曲它。

"疼。"我说。

"嗯。嗯。再弯一点，医生。"

"够了。不能再弯了。"我说。

"部分还连着。"说着，大尉直起腰。"能再让我看一下片子吗，医生？"第三名医生把其中一张片子递给他。"不对。请把左腿那张给我。"

"那就是左腿，医生。"

"你说得没错，是我看的角度跟你不同。"大尉递还那张片子，然后对着另一张仔细看了会儿。"瞧见没，医生？"他指着一块在光下清晰可见的球形异物。他们对着片子仔细看了一会儿。

"我只能得出一个结论。"满脸络腮胡子的大尉说，"这是时间问题。三个月，也可能六个月。"

"没错，滑液必须重新形成。"

"没错。这是时间问题。在弹片结成包囊前打开这样的膝盖，是不负责任的行为。"

"我同意你的看法，医生。"

"干吗要等六个月？"我问。

"为了让弹片结成包囊，以安全地打开膝盖。"

"我不信。"我说。

"你想保住膝盖吗，小伙子？"

"不想。"我回答。

"什么？"

"我想把它锯了。"我说，"好装个钩子。"

"什么意思？钩子？"

"他在开玩笑。"说着，住院医生轻轻拍拍我肩膀。"他想保住膝盖。这小伙子很勇敢，他获得了银质勇气勋章的提名。"

"恭喜恭喜。"大尉跟我握了握手，"我只能说，出于安全考虑，你应该至少等上六个月，才能打开伤成这样的膝盖。当然，要是不认同我的意见，你尽可另请高明。"

"多谢你。"我说，"我尊重你的意见。"

大尉看了看表。

"我们得走了。"他说，"祝你一切顺利。"

"也祝你一切顺利，多谢你。"说完，我跟第三名医生握了握手，"瓦里尼上尉——恩利中尉[90]。"接着，那三人出去了。

"盖奇小姐。"我喊道。她进来了。"请让住院医生回来一下。"

住院医生拿着帽子进来了，走到床边说："你找我?"

"是的，我没法等六个月再做手术。天哪，医生，你知道在床上躺六个月的滋味吗?"

"你不必一直躺在床上。你得先让伤口晒晒太阳，过段时间你就能拄着腋杖下地了。"

"等上六个月，然后再做手术?"

"这样才安全，等那些异物结成包囊，重新形成滑液，那时才能安全地打开膝盖。"

"你也真的认为，我必须等上那么长时间。"

"这样才安全。"

"那个大尉是什么人?"

"他是米兰非常优秀的外科医生。"

"他是大尉，对吧?"

"是的，不过他是优秀的外科医生。"

"我不想让一个大尉瞎弄我的腿，要真有本事他早就荣升少校了。我知道一个大尉有多少能耐，医生。"

---

90 "恩利"是"亨利"一词在意大利语中的发音。

"他是优秀的外科医生。相比我认识的其他医生，我更愿意听他的意见。"

"能找别的外科医生看一下吗？"

"当然可以，只要你愿意。不过我本人倒宁愿听从瓦雷拉的意见。"

"你能另外请位外科医生来瞧一下吗？"

"我去请瓦伦蒂尼来。"

"他是谁？"

"马焦雷医院的外科医生。"

"很好。多谢。你能理解吧，医生，我没法在床上躺六个月。"

"你不会躺在床上的。首先你将进行阳光疗法，接着你可以做点轻松的锻炼，最后等弹片结成包囊，我们就可以做手术了。"

"可我等不了六个月。"

医生张了张抓紧帽子的纤长手指，笑了笑。"你这么着急回前线？"

"为什么不呢？"

"真令人钦佩。"他说，"你这个小伙品格很高尚。"他俯下身，轻轻吻了一下我的额头，"我这就叫人去请瓦伦蒂尼。不要担心，不要激动。耐心等着。"

"你想喝一杯吗？"我问。

"不了，谢谢。我从不沾酒。"

"就喝一杯。"我按了电铃，以便叫门房来拿来酒杯。

"不了。不了，谢谢。他们还在等我呢。"

"再见。"我向他道别。

"再见。"

两小时后瓦伦蒂尼医生来了，进来时神色匆忙，两撇八字须翘得笔直。他是少校，脸晒得黝黑，笑个不停。

"你怎么搞的，伤成这副鬼样子？"瓦伦蒂尼医生问。"我来瞧一下 X 光片。没错。没错。这就是问题所在。你看起来跟山羊一样健壮。这位漂亮姑娘是谁？女朋友？我猜一定是。这是场该死的战争！这样感觉如何？你这小伙子不错，我会让你再次活蹦乱跳的。这样疼吗？一定疼。这些医生就爱把人弄疼！到目前为止他们对你做了什么？这姑娘不会说意大利语？她应该学学。多漂亮的姑娘啊！我可以教她。我也要来这里当病人。算了，还是等你们生孩子时，免费为你们产检和接生吧。她能听懂吗？她准会给你生个英俊小子。像她这样一个金发碧眼的漂亮姑娘。真好，真不错。多可爱的姑娘啊！帮我问问，她愿不愿意跟我共进晚餐。不，我不会把她从你身边夺走。谢谢。多谢你，小姐。好了。"

"我了解你的情况了。"瓦伦蒂尼医生拍拍我肩膀，"绷带不必缠了。"

"你想喝一杯吗，瓦伦蒂尼医生？"

"喝一杯？好啊。我要喝十杯。酒在哪？"

"衣橱里。让巴克利小姐拿吧。"

"干杯。干杯，小姐。多漂亮的姑娘啊！我要带比这好喝的科涅克白兰地来给你俩尝尝。"他抹了抹自己的八字须。

"你认为什么时候可以动手术？"

"明天早上。不能再早了。你得把胃排空。让护士给你擦洗干净身子。我会向楼下的老夫人交代准备事项。再会。明天见。我会带更好喝的科涅克白兰地来给你尝尝。你在这里挺好的。再会。明天见。好好睡一觉，我一大早就来。"已到门口的瓦伦蒂尼医生挥了挥手，他那两撇八字须翘得笔直，黝黑的脸上挂着微笑。其袖章上的图案是一颗嵌在方框内的星，因为他是少校。

第十六章

　　一天夜里，我们从房中向阳台外望去，城市的万千屋顶被黑暗笼罩。阳台的门开着，一只蝙蝠闯了进来。若非来自城市上空的微弱夜光，病房里将一团漆黑。那蝙蝠并不害怕，在病房中也如在室外一样上下捕食。我们躺在床上望着蝙蝠。蝙蝠应该没注意到我们，因为我们一动不动。蝙蝠飞出病房，一束探照灯光柱缓缓扫过夜空，过后世界又变得一片漆黑。一阵微风拂过，随之而来是隔壁屋顶上高射炮手的交谈声。夜晚风凉，他们忙着披上披风。我担心有人上楼来，不过凯瑟琳说别人都睡了。后来我们也睡着了。等我醒来时她不在床上，不过我听到走廊上传来她的脚步声，接着听到开门声。她回到床上说不必担心，她去楼下看了，别人都还在睡觉。她在范坎彭小姐房门外站了会儿，听到她正呼呼大睡。上楼时她顺手拿了些饼干。我们边吃边喝了点苦艾酒，我们很饿，她说到早上我得把肚子里的一切都排空。天亮时我再度睡着，醒来时又不见了她的踪影。接着，她走进病房，坐到床上，看上去精神饱满，楚楚动人。我口含温度计的时侯，太阳冉冉升起。我们闻到城中屋顶上朝露的气息，还有隔壁屋顶高射炮手那里的咖啡香味。

　　"真希望能出去走走。"凯瑟琳说，"要是有轮椅，我就可以推你出去了。"

　　"我怎么坐上轮椅呢？"

　　"总有办法的。"

　　"我们可以去公园，还可以在室外吃早餐。"我望着门外。

"我们真正要做的，"她说，"是帮你做好准备，迎接你朋友瓦伦蒂尼医生的到来。"

"我觉得他很不错。"

"我不像你那么喜欢他。不过，我估计他医术挺好。"

"回床上来，凯瑟琳。求你了。"我说。

"不行，缠绵了一夜还不够啊？"

"那你今晚还能值夜班吗？"

"很有可能。不过你不会要我陪的。"

"不，我要你陪。"

"不，你不会。你从未经历过手术，你不知道手术后你会是什么样子。"

"我会没事的。"

"你会难受得顾不上我。"

"那快趁现在回床上来吧。"

"不行。"她拒绝道，"我得记录体温，亲爱的，然后帮你做好术前准备。"

"你不是真的爱我。要不然你肯定会回床上来的。"

"真是个傻小子。"她亲了亲我，"没问题。你的体温一直都正常，你有讨人喜欢的体温。"

"你样样都讨人喜欢。"

"哎呀，哪有。你的体温真讨人喜欢，我为你的体温感到骄傲。"

"说不定，我们的每个孩子，都会有讨人喜欢的体温。"

"我们的孩子很可能会有讨人厌的体温。"

"为了我的术前准备，你要做哪些事？"

"没多少，就是很烦人。"

"真希望你不必做这些事。"

"我是可以不做，但我不想让别人碰你。我真可笑，要是她们碰了你，我会非常生气。"

"就连弗格森也不行？"

"尤其是弗格森、盖奇和另一个人——叫什么名字来着？"

"沃克？"

"就是她。现在这里的护士太多了。得再来些病人，要不他们会把我们调走的。这里都有四名护士了。"

"说不定会有病人来。这里要这么多护士，这是家大医院。"

"希望会有病人来吧。要是他们把我调走，我该怎么办？他们肯定会那么做，除非来更多病人。"

"那我也走。"

"别说傻话，你还不能离开这里。不过，快点好起来，亲爱的。然后我们就离开这里。"

"再然后呢？"

"到那时，说不定战争就结束了。仗不可能一直打下去。"

"我会好起来的。"我说，"瓦伦蒂尼会把我治好的。"

"凭那两撇八字须，他肯定能把你治好。对了，亲爱的。接受麻醉时，想想别的东西——不要想我们。因为在麻醉中人会不由自主地胡言乱语。"

"我该想什么呢？"

"什么都行，除了我俩。想想你的家人，甚至别的姑娘。"

"不。"

"那就默念祷告吧，这会给人留下好印象。"

"也许我不会说胡话。"

"那倒是真的，麻醉中的人通常不说话。"

"我不会说胡话的。"

"别说大话，亲爱的。请不要说大话，你很讨人喜欢，没必要说大话。"

"我一个字也不会说的。"

"你又说大话了，亲爱的。你知道你不必说大话。他们会让你深吸一口气，你就开始默念祷告，或某首诗，或别的什么。那样你会很讨人喜欢，我也会以你为荣。不管怎样，我都以你为荣。你有讨人喜欢的体温，你睡觉时像个小男孩，抱着枕头，以为那是我。或是别的姑娘？某个漂亮的意大利姑娘？"

"那是你。"

"当然是我。啊，我真爱你。瓦伦蒂尼会把你的腿治好的。幸好我不用在旁边看着。"

"今晚，你还会值夜班吧。"

"嗯。不过，你顾不上我的。"

"等着瞧。"

"好啦，好啦，亲爱的。现在，你里里外外都擦洗干净了。告诉我，你一共爱过多少人？"

"一个也没有。"

"连我也不爱？"

"当然爱你啦。"

"除了我，到底还爱过多少人？"

"一个也没有。"

"你跟多少姑娘——用你们的话怎么说来着——在一起过？"

"一个也没有。"

"你没说实话。"

"嗯。"

"没事。不要对我说实话，我就想让你这样做。她们漂亮吗？"

"我没跟任何人在一起过。"

"好好好。她们很迷人吗？"

"我根本不知道。"

"你是我一个人的。没错，你从未属于过任何人。不过，就算你属于过别人我也不在乎，但千万别对我说起她们。当一个男人跟一个姑娘在一起，那姑娘什么时候会说要付多少钱？"

"我不知道。"

"你当然不知道。她会说她爱那男人吗？告诉我，我想知道。"

"会的，要是对方想让她说的话。"

"男人会说他爱那姑娘吗？请告诉我，这对我很重要。"

"他会那么说，要是他想说的话。"

"但你从未说过？真的？"

"嗯。"

"不见得，告诉我实话。"

"从未说过。"我撒谎道。

"你不会说的。"她说，"我早就知道你不会。啊，我爱你，亲爱的。"

屋外，太阳已升至鳞次栉比的屋顶上方。大教堂的那些尖顶上，阳光闪耀。里里外外擦洗干净的我，等待医生到来。

"就这样？"凯瑟琳问，"男人想让她说什么，她就说什么？"

"也并非总是这样。"

"但我会的。我会说你想要我说的话，做你希望我做的事。这样你就永远不会去找别的姑娘了，对吧？"她高兴地看着我。"我会做你想让我做的事，说你想让我说的话。这样我就会成功，不是吗？"

"嗯。"

"你已经做好所有准备了，还有需要我做的事吗？"

"回床上来。"

"好。我这就上来。"

"啊，亲爱的，亲爱的，亲爱的。"我说。

"瞧，"她说，"我愿意做任何你想让我做的事。"

"你真好。"

"我担心自己还没完全上手呢。"

"你真讨人喜欢。"

"只有你想要的才是我想要的。世界上再也没有我这个人了。我整个人都是你的。"

"亲爱的。"

"我很听话，对吗？你不会去找别的姑娘了，对吧？"

"不会。"

"瞧见没？我很听话。你让我做什么，我就做什么。"

第十七章

手术后，我醒了。手术过程中我并未完全丧失意识。麻醉并非要使你完全丧失意识而只是使你窒息。这跟死不一样，只是通过药物使你窒息，让你失去知觉。过后会有醉酒的感觉，只是除了胆汁，呕吐时什么都吐不出来。吐过后也不会感觉舒服些。我看到床尾放着沙袋，压在从石膏里伸出来的管子上。片刻后我看见了盖奇小姐。她说："感觉怎样？"

"好点了。"我回答。

"他给你膝盖做的手术非常成功。"

"做了多久？"

"两个半小时。"

"我有没有说胡话？"

"没有，什么也没说，就是静静地躺着。"

我觉得很难受，凯瑟琳说得没错。谁值夜班，并无区别。

医院里又来了三个病人，都是小伙子：一个在红十字会的佐治亚州人，很瘦，得了疟疾；一个友好的纽约人，也很瘦，得了疟疾和黄疸；还有一个特别棒的小伙，来医院是因为企图拧下一枚高爆榴霰弹的雷管留作纪念。这是奥军在山地使用的一种榴霰弹，爆炸后会引发弹头的雷管，一碰就会再次爆炸。

其他护士都非常喜欢凯瑟琳·巴克利，因为她愿意一直值夜班。得疟疾的两个人占了凯瑟琳很多时间，但拧雷管的小伙子成了我们的朋友。除非万不得已，从不在夜间按铃。凯瑟琳干活的间歇，我们就黏在一起。我非常爱她，她也爱我。我在白天睡觉。有时我白天醒着，我们就给对方写纸条，弗格森帮忙传递。弗格森是位好姑娘。我对她的事不太了解，只知道她有个兄弟在52师，还有个兄弟在美索不达米亚[91]。她待凯瑟琳·巴克利非常好。

"你能来参加我们的婚礼吗，弗吉[92]？"我曾问她。

"你们不会结婚的。"

"会的。"

"不，你们不会的。"

"为什么不会？"

"还没结婚，你们就会吵架。"

"我们从没吵过架。"

"还没到时间。"

"我们不会吵架。"

"那你就会死掉。不是吵架，就是死掉，都是这样。反正结不了婚。"

我伸手去拉她的手。"别碰我。"她说，"我又没哭。也许你们会没事。但当心，别给她惹'麻烦'[93]，要是给她惹'麻烦'，我就杀了你。"

"我不会给她惹'麻烦'的。"我说。

"多多当心吧，希望你们没事，你们处得挺好的。"

"我们是处得挺好的。"

"那就别吵架，别给她惹'麻烦'。"

91　美索不达米亚，亦称"两河流域"，位于今叙利亚东部和伊拉克境内。

92　弗吉，对"弗格森"的简称。

93　此处的"麻烦"是对未婚怀孕的委婉说法。

"不会的。"

"千万当心，我可不想她在战乱年代生下一个私生子。"

"你是个好姑娘，弗吉。"

"我不是，用不着讨好我。你的腿感觉怎样？"

"挺好的。"

"脑袋呢？"她用几根手指碰了碰我的头顶。我的脑袋就像发麻的脚，感到一阵刺痛。"没什么大碍。"

"这么大的包会让人疼得受不了，你却觉得没什么大碍？"

"嗯。"

"你真是个幸运的小子。纸条写好了吗？我要下楼去了。"

"给。"我说。

"你得让她歇一歇，暂时别值夜班了。她累坏了。"

"好，我会跟她说的。"

"我想替她，可她不让。其他人巴不得她一直值夜班。你该让她稍微歇一歇。"

"好。"

"范坎彭小姐抱怨你天天上午睡大觉。"

"她一直看我不顺眼。"

"你还是让她稍微歇歇吧，暂时别值夜班了。"

"我也想让她歇一歇。"

"你才不想呢。不过要是你能说服她，我会敬重你。"

"我会说服她的。"

"我才不信。"她拿着纸条，出去了。我按了电铃，没过一会儿盖奇小姐进来了。

"什么事？"

"我想跟你谈谈。你不觉得巴克利小姐应该歇一歇，暂停值夜班吗？她看上去累坏了。为什么她得值这么长时间的夜班？"

盖奇小姐盯着我。

"我把你当朋友。"她说，"你用不着这样对我说话。"

"什么意思？"

"别装糊涂。你叫我来，就是为了这事？"

"想喝杯苦艾酒吗？"

"好啊，喝完我就走。"她从大衣橱拿出那瓶苦艾酒，又拿来一只玻璃杯。

"你用杯子。"我说，"我直接对着瓶子喝。"

"祝你早日康复。"盖奇小姐说。

"我天天早上睡懒觉，范坎彭小姐怎么说的？"

"就是唠叨了几句，说你是我们的大爷病人。"

"让她见鬼去吧。"

"她不是刻薄的人。"盖奇小姐说，"只是年纪大了，脾气差点。她一直不喜欢你。"

"是的。"

"唔，我喜欢你。我把你当朋友，别忘了这点。"

"你真是太好了。"

"不。我知道谁才是你真的觉得好的人。不过，我把你当朋友。你的腿感觉怎样？"

"挺好的。"

"我去弄点凉矿泉水来，给你的腿淋一淋。石膏底下一定很痒吧，外面很热。"

"你真好。"

"腿很痒吧？"

"不痒，没什么不舒服的。"

"我给沙袋调整一下位置。"她俯下身，"我把你当朋友。"

"我知道。"

"不，你不知道。不过总有一天你会知道。"

凯瑟琳·巴克利休息了三个晚上，然后又开始值夜班。感觉就像久别重逢。

第十八章

　　那年夏天，我们过得很幸福。等我能出门时，我们去了公园坐马车游玩。我至今仍记得那辆马车。慢慢踱步的马，车夫高高的背影和他那顶涂着清漆亮闪闪的黑色高顶大礼帽。还有坐在身旁的凯瑟琳·巴克利。如果自己的手碰到对方的手，仅仅只是碰到一点点我们都会感到一阵激动。等我能挂着腋杖走动，我们便去比菲饭店或意大利大饭店，坐在设于店外街廊的餐桌边共进晚餐。侍者进进出出，行人来来往往，铺着桌布的餐桌上点着盖着罩子的蜡烛。在选定意大利大饭店为我们的最佳选择后，侍者领班乔治总会为我们预留桌子。他人不错，点餐的事就让他代劳。我们就只顾打量往来的行人、黄昏里的街廊。要不就你看看我，我看看你。我们喝冰桶里不带甜味的卡普里白葡萄酒。此外也品尝过许多其他葡萄酒：弗雷萨红葡萄酒、巴尔贝拉红葡萄酒[94]及各种甜味白葡萄酒。因为战争，饭店没有专门负责酒水的侍者。每当我问起弗雷萨红葡萄酒之类的酒，乔治就会露出抱歉的笑容。

　　"真想不到，一个国家酿造一种葡萄酒，原因竟是那酒能尝出草莓味！"他说。

　　"为什么不呢？"凯瑟琳问，"听起来挺不错的。"

　　"你可以品尝一下，小姐。"乔治说，"要是你想的话。至于中尉，我会给他拿一小瓶法国玛尔戈红葡萄酒。"

　　"我也想品尝一下，乔治。"

94　"弗雷萨""巴尔贝拉"为意大利人用来酿酒的两种红葡萄。

"先生，我不建议你品尝。那种酒甚至尝不出草莓味。"

"不一定啊。"凯瑟琳说，"要是真能尝出草莓味就太棒了。"

"我去拿来。"乔治说，"等这位小姐喝够了，我就拿走。"

那酒还真不怎么样。正如乔治所说，根本尝不出草莓味。我们继续喝卡普里白葡萄酒。有天晚上，我钱不够，乔治借给我一百里拉。"没事，中尉。"他说，"我理解。人难免有手头紧的时候。要是你或这位小姐需要钱，尽管开口。"

晚餐后我们徒步穿过整条街廊，走过一家家拉下卷帘门的餐馆和商店，来到卖三明治的小摊前。那小摊卖火腿生菜三明治和鳗鱼三明治——后者只有人的手指那么长，用极小的棕色面包卷做成，面包卷上淋有糖浆。我们买了些三明治，夜里饿的时候吃。出了街廊，我们在大教堂前坐上一辆敞篷马车，返回医院。医院门口，门房迎上来，帮我挂起腋杖。付过车钱，我们乘电梯上楼。凯瑟琳在护士住的那层楼下电梯。我继续乘电梯到我所住的楼层，拄着腋杖，沿走廊回到自己的病房。有时我直接脱衣上床，有时我坐在屋外阳台，将动过手术的那条腿搁在一把椅子上，边看燕子在鳞次栉比的屋顶上方盘旋边等凯瑟琳。等她终于上来时，那感觉就像她出了一趟远门回来。随后我拄起腋杖，跟着她沿走廊前往其他病房。在其他病房门外，我端着盆子在外等待，或跟她一起进去——这取决于那病人是否是我们的朋友。等她干完所有该干的活儿，我们就在我病房外的阳台小坐。过后我先上床睡觉。等其他病人都睡了，确保他们不会再叫她，她便回到我的病房。我喜欢解开她的头发。每到此时，她都端坐在床上一动不动。除了突然低下头亲吻正在为她解头发的我。我会逐一取下她头上的发卡，摆在床单上。一头长发渐渐变得松下来。她一动不动地坐着。我盯着她看上一会儿，接着取下最后两枚发

115

卡。那头长发全部散开。这时她会低下头，把我们两个人都笼罩在她的长发中——就像我们在一个帐篷里，或在一道瀑布背后。

她有一头异常美丽的秀发。有时我会躺在床上，借着门口透进的光看她盘起那头秀发。即使在夜里她的头发也泛着淡淡光泽，一如天将大亮前水面上偶然泛起的粼粼波光。她面容娇美，身段婀娜，肌肤细腻光滑。一起躺着时，我会用指尖轻抚她的脸颊、额头、眼睛下方、下巴、喉咙，赞叹她"光得像钢琴键。"这时她也会伸出一根手指摸摸我的下巴，说："'光'得像砂纸，可别把钢琴键磨花了。"

"很扎手吗？"

"不，亲爱的。我只是跟你开个玩笑。"

夜晚的时光总是很美好，只要能触摸着对方，就足以令我们感到幸福。除了享受在一起的所有美好时光，我们还有许多谈情说爱的小招数。比如当两人身处异室，我们会试图把自己的意念传入对方脑中。偶尔竟真能奏效，不过这很可能是因为当时两人正好心怀同样的念头。

我们对彼此说起，她到医院那天，我们就等于已经结婚了。所以，算来已做了好几个月夫妻。我想跟她正式结婚，但凯瑟琳说那样做的话医院会把她打发走，开始办理手续时他们就会发现，然后硬把我们拆散。我们得依据意大利的法律结婚，手续极为麻烦。我想跟她正式结婚，是担心她未婚先孕。不过我们抱着自欺欺人的态度装作已经结婚，所以也不怎么担心。而且现在想来，说实在的，我当时可能更享受单身。我还记得有天晚上谈到这个话题，凯瑟琳说："可是，亲爱的，他们会把我打发走的。"

"也许不会。"

"会的，他们会把我打发回家。那样的话，战争结束前，我们就甭想见面了。"

"我会在休假时去看你。"

"一次休假的时间，不够你去苏格兰再回来。再说我不愿离开你。现在结婚有什么好处？我们已经是名副其实的夫妻了，办没办手续没什么两样。"

"我只是为你着想。"

"这世上已经没有我了。我就是你。别分裂一个单独的我出来。"

"我以为姑娘们都希望结婚呢。"

"没错。不过，亲爱的，我已经结了。我嫁给了你，难道我这个妻子不好吗？"

"你是讨人喜欢的好妻子。"

"听我说，亲爱的。我有过一次等待结婚的经历了。"

"我不想听这事。"

"你是知道的。除了你，我心里没有任何人。你不该介意有人爱过我。"

"我就是介意。"

"当你已经拥有一切，就不该嫉妒一个死了的人。"

"是不该。可我不想听这事。"

"可怜的宝贝。我知道你跟各种各样的姑娘交往过，但我不介意。"

"我们不能想个法子私下结婚吗？万一我有什么三长两短，或你怀上了孩子。"

"要么通过教堂，要么通过政府。除此以外，别无他法。我们已经私下结婚了。听我说，亲爱的，要是我信教，那结婚就意味着一切，可我并不信教。"

"你给了我圣安东尼像。"

"那只是个护身符，别人给我的。"

"你什么也不担心吗？"

"只担心被迫离开你。你就是我的信仰，是我的全部。"

"好吧。不过，哪天只要你开口，我会立即跟你结婚的。"

"别说得好像你得保全我的贞节似的。亲爱的，我就是个非常贞洁的女人。只要能让自己感到快乐和骄傲，都没什么可羞愧的。难道你现在不快乐吗？"

"你永远不会离开我，去找别人吧？"

"不会，亲爱的。我永远不会离开你去找别人。将来，我们可能遭遇各种不如意的事。但这件事上你用不着担心。"

"我不担心。可我深深地爱你。而你在此之前，也爱过别人。"

"那人后来怎样了呢？"

"死了。"

"没错。要是他还在我就不会遇见你。我不是对伴侣不忠的人，亲爱的。我有不少缺点，但我对伴侣非常忠诚。就怕我过于忠诚，反而让你觉得厌烦。"

"我不久就得回前线了。"

"等走的时候再想这事吧。你瞧，我很快乐，亲爱的。我们度过了一段幸福的时光，我已经很久没这么快乐了。刚认识你时，我差一点快疯了，也许已经疯了。但现在，我们很快乐，彼此相爱。就让我们好好珍惜眼前的快乐吧，你也很快乐，对吗？我有什么不合你心意的地方吗？我要怎样才能让你高兴呢？你想让我解开头发吗？你想玩吗？"

"好啊，上床来。"

"马上，我先去瞧瞧其他病人。"

第十九章

　　夏天就这样过去了。我已记得不太具体，只记得每天都很热，各大报纸充斥着打胜仗的报道。我身体一直很棒，双腿痊愈得非常快，从能借助腋杖下地后没过多久就摆脱了腋杖改用拐杖。接着为了恢复膝盖的弯屈能力，我开始在马焦雷医院接受机械疗法。包括在满是镜子的小屋里照紫外线、按摩、沐浴。我每天下午去接受治疗，结束后顺便去咖啡馆喝一杯、看看报纸。我不爱在城里到处瞎逛，恨不能从咖啡馆直接回到医院。我一心只想见到凯瑟琳，见不着的时候，巴不得时间快些过去。我通常在睡眠中度过上午的时间，下午偶尔去赛马场，傍晚再去接受治疗。有时我会顺路去英美会馆，在窗边找一把配有皮垫的大椅子坐下，看会儿杂志。自从我不再需要腋杖，他们就不让我们一起外出了。因为在大庭广众之下，护士跟看起来用不着陪侍的病人待在一起有伤风化。所以下午我们在一起的时候不多。不过，在弗格森作陪的情况下，我们偶尔仍能一起外出吃晚餐。对于我们关系非同寻常的现实，范坎彭小姐已被迫接受，因为凯瑟琳干活十分卖力。她认为凯瑟琳出身于很好的人家，所以最终对后者产生了好感。范坎彭小姐很看重家庭背景，她自己出身就极为不错。再说，医院里忙得不可开交，让她顾不上别的。那年夏天非常炎热，虽然在米兰认识很多人，但下午一过，我总是急着赶回医院。前线，意军正在卡尔索高原上不断向前推进。他们已攻下普拉瓦对面的库克山[95]，正在攻打培恩西柴高原[96]。西线战况似乎没这么顺利，看起来仗还得打很久。美国现已参战，不过我想，要调遣大批部队过来并训练他们，得花一年时间。明年会很艰难，也可能很顺利。意大利人正在消耗不计其数的人员。我不知道这仗还怎么打得下去。即便他们攻下整块培恩西柴高原和圣加布里埃莱山[97]，后面仍有许多山脉可供奥地利人防守。我见过那些崇山峻岭，最高的山峰还都在后面。在卡尔索高原，他们正不断向前推进，但再往前便是海边的沼泽地。换作拿破仑，会选择在平原上击败奥地利人，绝不会跟他们在山区作战。他会让奥地利人下山来，在维罗纳附近击败他们。然而在西线，没人正在击败谁。也许，战争再也没有胜负了。也许，战争会永远持续下去。也许，这是另一场百年战争[98]。我把报纸放回报刊架，离开会馆。我小心翼翼地迈下台阶，走上曼佐尼大街。经过格兰酒店时我偶遇正从马车上下来的老迈尔斯夫妇。他们刚从赛马场回来。他的妻子胸部丰满，身着黑色绸缎裁制的服饰。迈尔斯又矮又老，胡子雪白，拄着根拐杖，走起路来拖着脚。

"你好！你好！"迈尔斯夫人跟我握了握手。"好啊！"迈尔斯招呼道。

"赛马会怎么样？"

"挺好的，非常不错。我赢了三次。"

"你呢？"我问迈尔斯。

"还行，我赢了一次。"

---

95 库克山，位于今斯洛文尼亚境内。

96 培恩西柴高原，位于今斯洛文尼亚境内。

97 圣加布里埃莱山，位于今斯洛文尼亚境内。

98 百年战争，指"英法百年战争"，1337 年至 1453 年英法两国间的一系列战争。

"我从来不知道他的输赢情况。"迈尔斯夫人说，"他从不跟我说。"

"总的来说，还行。"迈尔斯说。他显得很热情，"你应该出来玩玩。"他说话时的模样，总让你觉得他没在看你，或把你错当成了别人。

"我会的。"我说。

"我正要去医院看你们呢。"迈尔斯夫人说，"我给我的儿子们准备了点东西，你们都是我的儿子。你们绝对都是我的宝贝儿子。"

"见到你，他们会很高兴的。"

"那些可爱的小伙子啊！你也是。你也是我的儿子。"

"我得回去了。"我说。

"请代我向那些可爱的小伙子一一问好。我给他们准备了很多东西，我准备了很不错的马尔萨拉葡萄酒[99]和糕点。"

"再见。"我说，"见到你，他们会非常高兴的。"

"再见。"迈尔斯回道，"有空就来街廊，你知道我一般坐在哪儿。大家每天下午都在那里。"我继续沿着大街往前走，我想去科瓦咖啡馆买点东西带给凯瑟琳。走进科瓦咖啡馆，我买了盒巧克力，女店员包装巧克力时，我走到里面的吧台。那里坐着两三个英国人和几名飞行员。我独自喝了杯马提尼。付过酒钱，我拎起外面柜台上的巧克力，继续往医院走。斯卡拉歌剧院外的街上有间小酒吧，在酒吧外我偶遇几个熟人：一个副领事，两个学唱歌的，还有埃托雷·莫雷蒂——来自旧金山的意大利人，当时在意大利军队服役。我跟他们喝了点酒。其中有一个歌手，本名叫拉尔夫·西蒙斯，艺名叫恩里科·德尔克利多。我一直不知道

99　马尔萨拉葡萄酒，产于西西里岛的马尔萨拉，通常吃甜食时饮用。

他唱得到底有多好，不过他总是让人觉得，他即将一鸣惊人。此人很胖，口鼻周围皮肤粗糙，犹如得了枯草热。他刚从皮亚琴察[100]演出回来——唱的是《托斯卡》[101]，非常成功。

"你当然从没听过我唱歌。"那歌手说。

"你什么时候在这里唱呢？"

"秋天。在斯卡拉歌剧院。"

"我打赌，听众会朝你扔板凳的。"埃托雷说，"在摩德纳[102]，听众是怎么朝他扔板凳的，你听说过吗？"

"完全是一派胡言。"

"听众都朝他扔板凳。"埃托雷继续说，"当时我就在那里。我自己也朝他扔了六条板凳。"

"你只不过是从旧金山来的意大利佬。"

"他意大利语发音不准。"埃托雷说，"不管他去哪儿，听众都会朝他扔板凳。"

"皮亚琴察歌剧院是意大利北部最难应付的。"另一名男高音歌手说，"说真的，在那家小歌剧院演唱很不容易。"这歌手本名叫埃德加·桑德斯，艺名叫爱德华多·乔瓦尼。

"我倒想去那里看听众朝你们扔板凳。"埃托雷说，"你们不会唱意大利语歌。"

"他是傻子。"埃德加·桑德斯说，"只会说'扔板凳'。"

"这是因为你们唱得让听众只能那么做。"埃托雷说，"等回到美国，你们就会到处吹嘘，说自己在斯卡拉歌剧院演唱如何大

100　皮亚琴察，意大利北部城市。

101　《托斯卡》，贾科莫·普奇尼创作的歌剧。

102　摩德纳，意大利北部城市。

获成功。老实说，在斯卡拉歌剧院，听众根本不会让你们唱完第一个音。"

"我将在斯卡拉歌剧院演唱。"西蒙斯说，"十月份，唱《托斯卡》。"

"我们也去吧，马克？"埃托雷对副领事说，"他们需要保护。"

"说不定美国军队会去那里保护他们。"副领事说，"再来一杯吗，西蒙斯？你要来一杯吗，桑德斯？"

"好。"桑德斯说。

"听说你就要获得银质勋章了。"埃托雷对我说，"嘉奖词会是什么呢？"

"我不清楚，我不知道自己会获得勋章。"

"你会得到的。嗬，到了那时，科瓦咖啡馆的姑娘们会把你当成大英雄！她们都会认为你消灭了两百个奥地利人，或单枪匹马攻占了一整条战壕。说真的，我也要奋勇杀敌，多得勋章。"

"你得了多少勋章，埃托雷？"副领事问。

"能得的他都得了。"西蒙斯说，"这仗就是为这家伙打的。"

"我得过两枚铜质勋章，三枚银质勋章。"埃托雷回答，"不过，我只拿到一枚勋章的证书。"

"其他的怎么回事？"西蒙斯问。

"战役失利了。"埃托雷回答，"战役一失利，他们就会扣下所有勋章。"

"你受过几次伤，埃托雷？"

"严重的有三次。我得了三条表彰光荣负伤的杠杠，看到没？"埃托雷扯着袖子展示了一下，那是黑底上三条平行银线，缝在肩下八英寸的袖子上。

"你也得了一条。"埃托雷对我说，"说真的，这些杠杠绝对值得拥有。比起勋章，我宁愿要这些杠杠。说真的，伙计，等有了三条杠杠，你可就了不得了。要知道，一次需要住院三个月的重伤，才能得到一条。"

"你哪些部位受过伤，埃托雷？"副领事问。

埃托雷捋起袖子，"这里。"他胳膊上有条光滑的红伤疤，非常深。"这条腿的这里。我裹着绑腿，所以没法给你们看。还有脚上，我脚里有根坏死的骨头，此刻正散发着恶臭。每天早晨，我都能从脚里取出一些碎骨，而且伤口处一直散发着恶臭。"

"是什么击中了你？"西蒙斯问。

"一颗手榴弹。是那种木柄手榴弹，把我这只脚的整个边缘都炸掉了。你知道那种木柄手榴弹吗？"埃托雷转向我。

"当然。"

"我看着那狗娘养的扔的。"埃托雷说，"那颗手榴弹一下把我炸倒在地。我以为自己死了。没想到那种该死的木柄手榴弹里什么也没有。我用自己的步枪结果了那个狗娘养的。我总是随身携带步枪，好叫敌人看不出我是军官。"

"那人什么表情？"西蒙斯问。

"那人只有那么一颗手榴弹。"埃托雷说，"我不知道他为什么要扔。我估计他一直想扔一颗手榴弹吧，他很可能没见过真正的战斗。总之，我结果了那个狗娘养的。"

"你结果那人时，他是什么表情？"西蒙斯又问。

"见鬼，我怎么知道？"埃托雷说，"我打的是他肚子。我担心要是打脑袋可能会射偏。"

"你做军官多久了，埃托雷？"我问。

"两年。我马上就要升为上尉了。你做中尉多久了？"

"三年。"

"你升不了上尉，因为你的意大利语不够好。" 埃托雷说，"你能说，可读和写不够好。要做上尉，你得先接受教育。你干吗不参加美军呢？"

"也许会的。"

"但愿上帝能让我加入美军！嗬，美军的上尉薪俸是多少，马克？"

"我不清楚确切数目。两百五十美元左右吧，我想。"

"上帝，二百五十美元，我该怎么花啊！你最好赶紧加入美军，弗雷德[103]。看看你能不能把我也弄进去。"

"好。"

"我能用意大利语指挥一个连。要改用英语指挥，学起来很容易。"

"你会当上将军的。"西蒙斯说。

"不，我懂得不够多，没法成为将军。做将军得懂一大堆东西。你们这些家伙以为打仗没什么学问，就你俩的脑袋瓜子，连二等下士都做不了。"

"谢天谢地，我不必去当兵。"西蒙斯说。

"如果把逃避兵役的人全都抓起来，说不定你俩就得去当兵了。嗬，我倒愿意让你俩待在我的排里。还有马克，我会让你做我的护理员，马克。"

"你是非常不错的小伙，埃托雷。"马克说，"不过，恐怕也是好战分子。"

"战争结束前，我会升为上校的。"埃托雷说。

"如果敌人没把你杀了的话。"

103　弗雷德，对主人公弗雷德里克的昵称。

"他们杀不了我。"他用拇指和食指摸了摸衣领上的那几颗星。"看到我的动作了吗？如果有人提起被杀什么的字眼，我们总会摸一摸军装上的星。"

"我们走吧，西姆[104]。"桑德斯边起身边说。

"好。"

"再见。"我说，"我也得走了。"酒吧里的时钟显示还差一刻钟就六点了。"再见，埃托雷。"

"再见，弗雷德。"埃托雷回道，"你将获得银质勋章，真是太好了。"

"我不知道自己会获得勋章。"

"你肯定能得到，弗雷德。我听说了你会得的。"

"好吧，再见。"我说，"别惹麻烦，埃托雷。"

"别为我担心。我不喝酒，也不乱跑。不酗酒，也不爱逛窑子。我知道什么该做，什么不该做。"

"再见。"我说，"真高兴，他们要提拔你为上尉了。"

"我用不着等他们提拔。光凭战功我就能升为上尉。你知道的。三颗星，上面外加两把交叉的剑和一顶皇冠，那就是我。"

"祝你好运。"

"也祝你好运。什么时候回前线？"

"快了。"

"好，回头见。"

"再见。"

"再见，多保重。"

我拐入一条小巷，以便抄近路回医院。那年，埃托雷二十三

104　西姆，对西蒙斯的昵称。

岁。他由旧金山的叔叔抚养成人，意奥宣战时，正好来探望在都灵[105]的父母。他有个妹妹，当年跟他一起被送往美国交由那位叔叔抚养。今年，他妹妹即将从师范学校毕业。埃托雷是位真正的英雄，但谁见了都讨厌他，凯瑟琳就受不了他。

"我们也有英雄。"凯瑟琳说，"可亲爱的，他们通常要低调得多。"

"我倒不在意他那样子。"

"我也不在意的。他要是不那么狂妄就没那么讨人厌。但他真的讨厌死了。"

"我也觉得他讨厌。"

"你这么说真叫人高兴，亲爱的。不过你用不着非得这么说。能想象他在前线的样子，也知道他很能干，可我就是不喜欢像他那样的人。"

"我理解。"

"你能理解真叫人高兴。我试着想喜欢他，可他真的非常非常讨厌。"

"今天下午他说他要升为上尉了。"

"很高兴听到这个消息。"凯瑟琳说，"他会非常开心的。"

"你想让我升官吗？"

"不，亲爱的。只要你的军衔能让我们进好点的餐馆，我就心满意足了。"

"我现在的军衔正好满足你的愿望。"

"你现在的军衔挺好。我不想你继续升官，免得冲昏你的头脑。啊，亲爱的，我真高兴你不骄傲自大。但就算你骄傲自大我

105　都灵，意大利西北部城市。

还是会嫁给你。不过有个不骄傲自大的老公令人非常安心。"

我们在阳台上喁喁低语。本该出现的月亮碍于薄雾笼罩，迟迟不见踪影。不久，下起了毛毛细雨，我们只好进屋。屋外的薄雾渐渐凝结成雨。没一会儿，毛毛细雨变成了倾盆大雨，嗒嗒嗒地打在屋顶上。我起身走到门边，站了一会儿。发现雨打不进来，就没关门。

"你还遇见谁了？"凯瑟琳问。

"迈尔斯夫妇。"

"他俩是一对怪人。"

"他本该在国内坐牢。他们放他出来等死。"

"结果，放出来后，他在米兰过得很快活。"

"我不知道那算不算快活。"

"坐过牢的人能有这样的生活，够快活的了。"

"他老婆要带东西来这儿。"

"她总是带好东西来。你是她的宝贝儿子吗？"

"其中一个。"

"你们都是她的宝贝儿子。"凯瑟琳说，"她偏爱她的宝贝儿子们。听这雨声。"

"下得很大。"

"你会永远爱我，对吗？"

"嗯。"

"不管是否下雨？"

"嗯。"

"太好了。因为我害怕下雨。"

"为什么？"我迷迷糊糊地问。屋外，大雨滂沱。

"我也不知道，亲爱的。我一直害怕下雨。"

"我倒喜欢下雨。"

"我喜欢在雨中漫步。但下雨往往对爱情不利。"

"我会永远爱你。"

"我会永远爱你，不管下雨、雪、冰雹，还是——还有什么来着？"

"我也不知道。我有点困了。"

"那就去睡吧，亲爱的。不管怎样，我都爱你。"

"你不会真的害怕下雨吧？"

"跟你在一起就不怕。"

"你为什么害怕下雨呢？"

"我也不知道。"

"告诉我。"

"不要逼我。"

"告诉我。"

"不。"

"告诉我。"

"好吧。我害怕下雨，是因为有时我看见自己死在雨里。"

"胡说。"

"有时我也看见你死在雨里。"

"那倒有可能。"

"不。不可能，亲爱的。我能保护你，我知道我能。可没有人能保护自己。"

"请不要再说了。今天晚上，我不想你发苏格兰人的怪脾气，疯疯癫癫的。我们在一起的时间不长了。"

"没错，可我本来就是苏格兰人，本来就疯疯癫癫的啊。不过我会忍住不说的，刚才尽是胡说八道。"

"没错，尽是胡说八道。"

"尽是胡说八道。除了胡说八道，什么也不是。我不害怕下雨。我不害怕下雨。唉，唉，上帝，真希望我不害怕下雨！"她开始哭泣。我安慰了几句，她不再哭了。但屋外，雨仍下个不停。

第二十章

有天下午，我们去了赛马场。同去的还有弗格森和克罗韦尔·罗杰斯，就是那个让炮弹弹头的雷管炸伤眼睛的小伙子。午饭后两位姑娘开始梳妆打扮。我和克罗韦尔坐在他病房的床上，浏览报道赛马的报纸，了解各匹马以往的表现和种种预测。脑袋缠着绷带的克罗韦尔对赛马并不怎么感兴趣，闲得无聊才偶尔看看赛马的报纸，关注每匹马的情况。他说今天的马都很差劲，但我们没得选。老迈尔斯很喜欢克罗韦尔，经常为他"指点"一二。迈尔斯几乎场场都赢，但不愿透露内幕消息，因为会降低赔率。这里的赛马业经常弄虚作假。在别国被禁赛的舞弊者在意大利却可以照玩不误。迈尔斯的消息很灵，但我不喜欢问他。因为他有时不会回答。而且你能看出来，每次问他都像要他老命似的。不过出于某种原因，他又觉得不能不告诉我们。相对来说，告诉克罗韦尔让他觉得没那么痛苦。克罗韦尔眼睛有伤，其中一只伤得很重。所以同样有眼疾的迈尔斯喜欢他。迈尔斯从不告诉妻子他押的是哪匹马。他妻子无论输赢——输多赢少——总爱唠叨个不停。

我们四人驾驶一辆敞篷马车，前往圣西罗。天气不错，我们驾着马车穿过公园，顺着电车轨道一路出了城，然后沿城外的土路继续行驶。路旁散布着栋栋别墅，随处可见铁栅栏、花木蔓生的大花园、流水潺潺的沟渠、枝叶布满尘土的绿色菜圃。目光越过平原，可望见远处的农舍、青翠而茂密的农田、田间的水渠，还有北边的山脉。进入赛马场的马车络绎不绝。看我们身着军装，守门的没查入场券就放我们进去了。进去后，我们跳下马车，买好赛程单，徒步穿过内场，又穿过跑道上厚实光滑的草皮，来到鞍具着装场。看台由木头搭建，显得很陈旧。在看台底下有一些出售马票的亭子，马厩附近也有一溜。沿着内场的围栏有一群士兵。鞍具着装场里也有不少人。看台背后的树下，马夫们正在绕着圈子遛马。我们遇见一些熟人，又给弗格森和凯瑟琳各找了把椅子。然后大家开始观察参赛马匹。

那些马由马夫牵着，一匹接一匹，垂着脑袋，绕圈子溜达。其中一匹马黑中带紫。克罗韦尔坚决说那是染的。我们仔细观察了一会儿，觉得不无可能。到备鞍铃就要响了那马才露面。我们在赛程单中查了一下马夫胳膊上的号码，登记的信息显示那是匹黑色骟马，名为贾巴拉克。这场赛马的参赛资格，只限于从未赢过价值一千里拉或以上的马匹。凯瑟琳确信那马的毛色被人动了手脚，弗格森说不一定。我觉得那马很可疑。大家一致同意应该押那匹马，于是几个人凑了一百里拉。赔率单上说，那马的赔率是三十五比一。克罗韦尔去买马票，我们三人看着骑师们骑马又绕了一圈，然后从树下上了跑道，小步跑向远处位于弯道的起点。

我们登上看台，准备观看赛马。当时，圣芷罗赛马场还没有弹性起跑屏障。发令员让所有马匹站成一排——远远望去，那些马显得非常小——然后挥舞长鞭，以噼啪一声巨响作为起跑号令。经过我们所在位置时，那匹黑马已遥遥领先。到了弯道，更是把其他马甩得越来越远。我用望远镜看着群马奔向另一头，看到骑师竭力想控制住那匹黑马的速度，但根本控制不住。转过弯道，进入终点直道时，那匹黑马足足领先其他马十五个马身。冲过终点后，那匹黑马继续狂奔，直到过了另一个弯道，才停下脚步。

"太棒了!"凯瑟琳说,"我们赚了三千多里拉。那一定是匹好马。"

"在他们赔付以前,"克罗韦尔说,"希望那马不会掉色。"

"那真是匹讨人喜欢的马。"凯瑟琳说,"不知道迈尔斯先生是否也押了那匹马。"

"你押对了吗?"我冲迈尔斯喊道。他点点头。

"我没押对。"迈尔斯夫人说,"你们这些孩子押的是哪匹马啊?"

"贾巴拉克。"

"真的?那马的赔率可是三十五比一呢!"

"我们喜欢那马的颜色。"

"我不喜欢,看上去脏兮兮的。他们让我别押那匹马。"

"那马没多少赚头。"迈尔斯说。

"可赔率单上明明写着赔率是三十五比一。"我说。

"那马没多少赚头。最后时刻,"迈尔斯说,"他们会押很多钱在那马身上。"

"他们是谁?"

"肯普顿那帮小伙子。等着瞧吧,那马的赔率连二比一都到不了。"

"那我们就赚不到三千里拉了。"凯瑟琳说,"我不喜欢这种弄虚作假的赛马!"

"我们能拿到两百里拉。"

"等于没赚。那点钱什么也干不了,我还以为我们能赚三千呢。"

"这么弄虚作假,真是太无耻了。"弗格森说。

"当然,"凯瑟琳说,"要是他们不弄虚作假,我们也绝不会押那匹马的。不过我真希望能赚到那三千里拉。"

"我们下去喝一杯吧。顺便去看看到底会赔付多少。"克罗韦尔说。我们离开看台,来到公布实际赔率的地方。结钱铃响后,他们在贾巴拉克的后面贴上一个数字:18.50[106]。这意味着,那匹马的实际赔率还真不到二比一。

我们走进看台底下的酒吧,一人喝了杯威士忌苏打。我们偶遇了一对旧识的意大利人和那个副领事麦克亚当斯。他们随我们一起回到两位姑娘身边。那两个意大利人彬彬有礼。在麦克亚当斯跟凯瑟琳聊天时,我们再次去下注了。迈尔斯先生正站在同注分彩赌博处[107]附近。

"问问他押的是哪匹马?"我对克罗韦尔说。

"你押的是哪匹马,迈尔斯先生?"克罗韦尔问。迈尔斯拿出赛程单,用铅笔指了指五号。

"你介意我们也押那匹马吗?"克罗韦尔又问。

"随便,随便。不过,别跟我妻子说是我告诉你们的。"

"你想喝一杯吗?"我问。

"不了,谢谢。我从不喝酒。"

我们拿一百里拉押五号赢,再拿一百里拉押五号获得名次。接着又一人喝了一杯威士忌苏打。我心情极佳。我们又搭上两个意大利人,他们各自跟我们喝了一杯。然后再次回到两位姑娘身边。这两个意大利人同样彬彬有礼,一如之前遇见的那两个。没过一会儿,谁也坐不住了,我把马票交给凯瑟琳保管。

---

106 "18.50"意为每10里拉可获赔18.50里拉。也就是说,实际赔率是1.85:1。
107 同注分彩赌博,指赛马或赛狗中,对前三名优胜者投注的没注者,按所投赌注的比例,分享扣除管理费与捐税等后的全部赌金。

"这是哪匹马？"

"我不知道，迈尔斯先生选的。"

"连马的名字都不知道？"

"不知道。赛程单上有写，好像是五号吧。"

"你太相信人了。"她说。五号果然赢了，但没赚到什么钱，迈尔斯先生非常生气。

"为赚二十，你得押上两百。"他说，"十里拉只能获赔十二里拉，一点都不划算。我妻子还输了二十里拉。"

"我跟你一起下去。"凯瑟琳对我说。那几个意大利人都站了起来。我们拾级而下离开看台，来到鞍具着装场。

"你喜欢今天的赛马吗？"凯瑟琳问。

"嗯，喜欢吧。"

"我也觉得不错。"她说，"不过亲爱的，见这么多人，我真受不了。"

"没见多少人啊。"

"是没多少人。可迈尔斯夫妇，还有那个在银行工作的和他的妻子、女儿们——"

"他是给我兑现即期汇票的经办人。"我说。

"没错，可就算他不给你兑也有其他人啊。还有，那四个小伙子很讨厌。"

"我们可以待在这儿，靠着围栏看看赛马。"

"太好了。还有，亲爱的，这次我们押一匹从未听说过、而且迈尔斯不会押的马吧。"

"好。"

我们押了一匹名为"照亮我"的马，那马跑了五匹马中的第四。我们倚着围栏，看那些马飞驰而过，一片嗒嗒嗒的蹄声。我们望见远处的山脉、树林与田野背后的米兰。

"我觉得清静多了。"凯瑟琳说。那些马回来了，一匹匹大汗淋漓，穿门而入。骑师们边安抚座下马，边骑马直达树底，然后下马。

"你不想喝一杯吗？我们可以在这儿边喝酒边看马。"

"我去买。"我说。

"酒吧伙计会送来的。"凯瑟琳说着，举了下手。从马厩旁的宝塔酒吧走过来一名伙计。我们在一张圆铁桌边坐下。

"你也更喜欢只有我们两个人吧？"

"嗯。"我回答。

"跟那些人在一起，我反而觉得很孤独。"

"这里挺好的。"我说。

"是啊，这条跑道真不错。"

"确实不错。"

"别让我扫了你的兴，亲爱的。要是你想回看台，我随时跟你回去。"

"不回去。"我回答，"我们就待在这，喝点酒。然后去下面，在水沟障碍边看障碍赛马。"

"你对我真的太好了。"她说。

单独待了一会儿，我们又想去见其他人了。那天，我们玩得很高兴。

第二十一章

　　九月，夜里变凉了，接着天气逐渐冷下来，公园里的树叶也开始变黄。我们知道夏天结束了。前线战况很不如人意，意军久久攻不下圣加布里埃莱山。培恩西柴高原的战事已经结束。到月中，圣加布里埃莱山的进攻也快停止了。意军最终没能攻下那座山。埃托雷已返回前线。所有赛马都去了罗马，这里已不再举办任何赛马会。克罗韦尔也去了罗马，以便从那里返回美国。米兰城里爆发了两次反战骚乱，都林也爆发了严重骚乱。在英美会馆，有位英国少校告诉我，意大利在培恩西柴高原和圣加布里埃莱山共损失十五万人。除此以外，还在卡尔索高原损失了四万人。我们一起喝了一杯。借着酒兴，那人说了很多。他说今年这里不会再打仗了，还说意大利人不自量力，想一口吃成胖子。他说，在佛兰德[108]的攻势将以失败收场。像今年秋天这样的死法，再过一年，协约国就得完蛋。他说，其实大家都完蛋了，但只要自己没意识到就没事。大家都完蛋了。关键是别承认。哪个国家最后意识到自己完蛋了，哪个国家就能赢得战争。我们又各喝了一杯。我是不是谁的幕僚？我不是。那人是。全是扯淡。我们向后靠坐在一张大皮沙发上。整个会馆别无他人。那人脚上的暗色皮靴擦得油光锃亮。真是双漂亮的皮靴。他说全是扯淡。那帮人脑子里只有"师"和"兵力"的概念。他们为了抢夺一个个师而争吵，一旦弄到手，又只会随意葬送官兵性命。他们都完蛋了。

　　108　佛兰德，欧洲西部一地区。

德国佬屡战屡胜。老天作证，他们才是真正的军人。该死的德国佬才是真正的军人。但他们也完蛋了。大家都完蛋了。我问俄国怎么样。那人回答，他们早就完蛋了，你很快就能看到他们完蛋。还有，奥地利人也完蛋了。如果德国佬派几个师支援一下，他们倒是能打胜仗。我问他认为今年秋天，他们会进攻吗？当然会。意大利人完蛋了。谁都知道他们完蛋了。该死的德国佬会从特伦蒂诺[109]南下，切断维琴察的铁路。如此一来，意大利人还能怎么办呢？我说他们在1916年就试过了，并未得逞。那次德国佬没来。德国佬来了的，我说。不过他们很可能不会那样做，那人说。因为太简单了，他们会采取更为复杂的策略，然后彻底完蛋。我得走了，我说。我得回医院了。"再见。"那人向我道别。接着他又愉快地补了句："一切顺利！"那人身上存在迥然相异的两面：对世界充满悲观，在个人生活中却非常乐观。

我在一家理发店刮了脸，然后开始返回医院。动手术的那条腿已无大碍，剩下的就靠慢慢养了。三天前我做了一次检测，还差几次才能完成整个在马焦雷医院的疗程。我沿着小巷，练习不一瘸一拐地走路。一处拱廊下，有个老人正在给人剪影。我停下脚步，瞧了会儿。两个姑娘摆着姿势，咯咯直笑。老人给她俩同时剪影：歪着脑袋，边看她俩，边麻利地裁剪。完成后，老人先给我看了一下，然后把剪影粘到白纸板上，递给两个姑娘。

"她俩很漂亮。"老人说，"你想试试吗，中尉？"

那两个姑娘拿着剪影，边走边看边笑。她俩确实很漂亮，其中一人就在医院对面的那家酒馆工作。

"好。"我回答。

109　特伦蒂诺，位于意大利北部边境。

"把帽子摘了吧。"

"不。就这样剪吧。"

"会没那么好看的。"老人说，"不过，"他又马上面带笑容地说，"会显得更有军人气概。"

老人在黑纸上剪了一会儿，接着分开两层纸，把两面侧影粘到一块白纸板上，递给我。

"多少钱？"

"不要钱。"老人摆摆手，"我是免费给你剪的。"

"请收下。"我掏出几枚铜币。"一点小意思。"

"不要。我是剪着玩的。拿去送给女朋友吧。"

"多谢，再见。"

"再见。"

我继续赶路。回到医院，收到几封私信，一封公函。我获得了为期三周的疗养假，然后就得返回前线。我把公函从头至尾，仔细读了一遍。好吧，该来的总归要来。我在马焦雷医院的治疗将于十月四日结束，疗养假从那天开始算起。三周等于二十一天。也就是在十月二十五日结束。我对医院的人说要出去一趟，然后去了同一条街上不远处的那家餐馆吃晚饭，并在餐桌上读了其他来信，看了份《晚邮报》。一共四封私信：一封来自我祖父，讲了些家里的情况，鼓励我好好报效祖国，随信附有一张两百美元的汇票和一些剪报；一封来自在我们车队食堂就餐的牧师，内容很无趣；一封来自加入法国空军的朋友，说他结识了一帮好哥们儿，大伙儿如何如何玩闹；最后一封短信来自里纳尔迪，问我打算在米兰躲到什么时候，都干了些什么，随信附了张歌单，让我给他带留声机唱片。我吃饭时喝了一小瓶勤地葡萄酒，餐后喝了一杯咖啡、一杯科涅克白兰地，看完剩下的报纸，把信件装进衣袋，将报纸和小费一起留在餐桌上，离开了餐馆。回到医院病房，我脱掉衣服，换上睡衣裤和晨袍，放下门帘，然后坐在病床上，看波士顿的报纸。那堆报纸是迈尔斯夫人带来留给她在医院的儿子们看的。芝加哥白袜队即将赢得美联[110]的冠军，纽约巨人队在国联中处于领先地位。当时"大个儿"鲁思[111]在波士顿红袜队担任投球手。那些报纸很乏味，尽是些毫无新意的地方性新闻，关于战事的报道，又都是过时的。美国的新闻全是关于训练营的。我庆幸自己没在哪个训练营。只有关于棒球的新闻还能看一看，可我毫无兴趣。一堆雷同的报纸，读着很没意思。而且报上的新闻也不是最新的，但我仍勉强看了会儿。我不知道美国是否真的参战了，是否会停办棒球大联赛。很可能不会，米兰不是之前仍在举办赛马会吗？况且，战争形势还能怎么恶化？法国倒是停办赛马会了。我们之前所押的那匹马贾巴拉克，就是从法国来的。凯瑟琳要到九点才值夜班。到点后，我听见她在我的楼层走动的声音，还看见她从走廊经过。她先去了其他几间病房，最后终于来到我这里。

"我来晚了，亲爱的。"她说，"要做的事太多了。你怎么样？"

我对她说了报纸和疗养假的事。

"太好了。"她说，"你想去哪？"

"哪都不想去。我只想待在这。"

"别说傻话。你挑个地方，我跟你一起走。"

"你怎么走得了？"

"我不知道，但我会想出办法的。"

110　美联和国联共同组成美国男子职业棒球大联盟。

111　"大个儿"鲁思，全名乔治·赫尔曼·鲁思，美国著名棒球运动员。

"你真了不起。"

"哪有。不过，当你没什么可失去的时候，生活就不难对付。"

"什么意思？"

"没什么意思。我只是在想，过去以为多么了不得的障碍，这会儿看来根本不算什么。"

"我觉得生活可能并不容易对付。"

"不，不难对付，亲爱的。实在不行，我就一走了之。不过，事情不会到那个地步。"

"我们去哪儿呢？"

"我无所谓。你想去哪儿，就去哪儿。只要是没人认识的地方就行。"

"随便去哪儿，你都无所谓？"

"嗯，哪儿都行。"

她看上去紧张不安。

"到底怎么回事，凯瑟琳？"

"没事。什么事也没有。"

"肯定有事。"

"没有，没事。真的没事。"

"我知道一定有事。告诉我，亲爱的。你可以跟我说说。"

"没事。"

"告诉我。"

"我不想说。我怕你会不高兴，或让你担心。"

"不会的。"

"你确定吗？我不担心，可我怕你会担心。"

"要是你不担心，那我也不会。"

"我真不想说。"

"说吧。"

"必须说吗?"

"是的。"

"我怀孕了,亲爱的。差不多三个月了。你没担心吧?请千万千万不要担心。"

"好。"

"真的没事吗?"

"当然。"

"我什么办法都想了,什么药都吃了,可一点用也没有。"

"我不担心。"

"我完全无能为力,亲爱的,但我并不担心。你也一定不要担心或者不高兴啊。"

"我只担心你。"

"这就是我不想告诉你的原因。你可一定别担心我。天天都有人生孩子,每个人都有孩子。这是自然规律。"

"你真了不起。"

"哪有。不过,你可一定不要担心,亲爱的。我会努力不给你惹麻烦的。我知道自己惹出了麻烦。不过在此之前,我一直都是个好姑娘,不是吗?我没让你知道这件事,对吧?"

"嗯。"

"以后我也会一直这样做的。你可一定不要担心。我看得出来你在担心,快停下,赶紧停下。你不想喝一杯吗,亲爱的?我知道只要喝上一杯,你就会开心起来。"

"不想。我现在很开心,你真了不起。"

"哪有。不过要是你给我们找个去处,我会把一切处理妥当。十月总是很美好,我们会度过一段愉快的时光,亲爱的,等你回到前线，我会天天给你写信。"

"我回前线后，你上哪儿去呢?"

"我还没想好。不过一定是个很不错的地方。这些事我会处理好的，你不用操心。"

我们沉默了片刻。凯瑟琳坐在床上，我看着她，我们谁也没碰谁。我们彼此感到怪不自在，就像有第三者闯进了房间。最后，她伸手抓住我的手。

"你没生气吧，亲爱的?"

"没。"

"也没觉得中了圈套吧?"

"可能有点。但不是中了你的圈套。"

"我没说是我的圈套。你可别说傻话。我指的是中了圈套的感觉。"

"从生物学的角度看，人总是有中了圈套的感觉。"

她发了好长一会儿愣，既没挪动身体，也没缩回自己的手。

"'总是'两字不太中听。"

"对不起。"

"没关系。不过你知道，认识你以前，我从未怀过孕，甚至从没爱过任何人。而且我一直努力地讨你喜欢。可这会儿，你却说'总是'两字。"

"我真想割掉自己的舌头。"我说。

"哎呀，亲爱的!"她终于回过神来，"你可别把我的话当真。"我们之间的隔阂消失了，彼此也不再感到不自在。"我们是同一个人。我们不应该故意误解对方。"

"我们不会的。"

"但别人会。他们彼此喜欢，却故意误解对方，还会吵架，然后突然之间，就不再是同一个人了。"

"我们不会吵架的。"

"我们可一定别吵架。因为我们只有两个人，面对的却是全天下所有人。一旦我们之间出现隔阂，那就完了，接着他们就会击垮我们。"

"他们不会击垮我们的。"我说，"因为你非常勇敢，勇者无敌。"

"仍免不了一死。"

"但只有一次。"

"我不知道。这话是谁说的？"

"懦夫千死，勇者一死？"[112]

"是啊，谁说的？"

"我也不知道。"

"说这话的人很可能就是懦夫。"她说，"他对懦夫了解挺多，对勇者却一无所知。勇者要是个聪明人，也许会死两千次，只是不说出来罢了。"

"我不知道，勇者的心思很难捉摸。"

"是啊，那就是他们之所以勇敢的原因。"

"你可真是这方面的专家啊。"

"没错，亲爱的。那是当然。"

"你很勇敢。"

"哪有。"她说，"但我希望自己勇敢。"

"我不勇敢。"我说，"我了解自己，毕竟在外这么多年了。

112　关于这句话，参见莎士比亚悲剧《尤利乌斯·恺撒》第二幕第二场中恺撒面对死亡时所说的话："懦夫在死前已死过无数次，勇士毕生只品尝一次死的滋味。"

我就像一名球员，平均击球成绩只有二百三十个[113]，而且知道再怎么努力，成绩也不会提高了。"

"平均击球成绩二百三十个，是什么意思？听起来挺厉害的。"

"不厉害。在棒球运动中，那只能算平庸的击球手。"

"再怎么说，也是击球手啊。"她鼓励我。

"我看我们都挺骄傲自大的。"我说，"不过，你很勇敢。"

"哪有。我只希望自己勇敢。"

"我们都很勇敢。"我说，"但要是喝上一杯，我会变得'非常'勇敢。"

"我们都很棒。"说着，凯瑟琳走向大衣橱，给我拿来里面的科涅克白兰地和一只玻璃杯。"喝一杯吧，亲爱的。"她说，"你一直都很棒。"

"我不是真的想喝。"

"喝一杯吧。"

"好吧。"我倒了小半杯科涅克白兰地，一饮而尽。

"这一口可不少。"她说，"虽然我知道白兰地是英雄喝的，可你也不能逞强啊。"

"等打完仗，我们上哪儿去住呢？"

"大概在某家养老院吧。"她回答，"三年来，我一直孩子气地盼着，战争会在圣诞节结束。但现在，我希望等我们的儿子当上海军少校之后战争再结束。"

"说不定，他还能当上陆军将军呢。"

"如果变成另一场百年战争，他就有时间陆军、海军都参加一次。"

113　指的是棒球运动的击球率，即一千个球里，平均安打数为二百三十个。

"你不想来一杯吗？"

"不。白兰地能使你高兴，亲爱的，但只会让我头晕目眩。"

"你从不喝白兰地？"

"嗯，亲爱的。我是个非常老派的妻子。"

我伸手从地上拎起酒瓶，又给自己倒了一杯。

"我得去瞧瞧你那些同胞了。"凯瑟琳说，"在我回来前，你再看会儿报纸吧。"

"必须去吗？"

"这会儿不去，等会儿也得去。"

"好吧。那你现在去吧。"

"我一会儿回来。"

"等你回来我就看完报纸了。"我说。

第二十二章

当天夜里，天气突然变冷，次日还下起了雨。从马焦雷医院回来的路上，大雨滂沱，把我淋成了落汤鸡。病房外的阳台上，暴雨如注。疾风挟着雨珠，不断打在玻璃门上。我换掉衣服，喝了点白兰地，但没什么滋味。夜里我开始不舒服。第三天，吃过早餐，我感到恶心、想吐。

"绝对错不了。"住院医生说，"瞧瞧他的眼白，小姐。"

盖奇小姐瞧了瞧。他们给我照镜子。我的眼白发黄，确实是黄疸。我一病病了两周。因此我们没有共度我的疗养假。我们本打算去位于马焦雷湖畔[114]的帕兰扎，在草木变黄的秋季，那里非常怡人。你可以随处走走，也可以泛舟湖上，曳绳钓鲑鱼。斯特雷萨[115]不如帕兰扎，因为帕兰扎人少。从米兰去斯特雷萨非常方便，所以在那里总是会遇见熟人。帕兰扎有个不错的村庄，你可以划船去渔民住的岛屿。最大的岛上，还开了一家餐馆。可惜，我们没去成。

我患黄疸卧床期间里，有天，范坎彭小姐走进病房，打开大衣橱，发现了里面的空酒瓶。之前我已经叫门房收拾走了一批。现在想来她一定看见门房把酒瓶拿出医院了，所以上来搜找。放在大衣橱里的大部分是苦艾酒瓶、马尔萨拉葡萄酒瓶、卡普里白葡萄酒瓶、装勤地葡萄酒的长颈瓶，还有少量装科涅克白兰地的

114　马焦雷湖，意大利境内第二大湖，也是瑞士南部最大的湖。

115　斯特雷萨，位于马焦雷湖畔。

酒瓶。门房先收拾走了装苦艾酒的大酒瓶和装勤地葡萄酒、裹着干草套的长颈瓶，留下装白兰地的酒瓶最后来收拾。范坎彭小姐发现的正是那几个装白兰地的酒瓶和一个装莳萝利口酒的熊形酒瓶。尤其是后者，她举在手里，勃然大怒。那只熊蹲着，举着两只前爪，玻璃脑袋上顶着瓶塞，瓶底残留着一些黏糊糊的结晶。我不禁哈哈大笑。

"那是装莳萝利口酒的。"我说，"最好的莳萝利口酒都用这种熊形瓶装，产自俄国。"

"那些都是装白兰地的酒瓶，难道不是吗？"范坎彭小姐问。

"我看不见所有的瓶子。"我说，"不过，大概都是吧。"

"你在医院偷偷喝酒多长时间了？"

"这些酒是我买的，也是我自己带进医院的。"我说，"常有意大利军官来看我，我得备些白兰地招待他们。"

"你自己从来没喝？"她问。

"我自己也喝了。"

"白兰地。"她说，"十一个装白兰地的空酒瓶，外加一瓶狗熊酒。"

"莳萝利口酒。"

"我去找人来把这些酒瓶收拾走，一共就这些吗？"

"暂时就这些。"

"你得了黄疸，我很同情。但同情用在你身上，完全是浪费。"

"多谢。"

"要我说，你不想回前线，也怪不得你。但我本以为你可能会想个更聪明的法子，而不是故意酗酒，让自己得黄疸。"

"故意什么？"

"故意酗酒，别装糊涂。"我没再说什么。"除非你还能找到别的理由，否则等黄疸好了你就得回前线。我不认为故意得黄疸你就能获得疗养假。"

"真的？"

"真的。"

"你得过黄疸吗，范坎彭小姐？"

"没有，但我见得多了。"

"你看到哪些病人得了黄疸很高兴？"

"总强过上前线吧。"

"范坎彭小姐，"我说，"你知道有男人通过踢自己的阴部来自残吗？"

范坎彭小姐没直接回答我的问题。她只能这样，不然就得离开病房。她还不想走。很长时间以来她一直讨厌我，这会儿抓着我的把柄，正可借题发挥。

"我知道很多人为逃避上前线而自残。"

"我问的不是这个，我也见过各种自残。我问的是，你知不知道有男人通过踢自己的阴部来自残。那种痛感跟黄疸最相近。不过我相信没有女人体验过那种痛感。所以我才问你有没有得过黄疸，范坎彭小姐，因为——"范坎彭小姐离开了病房。没过一会儿，盖奇小姐进来了。

"你对范坎彭说了什么？她气坏了。"

"我们在比较几种痛感。我正要说她从没经历过生孩子的痛苦——"

"你真是傻瓜。"盖奇说，"她会对你不利的。"

"她已经那么做了。"我说，"她让我的疗养假泡汤了，说不定还会把我送上军事法庭，她真是太刻薄了。"

"她从没喜欢过你。"盖奇说，"究竟怎么回事？"

"她说我故意酗酒，让自己得黄疸，好不用回前线。"

"呸！"盖奇说，"我会证明，你从没喝过酒。所有人都会为你证明。"

"她发现了那些酒瓶。"

"我提醒过多少次了，让你把酒瓶清理掉。那些酒瓶现在在哪？"

"大衣橱里。"

"你有手提箱吗？"

"没有，用那个背包装吧。"

盖奇小姐用背包装起酒瓶，"我拿去给门房。"说着，她朝门口走去。

"等等。"范坎彭小姐说，"把酒瓶给我。"她把门房叫来了。"请帮我拿一下。"她说，"等向医生报告工作时，我要拿给他瞧瞧。"

范坎彭小姐从走廊渐渐远去。门房拎着背包，他知道里面装的是什么。

什么也没发生，只是我的疗养假泡汤了。

第二十三章

　　回前线的那天晚上，我提前托门房去火车站，等火车从都灵过来时上去为我占个座。那趟火车在都灵编组，夜里十点半左右抵达米兰，然后一直停在车站，半夜再从米兰出发。要想抢到座位，你就得在火车到达时就去车站候着。门房邀了朋友同去——那人是机枪手，趁着休假在裁缝店工作。门房相信他们一起去一定能抢到座位。我给他们买站台票的钱，并让他们带上我的行李：一个大背包，两个小行囊。

　　五点左右，我跟医院里的人道别，然后离开了医院。我把行李留在门房屋里，告诉他我会在临近半夜时赶到车站。门房妻子称呼我"少爷"，还忍不住哭了，接着抹掉眼泪，跟我握手道别，没想到又再次哭了。我拍拍她的背，结果她又哭了一次。她为我补过衣服，头发花白，又矮又胖，总是笑容满面，但这会儿哭起来，哭得整张脸都看不出个样了。我走进街角一家酒馆，然后望着窗外。酒馆外又黑又冷，雾色朦胧。我付了咖啡和格拉巴白兰地的钱，看着行人从窗前的灯下不断经过。看见凯瑟琳，我敲了敲窗户。她扭头一望，看见我，笑了。我走出酒馆，迎上去。她身着深蓝色披风，头戴毡帽。我们一起往前走，沿着人行道经过一家家酒馆，接着穿过集市走上大街，穿过拱门，进入大教堂前面的广场。广场上铺有电车轨道，对面就是大教堂。大雾笼罩下，教堂显得白茫茫、湿漉漉的。我们举步穿过电车轨道。左边是橱窗明亮的商店和风雨街廊的入口。广场中间浓雾弥漫。等走近时，我们发现教堂异常雄伟，石块上布满水汽。

"想进去吗？"

"不想。"凯瑟琳回答。我们继续往前走。前面一处扶壁的阴影中，站着一名士兵及其女友。我们从旁边经过。他俩紧贴着扶壁而立，士兵用自己的披风裹住女友。

"他俩很像我们。"我说。

"我们不像任何人。"凯瑟琳说。她的口气不大高兴。

"希望他们有地方可去。"

"这对他们不见得有好处。"

"我不知道。每个人都应该有地方可去。"

"他们可以去教堂里面。"凯瑟琳说。这时我们已经走过了教堂。到达广场另一头后回望教堂，雾色缥缈，看着很美。我们在一家皮具店前驻足片刻。橱窗里摆着马靴、背包、滑雪靴，每件商品都摆放地像精心陈列的展品。背包在中间，马靴和滑雪靴分列两旁。暗色的皮革像旧马鞍一般用油擦得非常光溜，被电灯照射的部分更是锃锃发亮。

"改天，我们可以去滑雪。"

"再过两个月，瑞士的米伦就可以滑雪了。"凯瑟琳说。

"我们去那里滑雪吧。"

"好啊。"她说。我们又走过一些商店的橱窗，拐入一条小巷。

"我从没走过这条小巷。"

"我回医院，走的就是这条小巷。"我说。小巷很窄，我们靠着右边行走。雾色中，行人络绎不绝。小巷里分布着一些商店，所有橱窗都亮着灯。经过其中一家商店时，我们瞥了眼橱窗里堆着的奶酪。最后，我在一家军械店前停下脚步。

"进去一下，我得买把枪。"

"哪种枪？"

"手枪。"我们走进店里。我解下皮带，连空枪套一起放到柜台上。柜台后面有两个女人。她们拿出几把手枪。

"大小必须跟这个相称。"说着，我打开枪套。这个灰色皮枪套是我买的二手货，用来在城里佩带。

"这里面有好枪吗？"凯瑟琳问。

"都差不多。我能试试这把吗？"我问其中一个女人。

"这会儿我没地方让你试射。"那女人说，"不过，这把枪非常好。买吧，错不了。"

我啪地扣下扳机，然后拉回枪机。弹簧相当紧，但很顺畅。我瞄着枪管，又扣了一下扳机。

"这把枪是一位军官用过的。"那女人说，"那军官枪法非常好。"

"当初是你卖给他的？"

"是的。"

"那怎么又回到你这儿了？"

"从他的护理员手上回收的。"

"说不定，我丢的枪也在你这儿。"我说，"这把多少钱？"

"五十里拉，很便宜了。"

"就它吧。我还要另外买两个弹夹、一盒子弹。"

那女人从柜台底下拿出弹夹和子弹。

"你需要佩刀吗？"那女人问，"我这还有几把用过的佩刀，也很便宜。"

"我是要去前线。"我说。

"哦，那你用不着佩刀。"那女人说。

我付了子弹和手枪的钱。我将子弹押进弹仓，把弹仓归位。手枪插入枪套后，再将子弹押进另外两个弹夹，并把弹夹插入枪套上的插槽，最后扣上皮带。皮带上多了把手枪，感觉挺沉的。不过，我想还是佩带制式手枪比较稳妥。毕竟制式手枪的弹药总能搞到。

"好了，全副武装完毕。"我说，"这是绝对不能忘做的事。我之前那把手枪，在来医院的路上让人拿走了。"

"希望这是把好枪。"凯瑟琳说。

"还需要什么吗？"那女人问。

"不需要了。"

"这把枪配有颈带。"那女人说。

"我看到了。"那女人想再卖别的东西给我。

"你不需要哨子吗？"

"不需要。"

那女人道了别。我们走出店门来到人行道上。凯瑟琳回望橱窗。那女人望过来，向我们欠了个身。

"那些镶嵌在木头里的小镜子是干什么用的？"

"用来吸引鸟儿的。意大利人在田野里转动那些镜子，云雀看到后便会飞出来。这样他们就可以打云雀了。"

"意大利真是充满智慧的民族。"凯瑟琳说，"在美国，你们不打云雀吧，亲爱的？"

"不会特地去打。"

我们过了街，沿着另一侧行走。

"这会儿我感觉好点了。"凯瑟琳说，"刚开始，我心情很糟糕。"

"只要在一起，我们总是很开心。"

"我们将永远在一起。"

"嗯。可惜，我半夜就要走了。"

"别想这事，亲爱的。"

我们沿着街边行走。大雾笼罩下，路灯发出昏黄的光。

"你不累吗？"凯瑟琳问。

"你呢？"

"还行。走路挺有意思的。"

"不过还是别走太久了。"

"嗯。"

我们拐入一条没有路灯的小巷，继续往前走。我停下脚步，亲吻凯瑟琳，感觉到她的一只手搭在我肩头。不知不觉中她把我的披风拉到她身后，将两人都裹在里面。我们贴着一面高墙而立。

"去找个地方吧。"我说。

"好啊。"凯瑟琳说。我们沿着小巷往前走。小巷尽头通往一条紧临运河的大街，街对面有堵砖墙和一些建筑。我望见前面不远处，有轨电车正从一座桥上驶过。

"我们可以去桥那里叫辆马车。"我说。我们走到桥上，站在雾中等马车。几辆电车驶过，里面满载回家的人们。来了一辆马车，但里面有人。雾气开始凝结成雨。

"我们可以走路，或坐电车。"凯瑟琳说。

"会有马车来的。"我说，"这里是必经之路。"

"来了一辆。"她说。

车夫勒马停车，放下计程器上的铁牌。马车顶篷开着。车夫的外套上结着水珠，涂着清漆的帽子在雨中泛着光。顶篷开着，车里很暗，我们向后靠在座椅上。

"你对他说去哪儿？"

"车站。车站对面有家旅馆，我们可以去那里。"

"就这样去？不带行李？"

"嗯。"我回答。

车站离得挺远，马车在雨中穿街走巷，跑了很久。

"我们不吃晚饭了吗？"凯瑟琳问，"我担心自己会饿。"

"直接在房间里吃吧。"

"我没带任何衣服，甚至没带一件睡袍。"

"去买一件吧。"说完，我便冲车夫喊话。

"去一下曼佐尼大街，然后从那边去车站。"车夫点点头，随后在下一个街角左拐。来到曼佐尼大街，凯瑟琳便开始留心街边的商店。

"这里有一家。"她说。我吩咐车夫勒马停车。凯瑟琳跳下马车，穿过人行道，走进店里。我向后靠在座位上，等她回来。雨下个不停。我能闻到街上的湿气和雨中马的身上冒出的热气。她回来了，拎着一包衣服，跳上马车。我们继续赶路。

"我太奢侈了，亲爱的。"她说，"不过，这件睡袍非常不错。"

到了旅馆门口，我让凯瑟琳在车里稍等，我先去找经理问问情况。还有很多房间。我回到外面，付了车钱，跟凯瑟琳一起走进旅馆。穿侍者制服的小伙计拎着凯瑟琳的那包衣服。经理欠身把我们领到电梯口。旅馆里随处可见红色长毛绒的帘幕和黄铜装饰。经理陪我们乘电梯上楼。

"先生和夫人[116]想在房间里就餐吧？"

"是的。你能把菜单送上来吗？"我问。

"你们想吃点特别的吗？来点野味，或来份蛋奶酥？"

电梯一连经过三层楼，每到一层都"咔哒"一响。随着第四

116　这里的"先生"和"夫人"，原文都是法语。

次"咔哒"声，电梯停了下来。

"你们有什么野味？"

"我能弄到一只野鸡，或一只丘鹬。"

"来只丘鹬吧。"我说。我们顺着走廊往前走。脚下的地毯很旧，两旁有许多门。走到一扇门前，经理停下脚步，取出钥匙开门。

"就这间。里面很不错。"

穿侍者制服的小伙计把那包衣服放在房间中央的桌上，经理拉开窗帘。

"外面起雾了。"他说。房间里也挂着红色长毛绒帘幕。里面摆着好几面镜子、两把椅子、一张罩有绸缎床罩的大床，还有一个带门的卫生间。

"我叫人把菜单送上来。"说完，经理欠了个身，出门而去。

我走到窗边，望了望外面，然后拽着绳子，拉拢厚厚的长毛绒窗帘。凯瑟琳坐在床上，凝望雕花玻璃枝形吊灯。她的帽子已摘下，那头秀发在灯下泛着光。她看着其中一面镜子里的自己，伸出双手去摸头发。我能在另外三面镜子里看到她。她不太开心，任由自己的披风滑落在床上。

"怎么了，亲爱的？"

"在此之前，我从没觉得自己是妓女。"她说。我走到窗边，拉开其中一块窗帘，望向外面。真没想到，结果会是这样。

"你不是妓女。"

"我知道，亲爱的。但觉得自己是妓女的感觉并不好。"她声音冷冰冰的，不带丝毫感情。

"我们能进的旅馆中最好的就是这家。"我望着窗外说。广场对面便是灯火通明的车站，街上时有马车驶过，还能望见公园里的树木。湿漉漉的人行道上，反射着旅馆射出的灯光。真该死，我想，非得在这会儿吵架吗？

"过来吧。"凯瑟琳说。她声音里的冷漠又荡然无存。"快过来，我又变成好姑娘了。"我向床上望去，她在冲我微笑。

我走过去，挨着她坐在床上，然后吻她。

"你是我的好妻子。"

"我当然是你的。"她说。

吃过晚餐，我们感觉好多了，感到非常愉快。再接着，旅馆的客房有了家的感觉。医院的病房曾是我们的家，而此刻，这间客房就是我们的家。

吃饭时，凯瑟琳肩上披着我的军装。我们饥肠辘辘，饭菜很可口。我们喝了一瓶卡普里白葡萄酒、一瓶圣埃斯泰夫葡萄酒。大部分是我喝的，但凯瑟琳也喝了点，这令她心情大好。晚餐包括一只丘鹬、蛋奶酥土豆、栗子泥、色拉、甜点酒香蛋黄羹。

"这房间挺好。"凯瑟琳说，"这房间不错。早知道在米兰的这段时间，我们该来这里住。"

"这房间布置得很怪，不过还算舒适。"

"放纵真是一件美妙的事。"凯瑟琳说，"热衷此道的人，似乎对此很有品味。红色长毛绒真是不错，要的就是这个。那几面镜子也很迷人。"

"你是个可爱的姑娘。"

"早晨在这样的房间里醒来，不知道我会是什么感觉。但这真是个非常棒的房间。"我又倒了一杯圣埃斯泰夫酒。

"我倒希望，我们能干点儿真正的坏事，"凯瑟琳说，"我们做的每件事，似乎都太单纯又太简单，我无法相信我们做过什么错事。"

"你是个了不起的姑娘。"

"我只觉得饿，饿极了。"

"你是个单纯的好姑娘。"我说。

"是啊。除了你，没人发现我其实很单纯。"

"第一次见到你时，我花了一个下午想象，要是我们一起去加富尔大酒店情况会怎样。"

"尽想些龌龊事儿。这儿可不是加富尔，对吧？"

"不是。那儿不会接待我们。"

"总有一天他们会接待我们的。但亲爱的，这便是你我的不同之处，我从来不想象任何事。"

"从来不吗？"

"就想一点点。"她说。

"噢，你真是个可爱的姑娘。"

我又倒了一杯红酒。

"我很简单。"凯瑟琳说。

"起初我倒没这么想。我觉得你挺疯癫的。"

"是有点儿，但我疯得不复杂。亲爱的，我没把你搞糊涂吧？"

"酒真是个了不起的东西"，我说，"一醉解千愁哪！"

"是不错，"凯瑟琳说，"我爸却因此得了很严重的痛风。"

"你爸还健在吗？"

"还在。"凯瑟琳说，"他有痛风，你不必见他的。你爸还健在吗？"

"不在了。"我说，"我有个继父。"

"我会喜欢他吗？"

"你也不必见他。"

"我们在一起真开心，"凯瑟琳说，"我对别的任何事都不感兴趣了。嫁给你我真是太幸福了。"

侍者进来，把东西都收走。不久，我们都安静下来，静得能听见雨声。下面的街上，有辆车一直在按喇叭。

"但我总能听见，

时间的战车张开翅膀，

向我身后匆匆而来。"

"我知道那首诗，"凯瑟琳说，"是马韦尔的诗。但那写的是一个不愿跟某个男人同居的姑娘。"

我觉得清醒又冷静，还想说点儿正事。

"你打算在哪儿生孩子？"

"不知道。去我能找到的最好的地方吧。"

"你打算怎么安排这事？"

"尽我最大的努力安排好。别担心，亲爱的。战争结束前，说不定我们都有几个孩子了。"

"快到该出发的时间了。"

"我知道。你想时间什么时候到，时间就什么时候到。"

"不是这样。"

"那就别担心，亲爱的。刚刚你还好好的。现在你又开始担心了。"

"不会的。你多久给我写一封信？"

"每天都写。他们会读你的信吗？"

"他们英语不够好，没关系的。"

"那我写得让他们看不懂。"凯瑟琳说。

"但也别太难懂了。"

"那就稍微乱一点儿吧。"

"恐怕我们真得出发了。"

"好吧，亲爱的。"

"真不想离开我们这么好的家。"

"我也是。"

"但我们不得不走。"

"好吧。不过，我们在自己家中总是待不了多久。"

"以后能待久的。"

"你回来时，我会给你一个很好的家。"

"或许我马上就回来了。"

"或许，你会在脚上受点儿轻伤。"

"或者耳垂上。"

"不，我希望你的耳朵安然无恙。"

"那我的脚呢？"

"你的脚已经受伤了。"

"亲爱的，我们得走了。真的。"

"好吧。你先走。"

第二十四章

我们走楼梯下楼，没有乘电梯。楼梯上的地毯磨损得厉害。晚餐送上来时我就付过了钱。那个送饭的侍者正坐在门边的椅子上。他腾地站起来，鞠了个躬。我跟他到耳房，付了房费。经理还记得拿我当朋友，没让我先交钱。但他走后也没忘留个侍者守在门边防止我没付钱就溜了。我想以前多半出过这种事，也许对方甚至是他的朋友。战争时期，总是有很多朋友。

我让侍者帮我们叫辆马车。他从我手上接过凯瑟琳的包，拿了把伞就出去了。透过窗户，我们见他在雨中过了街。我们站在耳房里，望着窗外。

"你感觉怎么样，凯瑟琳？"

"想睡觉。"

"我觉得肚子空空的，好饿。"

"你有吃的吗？"

"有，在我的小行囊里。"

我看见马车来了。车停了下来，马在雨中垂着头。侍者走下车，撑开伞，朝旅馆走来。我们在门口躲进他的伞下，顺着湿漉漉的人行道朝路缘边的马车走去。排水沟里的水哗哗作响。

"你的包在座位上。"侍者说。直到我们上车，他一直举着伞站在那。我给了他小费。

"非常感谢。旅途愉快。"他说。马车夫一拉缰绳，马就动了。侍者打着伞，转身走回旅馆。我们沿着大街一路往前，接着左转，再右拐，到了火车站前。灯下有两名宪兵。他们站的位置刚好淋不到雨。车站里射出来的灯光把雨水照得清晰透亮。一个候车棚里的搬运工耸着肩膀，走进雨里。

"不用，"我说，"谢谢，我用不上搬运工。"

他又回到了拱形候车棚下。我转向凯瑟琳。她的脸藏在马车车篷的阴影里。

"或许，我们也该在这告别了。"

"我不能进去吗？"

"不能。"

"再见，凯瑟琳。"

"你来告诉他医院的地址，好吗？"

"好。"

我把地址告诉车夫。他点了点头。

"再见，"我说，"照顾好自己和小凯瑟琳。"

"再见，亲爱的。"

"再见。"我走进雨中，马车出发了。凯瑟琳探出头来。灯光下，我看见她的脸。她微笑着挥手。马车沿着街道开走。凯瑟琳指了指拱形候车棚。我看了看，候车棚下只有两名宪兵，顿时明白她是要我进去避雨。我走了进去，站在候车棚下，看着马车转过街角，然后才穿过车站，顺着车道，走向火车。

门房正在月台上找我。我跟着他上了火车，挤过人群，顺着走廊穿过一道门，进入一个拥挤的车厢。机枪手正坐在一个角落里。我的背包和小行囊就放在他头顶的行李架上。我们进去时，满车厢的人都抬头看向我们。火车上座位不够，所以每个人都极不友好。机枪手起身让我坐。有人拍了拍我的肩。我回头一看，原来是个又瘦又高的炮兵上尉，下巴上有条很长的红色伤疤。他从走廊的玻璃窗看到我，于是走了进来。

"你怎么说？"我转身面向他，问。他比我高，脸在帽舌的阴影里显得格外瘦长，伤疤又新又亮。车厢里的每个人都看着我。

"你不能这么做，"他说，"不能让一个士兵替你占座。"

"我已经这么做了。"

他咽了口唾沫，我看见他的喉结上下滚动。机枪手站在座位前。其他人也透过玻璃窗往里望。车厢里，谁也没说话。

"你无权这么做，我比你早到两个小时。"

"那你想要什么？"

"座位。"

"我也是。"

我盯着他的脸，感觉整个车厢的人都对我充满敌意。我不怪他们。他有理。不过，我还是想要座位。仍旧没人吭声。

"噢，该死。"我想。

"上尉先生，请坐吧。"我说。机枪手一让开，高个儿上尉便坐了下去。他看着我，脸上似乎有受伤的表情，但他总算得到了座位。"把我的东西拿好。"我对机枪手说。我们来到走廊。火车已经满了，我知道不可能再找到座位。我给门房和机枪手每人十里拉。他们顺着走廊找，又到外面月台上从车窗外朝里张望，还是没找到座位。

"布雷西亚或许有人下车。"门房说。

"但布雷西亚上车的人更多。"机枪手说。我跟他们道别，彼此握了握手。他俩走了，两人都感觉挺糟。火车开动时，大家都站在走廊上。出站时我一直盯着车站、调车场的灯。雨还在下，窗户很快便湿了，再也无法看清外面的情形。后来我睡在走廊的地板上。先把装钱和文件的皮夹藏进衬衫和裤子里，让它待在我屁股下面的裤腿中。我睡了一夜，只在有更多人涌上车的布雷西亚和维罗纳醒了一下，但都很快又睡着了。我枕着一个小行囊，怀里抱着另一个，还能感觉到背包。只要其他人不踩到我，尽可以从我身上跨过去。走廊上躺满了睡觉的人。站着的人不是拉着窗户上的铁杆，就是倚在门上。那趟火车总是这么拥挤。

第三卷

第二十五章

眼下正是秋天，树都光秃秃的，道路泥泞不堪。我从乌迪内坐军用卡车去戈里齐亚。一路上我们超过了很多辆别的军用卡车。我看着乡间的景色，桑树已经变得光秃秃的，田野也一片枯黄。路上到处都是湿漉漉的枯叶，这些叶子应该都是一排排的秃树上落下来的。有人正在路上忙活，从沿路的碎石堆里捡石头填上车辙印。隔断群山的大雾里，小镇若隐若现。渡河时，我发现水涨得厉害。山里一直都在下雨。我们开进镇里，开过几间工厂，接着又开过几栋房屋和别墅。又有很多房子被炮火击中过。一条窄窄的街上，一辆英国红十字会的救护车从我们身边开过。司机戴着帽子，脸又黑又瘦，我不认识他。我在大广场警备长官的屋前下了车。司机把背包递给我，我背上背包，又把两个小行囊甩到肩上，便朝我们的别墅走去，没有丝毫回家的感觉。

我沿着潮湿的砾石车道，一边走一边透过大树望向别墅。窗户全关得紧紧的，门却开着。我走进屋，发现少校正坐在一张桌旁。屋子里空荡荡的，只有墙上挂着几幅地图和几页打印出来的纸。

"你好，"他说，"最近怎么样？"他看起来老了些，也干瘪了一些。

"还不错，"我说，"这里一切还好吧？"

"都结束了。"他说，"放下你那些包，坐吧。"我把背包和两个小行囊放在地上，把帽子放在背包上，从墙边拉过一把椅子，靠桌坐了下来。

"这个夏天真糟糕，"少校说，"你现在身子还壮吧？"

"还好。"

"拿到那些勋章了吗？"

"嗯，顺利拿到了。非常感谢。"

"快让咱们瞧瞧。"

我拉开披风，给他看那两条勋表。

"你收到盒装勋章了吗？"

"没有，只收到了证书。"

"盒装勋章到的慢点，那东西需要更多时间。"

"你需要我做什么吗？"

"车都开走了。六辆北上，去了卡波雷托。你知道卡波雷托吧？"

"知道。"我说。我记得，那是个山谷里的白色小镇，镇上有座钟楼。小镇很干净，广场上还有座漂亮的喷泉。

"他们把那当根据地了。现在有好多伤员。不过，战斗倒是结束了。"

"其他的车呢？"

"两辆上了山，四辆还在培恩西柴高原。另外两个救护车队跟第三军待在卡尔索高原。"

"你想让我做什么？"

"如果愿意，你可以去培恩西柴高原接管那四辆车。吉诺已经上去很久了，你还没去过那儿，是吧？"

"没有。"

"糟透了，我们损失了三辆车。"

"我听说了。"

"嗯，里纳尔迪写信告诉你的。"

"里纳尔迪在哪儿？"

"在医院，他忙了一个夏天加一个秋天。"

"这我相信。"

"糟透了，"少校说，"简直糟得超乎你的想象。我常常想，你在这时中了弹，反而是件幸事。"

"嗯，我很幸运。"

"明年还会更糟，"少校说，"或许，他们现在就要进攻。他们说要进攻，但我不信。现在已经太迟了。你看见那条河了吗？"

"嗯，水涨得很高。"

"雨季已经开始，我才不信他们现在会进攻。很快这儿就要下雪了。你的同胞们怎么样？除了你，还会有其他美国人到这儿来吗？"

"他们正在训练千万大军。"

"希望我们能分到一些。但法国人肯定会独吞的。我们这儿啥都分不到。好啦，今晚你就待在这，明天坐那辆小车出发，把吉诺换回来。我会派个认识路的跟你一起去，吉诺会把一切都告诉你。他们还是经常轰炸，但战斗的确已经结束。看到培恩西柴高原，你一定会喜欢的。"

"我很乐意去看看。少校先生，真高兴我又回来跟你在一起了。"

他笑了笑，"谢谢你这么说。我已经厌倦这场战争，要是能离开，我才不相信自己还会回来。"

"真有这么糟？"

"是啊，就有这么糟，甚至更糟。快洗洗干净，找你的朋友里纳尔迪去吧。"

我走出门，提着包上了楼。里纳尔迪不在，但他的东西都在。我坐在床上，解开绑腿，脱掉右脚的鞋，躺倒在床上。我很累，右脚很疼。只脱一只鞋躺在床上似乎有点儿傻，我坐起来，解开另一只鞋，扔到地板上，才又躺回毯子上。窗户紧闭的房间很闷，我却累得不想起来开窗。我看见自己的东西都堆在房间的一个角落里。外面，天渐渐黑了。我躺在床上，边想凯瑟琳，边等里纳尔迪。我本来只打算在夜里临睡前想想凯瑟琳，可我现在累了，又没别的事可干，我就躺着想她。想着想着，里纳尔迪进来了。他还是老样子，或许稍微瘦了点儿。

"哎呀，老弟。"他说。我从床上坐起来。他走过来，坐下，伸出一条胳膊搂住我。"好老弟。"他用力拍了拍我的背，我抓住了他的两条胳膊。

"老弟，"他说，"让我看看你的膝盖。"

"那我得脱下裤子。"

"那就脱吧，老弟。大家都是朋友。我想看看他们的活儿怎么样。"我站起身，脱掉裤子，拉开护膝。里纳尔迪坐在地上，轻轻地前后扳动我的膝盖。他伸出手指，来回摸那条伤疤。然后他把两个拇指放在膝盖骨上，用其余手指握着膝盖轻轻摇了摇。

"你的关节联接就只有这么点儿了？"

"是啊。"

"把你送回来简直是犯罪，他们应该等到所有联接都康复。"

"已经好多了，之前硬得像块木板。"

里纳尔迪又弯了弯我的膝盖。我看着他的手，他有一双外科医生的手。我又看向他头顶，他的头发很有光泽，纹路分得很平顺。他把我的膝盖弯得太厉害。

"唉哟！"我叫道。

"你应该多接受几次机械治疗。"

"已经比之前好了。"

"我看出来了，老弟。这种事，我比你清楚。"他站起身，坐到床上，"膝盖的手术做得还不错。"膝盖的情况他已经看完了。"把每件事都讲给我听听。"

"没什么好讲的。"我说，"我过了一段平静的生活。"

"你这样子可不像一个结了婚的男人，"他说，"你怎么了？"

"没什么。"我说，"你怎么了？"

"这场战争都快要了我的命啦，"里纳尔迪说，"把我搞得无比消沉。"他交叠起双手，搁在膝上。

"噢。"我说。

"怎么了？难道我连身为人的冲动都不能有吗？"

"当然不。我看得出你过得还不错。快跟我说说。"

"整个夏天和秋天我都在做手术，一刻不停地工作。每个人的活儿我都干了。所有困难的手术，他们全留给我做。天哪，老弟，我成了个讨人喜欢的外科医生。"

"这话好听多了。"

"我从来不思考。不，天哪，我不思考，我只做手术。"

"那就好。"

"但是老弟，现在一切都完了。我已经不做手术，我感觉糟透了。这是一场可怕的战争，老弟。我说的你都要相信。但现在你让我振作起来了。带唱片来了吗？"

"带了。"

唱片用纸包着，装在我背包的一个纸板盒里。我已经累得不想把它们拿出来。

"你感觉不舒服吗，老弟？"

"我感觉糟透了。"

"这场战争太可怕，"里纳尔迪说，"走，咱们喝酒去，开心开心。等喝到烂醉如泥，干他一炮，咱们就会觉得好受些了。"

"我得了黄疸。"我说，"不能再喝醉。"

"噢，老弟，你回来怎么变成这样了，不光那么严肃，肝还出了毛病。我跟你说，这场战争简直糟透了。我们到底为什么要打这场仗！"

"我们喝一杯吧。我不想喝醉，但我们可以喝一杯。"

里纳尔迪走向房间另一头的脸盆架，拿来两只玻璃杯和一瓶科涅克白兰地。

"这是奥地利的科涅克，"他说，"七星白兰地。他们攻打圣加布里埃莱山的战利品，就只有这些酒。"

"你上山了吗？"

"没有。我哪儿也没去，一直在这儿做手术。瞧，老弟，这是你从前刷牙用的玻璃杯。我一直留着，好让我想起你。"

"好让你想起别忘了刷牙吧。"

"不。我自己有杯子。我留着它是为了让我想起你每天早上多么努力地刷掉牙齿上红色别墅的气味，一边骂骂咧咧地吞阿司匹林，一边诅咒那些妓女。每次看到那个杯子我都会想起你试图用一把牙刷，洗净自己的良心。"他走到床边，"亲我一下，告诉我，你并不严肃。"

"我才不会亲你，你这头大猩猩。"

"我知道，你是个盎格鲁萨克逊好小伙。我知道，你是个悔恨懊恼的小伙子。我就等着看你这盎格鲁萨克逊小伙如何用一把牙刷，刷掉卖淫嫖娼的味道。"

"往杯子里倒点儿科涅克白兰地。"

我们碰了碰杯，一饮而尽。里纳尔迪冲我哈哈大笑。

"我要把你灌醉，取走你的肝，换上一个意大利人的好肝，让你重新成为男子汉。"

我拿着杯子，又要了点儿科涅克白兰地。外面已经天黑了。我端着那杯科涅克白兰地，走过去开窗。雨停了。外面更冷了，树木间腾着一片雾气。

　　"别把科涅克白兰地倒到窗外去，"里纳尔迪说，"你要是喝不了就给我。"

　　"要喝自己倒。"我说。我很高兴又见到了里纳尔迪。两年来，他总是打趣我，我也一直很喜欢这样。我们都非常了解彼此。

　　"你结婚了吗？"他在床上问。我正靠墙站在窗边。

　　"还没。"

　　"你在恋爱吗？"

　　"嗯。"

　　"和那个英国姑娘？"

　　"嗯。"

　　"可怜的老弟。她对你好吗？"

　　"当然。"

　　"我的意思是说，她那方面还不错吧？"

　　"闭嘴！"

　　"我会的。你会发现，我是个管得住自己嘴的人。她——？"

　　"里宁，"我叫道，"请你闭嘴。你要还想做我的朋友，就闭嘴！"

　　"我不是想做你的朋友，老弟。我就是你的朋友。"

　　"那就闭嘴。"

　　"好吧。"

　　我走到床边，坐在里纳尔迪身旁。他正端着杯子，盯着地板。

　　"你明白是怎么回事吗，里宁？"

　　"噢，明白。我这辈子见到过很多神圣的事。虽然跟你在一起时倒是很少。不过我想你应该经历过这种事吧。"他盯着地板。

"你没有经历过吗？"

"没有。"

"一件也没有？"

"没有。"

"那你的母亲和你的姐妹呢？"

"或者，你的姐妹？"里纳尔迪飞快地说。我们都笑了起来。

"真是个老超人。"我说。

"或许我是嫉妒吧。"里纳尔迪说。

"不，你不是。"

"我不是那个意思。我在说别的。你有结了婚的朋友吗？"

"有。"我说。

"我没有，"里纳尔迪说，"除非是那些彼此不恩爱的。"

"彼此恩爱的呢？为什么不恩爱？"

"恩爱的不喜欢我。"

"为什么不喜欢？"

"因为我是那条蛇。我是那条引起一切的蛇[117]。"

"你说错了吧。苹果才造成了一切。"

"不，是那条蛇。"他显得更开心了。

"你不深思的时候人要好些。"我说。

"我爱你，老弟，"他说，"等我当上意大利伟大的思想家，你再来拆穿我吧。我知道很多事，可就是说不出来。我知道的比你多。"

"嗯，是啊。"

---

117 《圣经·创世纪》里，夏娃受蛇的诱惑，偷吃禁果。

"但你会过得更好。即便有懊悔，也会比我过得更好。"

"我不这么认为。"

"噢，会的。真的。我已经只有在工作时才感觉到快乐。"他又盯着地板。

"你会熬过去的。"

"不会。工作以外，我只喜欢两件事。一件对我的工作有害，另一件半个小时或十五分钟就结束了，有时候，时间还会更短。"

"有时会短得多吧。"

"老弟，也许我已经进步了。你不知道。但我只有两件事，以及工作。"

"你会找到其他事的。"

"找不到了。我们向来什么都得不到。只有与生俱来的那点儿东西，从不学习。我们永远都得不到新东西。一出生，我们就是完完整整的。你应该高兴自己不是拉丁人。"

"根本没有拉丁人，只有'拉丁'式的思考方式。你简直以你那些缺点为傲嘛。"里纳尔迪抬起头，哈哈大笑。

"不说啦，老弟。想这么多，我都累了。"他进来时，就显得很累。"快到吃饭时间啦，我很高兴你回来了。你是我最好的朋友，也是我战时的弟兄。"

"战时的弟兄什么时候能吃饭？"我问。

"马上。为了你的肝，我们再喝一杯。"

"像圣保罗那样。"

"你这话说的不准确。那只是酒和胃。为了你的胃，再来点儿酒吧¹¹⁸。"

"不管你瓶子里装的是什么，"我说，"也不管你是为了什么。"

"为了你的姑娘，"里纳尔迪说着，举起杯子。

"好吧。"

"我永远不会说她坏话。"

"别太勉强自己了。"

他把科涅克白兰地喝光了。"我是纯洁的，"他说，"老弟，我跟你一样。我也会找个英国姑娘。事实上，我比你先认识你那姑娘，但对我来说她太高了。高个子姑娘只适合做姐妹。"他又引了个典故。

"你的思想纯洁又可爱。"我说。

"难道不是吗？所以，他们才叫我纯洁的¹¹⁹里纳尔迪嘛。"

"是肮脏的¹²⁰里纳尔迪吧。"

"行啦，老弟。趁我心思还纯洁，我们赶紧下去吃饭吧。"

我洗漱梳头后，我们便下了楼。里纳尔迪有点儿醉了。到我们吃饭的屋子里，饭菜还没准备好。

"我去拿酒瓶。"里纳尔迪说。他上楼去了。我坐在桌边。他拿着酒瓶回来，给我俩一人倒了半杯科涅克白兰地。

"太多了。"我端起玻璃杯，对着桌上的灯照了照。

"对空空的肚子来说不算多。酒可是好东西，会把你的胃完全烧坏。对你再有害不过了。"

"好吧。"

118　参见《圣经·提摩太前书》5：23——"因你胃口不清，屡次患病，再不要照常喝水，可以稍微用点酒。"

119　原文为意大利语。

120　同上。

"一天天地自我毁灭。"里纳尔迪说，"毁了你的胃，让你的手发抖。正适合一名外科医生。"

"你推荐这个？"

"强烈推荐。别的方法我都不用。把它喝了吧，老弟，然后就等着生病。"

我喝了半杯。走廊上传来护理员的喊声，"汤！汤好了！"

少校走进来，冲我们点点头，坐下了。饭桌上，他显得特别矮小。

"就我们这几个人吗？"他问。护理员放下汤碗，他立刻舀了满满一勺汤。

"就我们几个了。"里纳尔迪说，"除非牧师也来。他要是知道费代里科来了，肯定也会来。"

"他在哪儿？"我问。

"在307。"少校说。他正忙着喝汤。他擦了擦嘴，又仔仔细细地擦了擦翘起来的灰色八字须。"我想他会来的。我打过电话叫他们告诉他你在这儿。"

"真怀念以前闹哄哄的样子。"我说。

"是啊，现在太安静了。"少校说。

"我来闹一闹吧。"里纳尔迪说。

"喝点儿酒吧，恩里科。"少校说。他替我倒了满满一杯。意大利面上了桌，我们全都忙碌起来。面快吃完时，牧师走了进来。他还跟以前一样，棕色皮肤，瘦小结实。我站起身，跟他握了手。他把手放在我肩膀上。

"我一听说就以最快的速度赶来了。"他说。

"坐。"少校说，"你来晚了。"

"晚上好，牧师。"里纳尔迪用英语说。从前有个上尉经常欺负牧师。他会说点儿英语，他们的英语就是跟他学的。"晚上好，里纳尔迪。"牧师说。护理员给他端来了汤，他却说要先吃意大利面。

"你还好吗？"他问我。

"很好。"我说，"近来情况怎么样？"

"喝点儿酒吧，牧师。"里纳尔迪说，"为了你的胃，喝点儿酒吧。圣保罗都这么干，你知道的。"

"嗯，我知道。"牧师礼貌地说。里纳尔迪替他斟满酒。

"那个圣保罗，"里纳尔迪说，"所有麻烦都是他惹出来的。"牧师看着我，笑了。看得出来，这样的逗弄，他现在已经无动于衷。

"那个圣保罗，"里纳尔迪说，"就是个酒鬼，是个浪荡子。当他的热情消退以后就说这事没什么好的。他完事儿了，就来替我们这些还血气方刚的人制定规矩。你说是吧，费代里科？"

少校笑了笑。这会儿，我们在吃炖肉。

"天黑以后，我从不谈论圣徒。"我说。正埋头吃炖肉的牧师抬起头，冲我笑了笑。

"瞧，他也跑牧师那边去了。"里纳尔迪说，"以前那些打趣牧师的好手都上哪儿去了？卡瓦尔坎蒂呢？布鲁迪呢？切萨雷呢？非得我单枪匹马地逗弄牧师吗？"

"他是个好牧师。"少校说。

"他是个好牧师。"里纳尔迪说，"可依旧是个牧师啊。我努力像从前一样添乱。我想让费代里科高兴高兴。见鬼去吧，牧师！"

我发现少校看着他并且察觉到他醉了。他瘦削的脸很白，衬着那苍白的额头，发际线显得格外黝黑。

"没关系的，里纳尔迪。"牧师说，"没关系。"

"你见鬼去吧。"里纳尔迪说,"让这该死的一切都见鬼去吧。"他靠坐在椅子里。

"他压力太大,累了。"少校对我说。他吃完肉,正拿了片面包蘸肉汁吃。

"我才不在乎,"里纳尔迪对桌上的众人说,"让这一切都见鬼去吧。"他不驯地扫了一圈众人,眼神呆滞,脸色苍白。

"好吧,"我说,"让这该死的一切都见鬼去。"

"不,不,"里纳尔迪说,"这事你办不到,办不到。你根本不明白,你乏味又空虚,别的啥都没有。我告诉你,就是啥都没有。什么鬼东西都没有。我知道当我一停止工作,这种感觉就涌上来。"

牧师摇摇头。护理员端走了装炖肉的盘子。

"你干吗吃肉。"里纳尔迪转向牧师,"你难道不知道,今天是星期五?"

"今天星期四。"牧师说。

"撒谎。今天星期五。你在吃我们主的身体。这是主的肉。我知道的。这是死掉的奥地利人的肉,你正在吃的就是这东西。"

"白肉是来自军官的。"我把这个老笑话补齐。

里纳尔迪哈哈大笑,又替自己倒了杯酒。

"别管我,"他说,"我就是有点儿疯罢了。"

"你应该休休假。"牧师说。

少校冲他摇头。里纳尔迪盯着牧师。

"你觉得,我应该休假?"

少校又冲牧师摇头。里纳尔迪仍旧盯着牧师。

"随你的便,"牧师说,"不想的话,不休也行。"

"你见鬼去吧,"里纳尔迪说,"他们就想摆脱我。每天晚上,他们都想摆脱我。我让他们都见鬼去了。就算我得了那病又怎么样。每个人都得了。全世界都得了。起先，"他摆出一种大学讲师的架势，继续说道，"就是一颗小小的脓包。然后会在肩膀间发现皮疹。之后我们都不拿它当回事儿，我们有信心能用水银治愈它。"

"或者洒尔佛散[121]。"少校平静地插了一句。

"一种汞制剂，"里纳尔迪说。这会儿他已经非常得意。"我知道一种药，比那东西好一倍。牧师好老兄，"他说，"你永远也搞不到那玩意儿，老弟才搞得到。这是种工业事故。就是种工业事故罢了。"

护理员端来甜点和咖啡。甜点是一种浇了黄油甜酱的黑面包布丁。油灯冒着烟，灯罩里黑烟一股接一股地往上冒。

"拿两支蜡烛来，把这盏灯端走。"少校说。护理员带来两支点燃的蜡烛，把灯拿走吹灭了。每支蜡烛都放在一个小碟子里。这会儿，里纳尔迪已经安静下来。他看上去还不错。我们聊了会儿天。喝完咖啡后，大家都出门，来到走廊上。

"你想跟牧师聊聊吧。我还得去镇上。"里纳尔迪说，"晚安，牧师。"

"晚安，里纳尔迪。"牧师说。

"回头见，弗雷迪。"里纳尔迪说。

"嗯。"我说，"早点儿回来。"他做了个鬼脸便出门了。少校跟我们站在一起，"他很累，工作时间太长了。"少校说，"而且，他还以为自己得了梅毒。虽然我不相信，但他可能真得了。他正在替自己治疗。晚安。恩里科，你天亮前就会走吧？"

121　洒尔佛散，抗梅毒的药。

"嗯。"

"那就再见了，"他说，"祝你好运。"佩杜齐会叫醒你，跟你一起去。

"再见，少校先生。"

"再见。他们说奥军会发动一次进攻，我才不信。但愿不是真的。不过无论进不进攻，都不会到这儿来。吉诺会告诉你一切。现在电话的效果也很好。"

"我会经常打电话的。"

"请经常打来。晚安。别让里纳尔迪喝太多白兰地。"

"我尽量不让他多喝。"

"晚安，牧师。"

"晚安，少校先生。"

他离开，去了办公室。

第二十六章

我走到门口，望了望外面。雨虽然停了，雾却没散。

"我们上楼吧？"我问牧师。

"我只能待一会儿。"

"上去吧。"

我们爬上楼梯，走进我的房间。我躺在里纳尔迪的床上。牧师坐在护理员替我架好的行军床上。屋里很黑。

"嘿，"他说，"你到底怎么样？"

"还好，就是今晚有些累。"

"我也累了，却是无缘无故的累。"

"仗打得怎么样了？"

"我想很快就会结束了。我也不知道为什么，但就是有这种感觉。"

"你感觉怎么样？"

"你看到少校什么样儿吧？温和多了吧？现在，很多人都温和多了。"

"嗯，我感觉到了。"我说。

"这个夏天真是糟透了。"牧师说。他现在已经比我离开时自信多了。"除非亲身经历，否则你完全无法相信情况能糟到什么地步。这个夏天，很多人都明白了战争是怎么回事。有些我本以为永远都不会明白的军官，这时候也明白了。"

"会发生什么事？"我抚摸着毯子。

"我不知道，但我不认为它还能持续很久。"

"会发生什么事呢？"

"他们会停战。"

"谁？"

"双方。"

"希望如此吧。"我说。

"你不相信？"

"我不相信双方会立刻停战。"

"我想也不会。这个期望太高。但我看见人们身上的变化后就认为这仗打不了多久了。"

"今年夏天的仗谁打赢了？"

"没人赢。"

"奥军赢了，"我说，"他们守住了圣加布里埃莱山。他们赢了。他们才不会停战。"

"他们要是跟我们感觉一样，或许会停战的。他们也在经历同样的事。"

"正在赢的人，永远不可能停手。"

"你简直在泄我的气。"

"我只是说出了我的想法。"

"那你认为，战争会一直持续下去？什么也不会改变吗？"

"我不知道。我只是认为，奥军打胜仗时不会停战。只有失败了，人们才会变成基督徒。"

"奥地利人也是基督徒。波斯尼亚人除外。"

"我不是指纯粹的基督徒——我的意思是说，像我们的主一样。"

他什么也没说。

"我们现在温和，是因为我们败了。要是我们的主在花园里

被彼得救下，他会怎样？^{122"}

"他还是会跟现在一样。"

"我可不这么想。"我说。

"你真是在泄我的气，"他说，"我相信会有变化，并祈祷赶紧发生点什么。我觉得很快就会有变化了。"

"或许会有事发生。"我说，"但只会发生在我们身上。他们要是跟我们感觉一样就好了。但他们打败了我们，肯定就是另一种感觉。"

"很多士兵一直都有这种感觉，并非因为打了败仗。"

"他们一开始就被打败了。他们从农场上应征入伍时，就被打败了。农民为什么有智慧，就是因为他们从一开始就被打败了。让农民掌掌权，你就能看到他们多么有智慧。"

他没再说别的，只是埋头思考。

"现在，我自己也泄气了。"我说，"我从来不想思考这些事就是这个原因。虽然从不思考，可一聊起来，我就不假思索地把所想的都说了出来。"

"我本来还指望能发生点儿什么呢。"

"打败仗吗？"

"不，比这好点儿的。"

"没有比这更好的事了。除非打胜仗。不过打胜仗可能更糟。"

"有好长一段时间，我都在盼着打胜仗。"

"我也是。"

"现在，我自己也糊涂了。"

"反正不是胜，就是败。"

122　参见《圣经·马太福音》第26章。

184

"我再也不相信什么胜利了。"

"我也不信。但我也不相信失败。尽管战败没准儿还会好些。"

"那你相信什么？"

"睡觉。"我说。他站了起来。

"在这儿待了这么久，真抱歉。但我很喜欢跟你聊天。"

"能跟你又聊上真好。我说睡觉，其实没别的意思。"

我们站起身，在黑暗中握了握手。

"我现在睡在307。"他说。

"明天一早，我就要出发去急救站。"

"等你回来，我再来看你。"

"到时候，我们一边散步，一边聊。"我送他到门口。

"别下去了。"他说，"虽然对你来说不一定好，但你能回来我还是很高兴。"

"我没事的。"我说，"晚安。"

"晚安，再见[123]！"

"再见[124]。"我已经困得要命了。

123　原文为意大利语。

124　同上。

第二十七章

里纳尔迪进来时我醒了。但他没说话，所以我又睡着了。早上天还没亮我就穿上衣服走了。我出发时，里纳尔迪还没醒。

我还没见过培恩西柴高原。顺着奥军曾到过的斜坡往上爬，来到大河上方我负伤的地方，这感觉很奇特。这里新修了一条陡峭的大路，有很多卡车往来。路在远方逐渐平坦，大雾弥漫中，我看见树林和山丘。那些是很快就被占领了的树林，所以并未遭到破坏。再往前大路便没有了山丘的屏护，所以两边都搭起了有顶的草棚做为掩护。大路尽头是座被摧毁的村庄。过了村子再往上走，就是前线。前线周围有很多大炮（到处都是被轰炸过的）。村里的房屋虽然被炸得稀烂，一切却都组织得井然有序，布告板随处可见。我们找到吉诺。他给我们喝了点咖啡。我跟他去见了几个人，也看了看急救站。吉诺说，英国车在培恩西柴高原那头的瑞弗内展开工作。他非常敬佩英国人，说那里依然时有轰炸，但受伤的人不多。现在，雨季已经开始，病人可能会越来越多。据说奥军要发动进攻，但他不信。据说我们也要发动攻击，但一直没有新的部队来，所以他觉得这事估计也取消了。他说这里食物匮乏，要是能在戈里齐亚饱餐一顿，他肯定会很高兴。他问我晚餐吃什么了？我告诉了他，他说吃得真是好。那道甜点让他印象尤其深刻。我没详细描述，只说那不过是道甜点，但我觉得他一定认为那东西比面包布丁精美得多。

知道他要被派去哪里吗？我说我不知道。不过，另外有几辆车在卡波雷托。他希望他能上那儿去。那是座不错的小镇，他喜欢镇后高耸入云的群山。他是个好小伙，似乎每个人都很喜欢他。他说圣加布里埃莱山那边真是糟透了，洛姆那头的战事也很惨烈。他说奥军沿着我们前方和上方的特诺瓦山脉，在树林里布置了好多大炮，一到夜里，就对着大路狂轰滥炸。他说敌军的海军炮组最让他心烦。我认识那种大炮，那种炮都是平射弹道。一声巨响后，几乎立刻就能听到尖啸声。他们常常双炮齐发，一声接着一声，爆炸带出的碎片异常巨大。他给我看了一片，那是块边缘平滑的锯齿状铁片，长度有一英尺多。

"我没觉得它们多有用，"吉诺说，"但的确把我吓坏了。听上去它们仿佛全都是冲着你来的。"轰隆"一声，紧接着就是尖锐的嘶鸣和爆炸声。要是都被吓得半死了，就算不受伤，又有什么用？"

他说，现在我们对面的阵地上有克罗地亚人，还有些马扎尔人。我们的军队仍然在攻击位，但奥军要是发攻进攻，我们既没有能用来联络的电话线路，也没有可退守之地。高原上那排突出的低矮山丘本来是绝佳的防守之地，却还没有做好防御部署。你对培恩西柴高原怎么看？

我希望过它能更平坦些，更像是一片高原。想不到，它竟这般七零八落。

"高地上的平原，[125]"吉诺说，"可其实根本没有平原[126]。"

吉诺住在一所房子的地下室。我们回到那间地下室。我说我认为防守时，顶部平坦，有一定深度的山脊比一连串小山丘更易守，也更实用。我与他争辩说，攻上山，并不比攻占平地难。"那

---

125 原文为意大利语。
126 同上。

就得看是哪种山了，"他说，"瞧瞧圣加布里埃莱山吧。"

"没错。"我说，"可麻烦就在于，它的山顶太平。他们轻而易举就能攻上来。"

"没那么容易吧。"他说。

"很容易。"我说，"但这座山很特别。与其说它是座山，不如说它是一处要塞。奥军已经在那设防多年。"我认为从战术上说，凡是有调遣行为的战斗，都不适合以一连串山丘作为防线。因为这种防线太容易被攻破，应该保持一定的机动性。而一座山，实在是太不机动了。而且从山上往下射击，总会射过头。要是侧翼被包抄，精兵就会被困在最高的山峰上。我可不信山地战。我说，这个问题我已经思考过很多次了。你偷偷攻占一座山，他们也偷偷夺下另一座。可真出了什么事，人人都得从山上下来。

如果两军边界就是一座山，你怎么办？他问。

我还没想好该怎么办，我说。我们俩都笑了起来。"但是，"我说，"过去，奥军总是在维罗纳周围那片四边形区域吃败仗。他们把奥军引到下方平原，然后在那把他们击败。"

"嗯，"吉诺说，"但那些是法国人。在别人的国土上打仗，总能清晰明了地解决军事问题。"

"没错。"我赞同道，"要是在自己国家，就没法干得这么精准熟练。"

"俄国人困住拿破仑时，就精准又熟练。"

"是啊，但他们国土辽阔。在意大利，你要想以撤退来诱捕拿破仑，那多半得退到布林迪西[127]去。"

127　布林迪西，意大利东南部城市。

"那地方糟透了，"吉诺说，"你去过那吗？"

"去过，但没长待。"

"我是个爱国者，"吉诺说，"但我实在不爱布林迪西或塔兰托[128]。"

"你爱培恩西柴高原吗？"我问。

"这里的土地是神圣的，"他说，"但我希望它能多长出一些土豆。你知道的，我们刚来时，在这儿发现了好多奥军开垦的土豆田。"

"食物真的很匮乏吗？"

"我是个大胃王，就没吃饱过，虽然也没挨饿。这儿的伙食很一般。前线部队的伙食挺不错，但支援部队就没那么多吃的了。肯定是哪个环节出了问题，食物应该很充足才对。"

"肯定是狗鲨们拿到别处卖了。"

"是啊，前线部队想吃多少他们都给，后方人员却不够吃。他们把奥军的土豆和树林里的栗子都吃光了。他们应该让人吃得更好。我们都是很能吃的人。食物肯定够吃。士兵没有足够的吃食是件相当糟糕的事。你有没有发现，吃饱时和饿肚子时，想法都是不一样的。"

"没错。"我说，"吃不饱就打不了胜仗，只能吃败仗。"

"我们别谈吃败仗了，这事儿已经谈得够多啦。今年夏天干的那些事，可不能全都白费。"

我什么都没说。一听到"神圣""光荣""牺牲"，或是"徒劳"之类的字眼，我都觉得尴尬窘迫。这些话我们都已听过。有时，还是站在雨里听的。在几乎快要超过听觉范围的地方，听到

128　塔兰托，意大利东南部城市。

那么几个大声喊出来的字眼。我们也读到过那些话，在覆盖着层层旧布告上的新布告上读到的。现在，我观察了那么长时间，却没发现任何神圣的事。那些所谓光荣的事，其实也没什么光荣的。而那些牺牲，就跟芝加哥牲畜围场[129]里的情形一样。区别只在于，这里的肉不会被加工，而是直接埋掉。很多字眼已经不堪入耳，最后只剩地名还保有尊严。某些数字和日期也是如此。而且这些东西也只有跟某些地名一起说起才有意义。"光荣""荣誉""勇气""神圣"之类的抽象名词，若跟村名、路号、河名、部队番号和日期等具体名称放在一起，简直令人厌恶。吉诺是个爱国者，所以他有时讲起话来会跟我们格格不入。但他是个好小伙。对于他选择成为爱国者这件事，我是非常理解的。他生来就是个爱国的人。他跟佩杜齐一起，开车回戈里齐亚了。

那日，一整天都风雨大作。狂风裹挟着暴雨，到处都是积水和淤泥。那些破房子上的灰浆变得阴沉又潮湿。傍晚时分，雨停了。我在第二急救站外看见秋天里光秃而潮湿的原野。山顶云雾缭绕，路上的草席屏障湿漉漉地滴着水。太阳在落山前露了一下脸，照亮了山脊那头光秃秃的树林。奥军在山脊那边的林子里安了不少大炮，开炮的却没几门。我看着前线附近一座破败农舍上突然腾起一团团榴霰弹的烟。每一个轻柔的烟团中央，都有一片黄白色的闪光。你看到了闪光，才会听见爆破声，然后就能看见那个烟团在风中渐渐变形，越来越稀薄。在农舍间的瓦砾堆和那座急救站破房子旁的路上，有很多榴霰弹铁球。不过那天下午，敌方并未朝这儿附近开炮。我们装了满满两车伤员，沿着铺有湿草席的大路往前开。夕阳的余晖从草席间射了进来。还没开到山

129　芝加哥牲畜围场，用于屠宰或装运前临时圈存牲畜之地。

后那段没遮掩的路，太阳就下去了。我们沿着这段毫无遮掩的路往前开，转过一个弯，进入了开阔的旷野。接着，驶进一段有草席的拱道后，雨又下了起来。

夜里起了风。凌晨三点，大雨如注之际，敌军发动炮击。克罗地亚人穿过山间草场和树林，冲到前线。黑暗中，他们冒雨攻了过来。惊恐万分的二线士兵发动反攻，把他们赶了回去。雨中，炮轰不断、火箭频发。整条战线上，机关枪和步枪的声音不绝于耳。他们没再进攻，前线总算安静了些。狂风骤雨间，听见北面远远传来猛烈的炮轰声。

伤员被源源不断地送进急救站。有些是被担架抬进来的，有些自己走进来，还有一些被别人一路从田野那头背来。他们全都浑身湿透，惊恐万状。从急救站地下室送上来的重伤员装了满满两车。我把第二辆车的车门关上扣紧时，感觉落在脸上的雨已经变成了雪。在雨中，雪花又急又沉地落了下来。

天亮后，依旧狂风暴雨，雪却停了。之前的雪一落到湿地上就化了。此时，又开始下雨。天刚亮，敌方便又发动了一次进攻，但没有成功。一整天，我们都在等对方再次进攻，但直到太阳落山他们才有动静。奥军的大炮集中在南面那片林木繁茂的长山脊下，炮轰就从那开始。我们等待对方开炮，却一直没等到。天渐渐黑了。村庄后面的田野里传来枪炮声。炮弹从我们这边往外飞的声音，听上去真舒服。

我们听说敌方在南面的进攻失败了。那天晚上他们没有再进攻。但又听说他们突破了北方防线。夜里传来消息，让我们准备撤退。急救站的上尉从旅部听到这个消息便告诉了我。过了一会儿他接完电话，又说那是谣传。旅部已经接到命令，无论发生什么情况，都要死守培恩西柴高原防线。我问起敌军突破的情况，他说他从旅部听说，奥军已经突破第二十七兵团防线，直逼卡波雷托。北边已经激战了一整天。

"那些混蛋要是让他们突破，我们就完蛋了。"他说。

"发动进攻的是德国人。"一个医务官说。我们向来不敢提德国人，压根儿不想跟他们打什么交道。

"德军有十五个师，"医务官说，"他们已经突破了，我们的后路就要断了。"

"旅部说无论如何都要守住这条防线。他们说敌军突破得还不算严重，我们一定要守住这条穿越群山的战线，从马焦雷峰开始。"

"他们这消息是从哪儿听来的？"

"从师部。"

"让我们准备撤退的命令，也是师部来的。"

"我们是直属军部，"我说，"但在这儿我听从你的号令，你叫我走，我就走。不过，命令到底如何，还是得弄清楚。"

"命令是要我们留在这儿。你把伤员从这儿运到医疗后送站吧。"

"我们可能还得把医疗后送站的伤员运到战地医院，"我说，"我还没见过撤退，告诉我，如果真需要撤退，如何疏散这么多伤员？"

"不疏散伤员。只能尽可能多带走一些，其余的就只能留下了。"

"那车子用来装什么？"

"医院的设备。"

"好吧。"我说。

第二天夜里，撤退开始了。我们听说德军和奥军已经突破北部防线，正冲下山谷朝奇维达莱和乌迪内而来。撤退倒是进行得有条不紊，只是大家都浑身透湿，垂头丧气。夜里，我们沿着拥挤的大路缓缓行驶，经过冒雨行军的部队、大炮、马车、骡子和卡车。大家全都从前线撤了下来。情况并不比进攻时混乱。

战地医院建在高原上破坏程度最轻的村庄里。那天夜里，我们帮着疏散战地医院里的伤员，把他们送到河床边的普拉瓦。第二天，我们花了一整天协助普拉瓦的医院和医疗后送站人员撤退。那天一直在下雨。培恩西柴高原的部队冒着十月的秋雨下了高原，又渡了河。那年春天的重大胜利，就是从河边开始的。第二天中午，我们进入戈里齐亚。雨已经停了，镇上几乎快空了。我们上街后，发现有人正把妞儿们往卡车里装。一共七个妞儿，都是那家专门接待士兵的妓院的。她们戴着帽子，穿好了外套，拎着小手提箱。其中两个正在哭。另外几人中有一个冲我们笑了笑，还伸出舌头，上下翻动着。她的嘴唇肥厚丰满，眼睛黑黑的。

我停下车，上前跟那个女总管说话。她说专门接待军官的那家妓院，里面的姑娘今天一大早就走了。她们去哪儿了？去科内利亚诺了，她说。卡车开动了。那个厚嘴唇的妞儿又冲我们伸出舌头。那女总管挥了挥手。另外两个妞儿还在哭。其余几个饶有兴趣地打量着外面的小镇。我回到了车上。

"我们应该跟她们一起走，"博内洛说，"一路上肯定很有意思。"

"我们这一路也会很有意思的。"我说。

"是糟糕透顶才对吧。"

"我就是这个意思。"我说。我们沿着车道，开到别墅前。

"如果哪个糙汉子爬上去霸王硬上弓，我倒想看看热闹。"

"你觉得他们会吗？"

"当然会。第二军里，谁不认识那个女总管？"

我们已经来到别墅外面。

"他们叫她'女修道院院长',"博内洛说,"妞儿虽然都是新来的,但那个女总管大家都认识。他们肯定是撤退前才把那些妞儿送到。"

"有她们受的。"

"要我说,我也觉得有她们受的。我倒不介意免费干她们一炮。不管怎么说,那妓院收费太贵,政府简直在敲诈我们。"

"把车开出去,叫机械师好好检查一下。"我说。"换换油,检查一下差速器。然后把油加满,就去睡会儿吧。"

"是,中尉先生。"

别墅里空无一人。里纳尔迪已经随医院撤退。少校也带着医院里的全体人员乘指挥车走了。窗边有张留给我的字条,叫我把堆在走廊里的物资装上车,送去波尔代诺内。机械师早走了。我回到车库。又有两辆车开进来,两名司机跳下车。外面又开始下雨。

"我——我实在困死了。从普拉瓦到这儿的一路上,我睡着了三次。"皮亚尼说,"我们现在怎么办,中尉?"

"我们换换油,给车上点润滑剂,然后加满汽油,把车开到前面去,把他们留下的那堆破烂装上。"

"然后,我们就出发吗?"

"不,我们先睡三个小时。"

"老天,我真高兴能睡觉,"博内洛说,"我都没法睁着眼睛开车了。"

"你的车怎么样,阿莫?"我问。

"还好。"

"给我套制服,我帮你上油。"

"你可不能干这事,中尉,"阿莫说,"这只是小事。您赶紧

194

去收拾自己的东西吧。”

“我的东西都收拾好了，”我说，“我去把他们留下的东西搬出来。车子弄好了就开到前面来。”

他们把车开到了别墅前面。我们把堆在走廊的医疗设备装上车。全部装完后，天还在下雨。三辆车在车道上一字排开，停在树下。我们走进别墅。

“在厨房里生堆火，把你那些东西烤干。”我说。

“我才不在乎衣服干不干，”皮亚尼说，“我想睡觉。”

“我要睡少校的床，”博内洛说，“我要在那老头睡觉的地方睡一觉。”

“我在哪儿睡都行。”皮亚尼说。

“这儿有两张床。”我打开门。

“我从来不知道那个房间里有什么。”博内洛说。

“那是‘老鱼脸’的房间。”皮亚尼说。

“你们俩就睡那儿，”我说，“我会叫醒你们的。”

“中尉，你要是睡太久，叫醒咱们的就是奥地利人了。”博内洛说。

“我不会睡过头的，”我说，“阿莫呢？”

“去厨房了。”

“去睡吧。”我说。

“我会的。”皮亚尼说，“我已经坐着打了一天盹儿，眼睛总是睁不开。”

“把靴子脱了，”博内洛说，“那是‘老鱼脸’的床。”

“‘老鱼脸’又怎么样，我才不怕。”皮亚尼头枕着胳膊，伸直腿躺在床上，一双靴子满是泥污。我出门去了厨房。阿莫已经生好火，还在炉子上放了一壶水。

"我想，我还是做点儿面吧，"他说，"大家醒来后肯定会饿的。"

"你不困吗，巴尔托洛梅奥？"

"不太困。水开了我就走。火会自己熄的。"

"你最好睡一会儿，"我说，"我们可以吃奶酪和牛肉罐头。"

"面好点儿，"他说，"吃点儿热东西对那两个无政府主义者有好处。中尉，你去睡吧。"

"少校房里有张床。"

"你睡那儿吧。"

"不，我去我的老房间。巴尔托洛梅奥，你想喝一杯吗？"

"我们出发的时候再喝吧，中尉。现在喝，对我没什么用。"

"你要是在三小时内先醒了，我又没来叫你，你就来叫醒我，行吗？"

"我没表，中尉。"

"少校房里有个挂钟。"

"好吧。"

我穿过客厅和走廊，爬上大理石楼梯，来到跟里纳尔迪同住的房间。外面正在下雨。我走到床边，朝外张望。天渐渐黑了，三辆车在树下一字排开。树在雨中滴着水。天气很冷，水珠挂在树枝上。我回到里纳尔迪的床上，躺下睡着了。

出发前，我们在厨房吃东西。阿莫煮了一大盆面，还往面里加了切碎的洋葱和罐头肉。大家围坐在桌前，喝了两瓶地窖里的葡萄酒。天已经黑了，外面还在下雨。皮亚尼坐在桌旁，依旧昏昏欲睡。

"相比进攻，我更喜欢撤退。"博内洛说，"撤退时，我们有巴尔贝拉红葡萄酒喝。"

"现在还有的喝。明天估计只能喝雨水了。"阿莫说。

"明天我们就到乌迪内了，可以喝香槟。逃避兵役的家伙都住在那儿。醒醒，皮亚尼！我们明天就在乌迪内喝香槟了！"

"我醒着呢。"皮亚尼说。他盛了满满一盘意大利面和肉。"你就不能找点儿番茄酱吗，巴尔托？"

"这儿没这东西。"阿莫说。

"我们要在乌迪内喝香槟了。"博内洛说着，又给自己倒了满满一杯清亮的巴尔贝拉红葡萄酒。

"或许，还不到乌迪内，我们就能喝上——"皮亚尼说。

"你吃饱了吗，中尉？"阿莫问。

"饱了。巴尔托洛梅奥，把瓶子给我。"

"我给每辆车都备了一瓶酒。"阿莫说。

"你睡觉了吗？"

"我不需要睡多久。我睡了一会儿。"

"明天，我们就能睡在国王的床上。"博内洛说。他感觉好极了。

"明天，我们或许会睡在——"皮亚尼说。

"我要跟王后一起睡。"博内洛说。他望向我，想看看我对这个笑话有什么反应。

"跟你一起睡的是——"皮亚尼睡眼惺忪地说。

"这是叛国罪，中尉，"博内洛说，"难道，这不是叛国罪吗？"

"闭嘴，"我说，"喝这么点儿酒玩笑就开过头了。"外面雨依然下得很大。我看了看表。九点半。

"该走了。"说完，我站了起来。

"中尉，你坐哪辆车？"博内洛问。

"坐阿莫的车。你开第二辆，皮亚尼开第三辆。我们上路吧，去科尔蒙斯。"

"我怕我会睡着。"皮亚尼说。

"那好。我跟你一辆车。博内洛开第二辆。阿莫开第三辆。"

"这样最好,"皮亚尼说,"因为我太困了。"

"我来开车,你睡一会儿。"

"不。只要知道有人能在我快睡着时叫醒我,我就能开。"

"我会叫醒你的。巴尔托,把灯灭了吧。"

"还是点着吧,"博内洛说,"反正这地方对我们也没用了。"

"我房间里有个小储物柜,"我说,"皮亚尼,你能帮我把它拿下来吗?"

"我们去拿,"皮亚尼说,"走吧,阿尔多。"他跟博内洛进入走廊。我听见他们上楼。

"这真是个好地方。"巴尔托洛梅奥·阿莫说。他往自己的粗帆布背包里放了两瓶红酒和半块奶酪。"以后再也碰不到这样的地方了。中尉,他们要撤到哪儿去?"

"他们说要撤到塔戈莱门托那头。医院和防区设在波尔代诺内。"

"这个小镇比波尔代诺内好。"

"我不了解波尔代诺内,"我说,"曾经路过那而已。"

"那地方不怎么样。"阿莫说。

第二十八章

我们开出小镇时，除了主街上还有几列部队和几门大炮，已经空荡荡的了，小镇一片黑暗。其他街上的卡车和马车都在往主街聚集。我们开过皮革厂驶上主街，部队、卡车、马车和大炮已经汇成一列缓缓移动的宽阔纵队。雨中，我们缓慢而稳定地向前推进，车子的散热器盖几乎碰到一辆卡车的尾板。卡车里的物资堆得很高，上面盖着湿淋淋的帆布。那辆车停了下来，整列纵队也停了下来。过了一会儿队伍又动了，我们也跟着朝前挪了一段，然后又停了下来。我跳下车往前走去，在卡车、马车和湿淋淋的马脖子下穿行。拥堵的路段还在前方很远处。我离开大路，踩着一块踏板跳过水沟，沿着水沟对岸的田野走。一路上，我透过枝叶，看见那条纵队在雨中停滞不前。我在田间慢慢超越队伍，走了大约一英里。纵队虽然一动不动，但那些停滞不前的车旁却有部队在行进。我回身去找车。堵塞的队伍很长，说不定能一直延伸到乌迪内。皮亚尼趴在方向盘上睡觉。我爬上车，坐在他旁边，也睡着了。几个小时后，我听见前面的卡车咔哒一声挂上挡。我叫醒皮亚尼，发动我们的车子。车子开了几码，停下来，接着又往前开。天依然在下雨。

晚上，队伍又停住了，再也没动过。我跳下车，回身去看阿莫和博内洛。博内洛的车里有两名工兵中士。我一上车，那两人立刻拘谨起来。

"他们被留下来修一座桥，"博内洛说。"找不到自己的部队，所以我就捎他们一程。"

"请中尉先生批准。"

"批准。"我说。

"中尉是美国人,"博内洛说,"无论谁来搭车,他都会同意。"

其中一名中士笑了笑。另一位问博内洛我是不是来自北美洲或南美洲的意大利人。

"他不是意大利人。他是北美洲的英格兰人。"

两名中士很有礼貌,却并不相信。我离开他们,到后面去找阿莫。两个姑娘坐在车座上,他缩在后面角落里抽烟。

"巴尔托,巴尔托。"我喊。他哈哈大笑。

"跟她们聊聊吧,中尉,"他说,"我听不懂她们的话。嘿!"他把手搭在其中一个姑娘的大腿上,友好地捏了一下。那姑娘裹紧披肩,推开他的手。"嘿!"他说,"快告诉中尉你叫什么名字,到这儿来干什么。"

那姑娘恶狠狠地盯着我,另一个一直垂着眼帘。看我的那个姑娘用某种方言说了几句话,我一个字都没听懂。她皮肤黝黑,身材丰满,看上去大约十六岁。

"姐妹?"我指着另一个姑娘问。

她点点头,笑了。

"很好。"说着,我拍了拍她的膝盖。手刚碰到她,我就感觉她的身子僵硬了起来。妹妹一直没抬头。看上去,她或许要小一岁。阿莫把手放在姐姐大腿上,又被她推开了。他冲她哈哈大笑。

"好人,"他指了指自己。"好人。"他指了指我。"别担心。"那姑娘恶狠狠地盯着他。这对姐妹真像两只野鸟。

"要是不喜欢我,干吗搭我的车?"阿莫问,"我一招手,她们就上车了。"他转向那个姑娘。"别担心,"他每句话都带脏字,

"没 XX[130] 危险。没有地方 XX。"我发现她好像只听得懂那个脏字，一双眼睛十分惊恐地盯着他，把披肩裹得更紧了。"车子全满了，"阿莫说，"没 XX 危险。没有地方 XX。"他每说一次那字眼，姑娘的身子就更僵硬一分。然后，她直挺挺地坐着，盯着他，哭了起来。我看见她的嘴唇动了动，眼泪顺着胖乎乎的脸颊流了下来。她妹妹还是没抬头，却握住了她的手。两人紧紧地靠坐在一起。那个原本凶巴巴的姐姐，这会儿却开始抽泣。

"看来，我吓到她了，"阿莫说，"我不是故意要吓她的。"

巴尔托洛梅奥拿过背包，切了两片奶酪。"给，"他说，"别哭啦。"

姐姐摇摇头，仍旧哭个不停。妹妹却接过奶酪，吃了起来。过了一会儿，妹妹把另一片奶酪递给姐姐。两人都吃了起来。姐姐还是有点儿抽抽搭搭的。

"她过一会儿就好了。"阿莫说。

他突然生出一个念头。"处女？"他问身旁的那个姑娘。她非常用力地点了点头。"也是处女？"他指向妹妹。两个姑娘都点了点头，姐姐用方言说了句什么。

"那就好，"巴尔托洛梅奥说，"那就好。"

两个姑娘似乎高兴些了。

我撇下他们，回到皮亚尼车上。两姐妹仍坐在一起，阿莫坐在后面的一个角落里。车队还是没动，旁边的部队却一直在走。雨仍然下得很大。我想，车队停滞不前，可能就是因为有些车的线路被打湿了吧。更有可能是马或人睡着了。不过就算每个人都醒着，城市里也可能交通堵塞。马车和机动车混在一起，彼此之

---

130 此处为原文。

间毫无助益。农民的马车也帮不上多少忙。巴尔托车上有两个漂亮姑娘。撤退大军中，可没有两个处女的容身之所。那可是真正的处女。或许还很虔诚。要是没有战争，我们可能都躺在床上了。我躺下，把头也搁在床上。身下是床与床板。直挺挺地躺着，像床板那样直。凯瑟琳现在大概就躺在床上，躺在床单和被单之间。她会靠哪边睡呢？或许，她还没睡着。或许，她正躺着想念我。吹吧，吹吧，西风。风真的吹起来。吹来的不是小雨而是大雨。那雨下啊，下啊，下了一整夜。你知道下雨的时候，天上落下来的是什么吗。主啊，你看看。我的爱人曾躺在我怀中。现在，我又躺到了床上。我的爱人凯瑟琳。让我甜蜜的爱人凯瑟琳随这雨落下吧。把她吹到我身边。好了，我们都被裹挟其中，而这么小一场雨无法让人平静。"晚安，凯瑟琳，"我大声说，"希望你睡个好觉。亲爱的，如果太难受，就往另一边侧。"我说，"我会给你弄点冷水。天一会儿就亮了，到时候就那么难受了。抱歉，那小东西让你如此难受。亲爱的，还是努力睡会儿吧。"

我一直在睡觉，她说。你一直在说梦话。你没事吧？

你真的在吗？

我当然在。我不会走。这不会对我们俩有任何影响。

你真是太好、太可爱了。你不会在夜里走掉的，对吧？

"XXX，"皮亚尼说，"他们又动了。"

"我刚才昏昏沉沉的，"我说。我看了看表。凌晨三点。我伸手从座位后拿出那瓶巴尔贝拉红葡萄酒。

"你刚才在大声说话。"皮亚尼说。

"我做了个说英语的梦。"我说。

雨小了，我们又动了。天亮前我们又停了一次。天亮后我们开到一片小土坡上，撤退的队伍远远地伸向前方。除了步兵在缓

202

缓移动，其他的一切都是静止的。我们又动了，但从白天这种推进速度来看，只有改从离开主路一段距离的田野穿过去，我们才有可能抵达乌迪内。

夜里，很多农民在乡间小路上加入了撤退的队伍。纵队里出现了满载家具杂货的马车。一面面镜子从床垫间戳出来；鸡鸭被捆好，扔在车上；我们前面的一辆车还装了台缝纫机，直接淋在雨里。那些人带上了最值钱的东西。有些车上一些女人挤挤挨挨地坐在一起避雨，有些走在车旁，尽量挨近车子。这会儿，纵队里也开始有了狗，它们都在马车下跟着跑。道路泥泞，路边水沟里的水涨得很高。行道树后的田地看起来实在太湿、太泥泞，车子根本没法开过去。我跳下车，沿大路往前走了一截，想找个能看清前方情形的地方，以便找出一条能让我们穿越田野的小路。小路很多，但我不想找一条不通向任何地方的路。以前路过这里时，我们的车都只在主路上疾驰，我已经完全不记得这些看起来都差不多的小路了。现在我知道，我们要是想过去，就一定得找一条小路。没人知道奥军到哪儿了，也不知道战况如何。但我非常肯定如果雨停了，飞机就会来空袭这条纵队。到时候一切就全完了。只要有几个弃车而逃的司机，或死几匹马，这条路就会被完全堵死。

这会儿雨已经没那么大。我想天或许要放晴。我沿着路边往前走，发现两块田地间有条通往北方的小路，路两边种着树篱。我想，我们最好走这条路，于是急匆匆地赶回车旁。我告诉皮亚尼转弯走小路，接着又跑去通知博内洛和阿莫。

"要是这条路走不通，我们还可以绕回来，重新插入队伍。"我说。

"那他们怎么办？"博内洛问。那两名中士还坐在他旁边。他们虽然没修面，但在大清早都还显得很有军人气概。

"他们可是推车的好帮手。"我说。我到后面通知阿莫，告诉他我们要试着穿越田野。

"那我的处女家属怎么办？"阿莫问。两个姑娘已经睡着了。

"她们没多大用处。"我说。"你应该找个能推车的。"

"她们可以坐到车子后面去，"阿莫说，"车里还有空间。"

"如果你非要留下她们，那好吧，"我说，"捎个背宽的人，好推车。"

"狙击兵，"阿莫笑着说，"他们的背最宽。有人量过。你觉得怎么样，中尉？"

"很好。你感觉怎么样？"

"还不错，就是很饿。"

"那条路上应该有东西吃，我们可以停下来吃点儿。"

"你的腿怎么样，中尉？"

"还好。"我说。站在踏板上朝前望，皮亚尼的车正驶离大路，进入小路。透过光秃秃的枝叶，可以看见他的车。博内洛转弯跟了上去，皮亚尼顺利离开了大路。我们跟着前面两辆救护车，沿着树篱间的这条小路往前开。路通向一间农舍。皮亚尼和博内洛已经把车停在了院子里。房子又矮又长，屋前搭了棚架，一株葡萄藤垂到了门上。庭院里有口井，皮亚尼正从里面打水，加进散热器。低挡开了这么久，里面的水都快烧开了。这间农舍已经被遗弃。我回头看了眼小路，才发现农舍要稍微比平原高一些。从这儿望出去，可以看见田野、小路、树篱、田地和主路旁的行道树。撤退的队伍还在主路上行进。两名中士在屋里东翻西找。两个姑娘醒了，正望着庭院、井和农舍前那两辆大救护车。三名司机站在井旁。一名中士走了过来，手里拿了个钟。

"把它放回去。"我说。他看了看我，走回屋子。再出来时，手里已经没有钟了。

"你的同伴呢？"我问。

"上厕所去了。"他爬上救护车，在座位上坐了下来。他怕我们扔下他。

"早餐吃什么，中尉？"博内洛问，"我们可以吃点儿东西。花不了多长时间。"

"你觉得，顺着这条路往那边走，能走到那儿去吗？"

"当然。"

"那好。我们吃饭吧。"皮亚尼和博内洛进了屋。

"走吧。"阿莫对两个姑娘说。他伸出手，要扶她们下车。姐姐摇摇头。她们不愿进被废弃的屋子，于是目送我们进去。

"她们真难应付。"阿莫说。我们一起走进农舍。屋里又黑又大，给人一种被遗弃的感觉。博内洛和皮亚尼去了厨房。

"没多少吃的，"皮亚尼说，"都被清理完了。"博内洛在一张厚重的厨房餐桌上切了一大块奶酪。

"哪儿找来的奶酪？"

"地下室。皮亚尼还找到了红酒和苹果。"

"那这顿早餐还真不错。"

那是个用柳条筐包着的大酒壶。皮亚尼拔掉木塞，倾斜瓶身，倒了满满一铜锅酒。

"闻起来真香。"他说，"找几个大口酒杯来，巴尔托。"

两名中士走了进来。

"中士们，吃点儿奶酪吧。"博内洛说。

"我们该走了。"其中一位中士说。他正在吃奶酪，还喝了一杯酒。

"我们会走的，别担心。"博内洛说。

"肚子填饱了才能行军。"我说。

"什么?"中士问。

"最好还是吃吧。"

"嗯。不过，时间宝贵。"

"我觉得，这两个混蛋多半已经吃过了。"皮亚尼说。两名中士盯着他，看来已经恨上我们这伙人。

"你认识路吗?"其中一个问我。

"不认识。"我说。他俩对视一眼。

"我们最好还是赶紧走。"第一个中士说。

"这就走。"我说。我又喝了一杯红葡萄酒。吃过奶酪和苹果，这酒喝起来更香了。

"把奶酪带上。"说完，我便走了出去。博内洛抱着那一大壶酒，走了出来。

"太大了。"我说。他遗憾地看着酒壶。

"确实，"他说，"拿水壶来装吧。"他把水壶灌满了酒。红酒溢了一些出来，洒在庭院的石头路面上。他抱起酒壶，放在大门内侧。

"这样奥军不用破门就能找到它。"他说。

"我们走吧，"我说，"皮亚尼和我打头。"两名中士已经坐到博内洛身旁。两个姑娘在吃奶酪和苹果。阿莫在抽烟。我们沿着那条狭窄的小路出发了。我回头看了眼身后的两辆车和那间农舍。是座挺不错的石屋，低矮、结实，就连那井边的铁栏杆都非常不错。前方的小路狭窄泥泞，两边还有高高的树篱。后面，两辆车紧紧地跟着我们。

第二十九章

中午，车子陷进了一条泥泞的小路。我们估计这儿离乌迪内大约还有十公里。雨在上午就停了。我们听见三次飞机飞来的声音。机群飞过头顶，远远地飞向左方。随后主路上就传来轰炸声。我们在纵横交错的小路上乱开一气，走了不少冤枉路，但在不断的调头和另寻新径中，也离乌迪内越来越近了。阿莫的车从一条走不通的小路倒出来时，陷入了路边的软泥。车轮越打转，车子就陷得越深。最后，差速器卡住了。眼下只能挖开车轮前的土，塞些树枝进去固定链条，再把车推上路。大家都下了车，围在阿莫车边。两名中士看了看车，又检查了一下车轮。然后他们一声不吭，拔腿就走。我连忙追上去。

"快，"我说，"去砍些树枝来。"

"我们得走了。"其中一个说。

"行动起来，"我说，"去砍些树枝。"

"我们得走了。"一名中士。另一个没吭声。他们急着走，看都不想看我一眼。

"我命令你们回到车边，然后去砍些树枝。"我说。其中一名中士转过身。"我们得继续走。再过一会儿你们就会被切断后路。你无权命令我们。你不是我们的长官。"

"我命令你们去砍树枝。"我说。他们转过身，沿着小路走了。

"站住！"我说。他们依然沿着泥泞的小路往前走。路两边都是树篱。"我命令你们站住！"我喊道。他们走得更快了。我打开皮套，拔出手枪，瞄准话多的那个，开了一枪。没打中。两人立刻撒腿就跑。我连开三枪，其中一个倒下了。另一个钻过树篱，不见了。他跑过田野时，我隔着树篱冲他开枪。枪没子弹了。最后，第二个中士跑得太远，手枪打不着了。他低着头，远远地穿过田野，一路狂奔。我给空弹夹上子弹时，博内洛走上前来。

"我去把他结果了吧。"他说。我递过手枪，博内洛走到那个扑倒在地的工兵中士跟前，弯下腰，枪口对准那人的脑袋，扣动了扳机。枪却没打响。

"你得先把击铁扳起来。"我说。他扳起击铁，开了两枪。他抓起那中士的腿，把他拖到路旁的树篱边，走回来，把枪还给了我。

"那个狗娘养的。"说着，他看了一眼那名中士。"中尉，你看见我把他打死了吧？"

"我们最好赶紧砍树枝，"我说，"另外那个，我到底打中没有啊？"

"应该没有，"阿莫说，"他已经跑得太远，打不中了。"

"那个人渣！"皮亚尼说。我们全都开始砍树枝。车上的所有东西都卸下来了。博内洛在车轮前挖土。准备好后，阿莫发动车，挂上挡。车轮转了起来，把树枝和泥土甩得四处飞溅。博内洛和我拼命推车，推得关节都快断了，车子还是纹丝不动。

"巴尔托，前后开一开。"我说。

他先倒车，然后往前开。结果车轮陷得更深了。然后差速器又卡住了，轮子在他们挖开的窟窿里直打转。我站直身子。

"我们试着用绳子拉一拉吧。"我说。

"中尉，我觉得这没什么用。你没法直着拉。"

"我们还是得试试，"我说，"除此之外，还有什么别的办法能把它弄出来。"

皮亚尼和博内洛的车只能沿着狭窄的小路上直直往前开。我们用绳子把两辆车绑在一起，开始拉。车轮却只顶着车辙印，往旁边打滑。

"没用。"我喊道，"停下吧。"

皮亚尼和博内洛跳下车，走了回来。阿莫也下了车。两个女孩坐在大约四十码外的一堵石墙上。

"中尉，你看怎么办？"博内洛问。

"我们接着挖，再多弄点树枝试试。"我说。我看了一眼小路。都是我的错。是我把他们领到这儿来的。太阳已经快从云层后钻出来了。中士的尸体倒在树篱边。

"把他的上衣和披风塞到下面。"我说。博内洛跑去拿了过来。我砍树枝，阿莫和皮亚尼挖掉车轮前和车轮间的土。我剪开披肩，撕成两半，垫在泥地中的车轮下，然后又堆了些树枝进去，好让车轮不打滑。我们准备好后，阿莫爬上座位开车。车轮转了起来，我们推了又推。然而，还是没用。

"他妈的。"我说，"巴尔托，车里还有什么你想带的吗？"

阿莫跟博内洛一起爬上车，拿了奶酪、两瓶红酒和他的披风。博内洛坐在方向盘后，翻看那名中士的外套口袋。

"最好把这衣服扔了，"我说，"巴尔托，那两个处女怎么办？"

"她们可以坐到后面去。"皮亚尼说。"我觉得我们也不会走太远。"

我打开救护车的后门。

"来吧，"我说，"进去。"两个姑娘爬了进去，坐在角落里。她们似乎没注意到刚才开枪的事。我回头看了一眼小路。中士穿着脏兮兮的长袖内衣倒在那。我跟皮亚尼爬上车，我们又出发了。我们试着穿越田野。当小路延伸进田野，我跳下车，走在前面。要是能穿过这片田，肯定能在那头找到另外一条路。我们开不过去。田里的土太软、太泥泞，车子根本没法开。最后，车子终于完全陷进泥里，一直陷到轮毂。我们只能丢下车，徒步往乌迪内进发。

走到快要通向主路的小路上时，我把那条路指给两个姑娘看。

"顺着这条路往下走，"我说，"你们就能碰到人啦。"她俩看了看我。我掏出钱包，给了她们一人一张十里拉的钞票。"顺着这儿往下走吧。"我指着小路说，"朋友！亲戚！"

她们没听懂，却紧紧地捏着钱开始朝前走。走着走着，又回过头来看看，仿佛生怕我会把钱要回去似的。我看着她们沿小路走远，一面把披肩裹得紧紧的，一面惴惴不安地回头望我们。三个司机放声大笑。

"我要是也走那个方向，你给我多少钱，中尉？"博内洛问。

"要是被抓住，她们还是混在人群中比较好。"我说。

"给我两百里拉，我可以直接走回奥地利。"博内洛说。

"他们会把你的钱抢走。"皮亚尼说。

"或许战争马上就结束了。"阿莫说。我们还是尽快赶路吧。太阳正努力钻出云层。小路两边种着桑树。透过树木可以看见我们那两辆大搬运车陷在田里。皮亚尼也在回头看。

"他们要把它们弄出来还得先修条路。"他说。

"天哪，真希望我们能有几辆自行车。"博内洛说。

"在美国有人骑自行车吗？"阿莫问。

"过去常常有。"

"在这儿可是件了不起的事，"阿莫说，"自行车是个非常了不起的东西。"

"天哪，真希望我们能有几辆自行车，"博内洛说，"我可不是个徒步者。"

"那是开火的声音吗?"我问。我好像听见远处有枪击声。

"不知道。"阿莫说着,听了起来。

"我想是的。"我说。

"我们首先看到的,应该是骑兵。"皮亚尼说。

"我不认为他们有骑兵。"

"祈祷上苍,但愿他们没有,"博内洛说,"我可不想被骑兵的——长矛刺死。"

"中尉,你倒真的开枪打死了那个中士。"皮亚尼说。我们走得更快了。

"他是我杀的,"博内洛说,"我还没在这场战争中杀过人呢。我这辈子就想杀个中士。"

"你是趁他一动不动时杀掉他的,"皮亚尼说,"你杀他的时候,他都没在飞奔。"

"没关系。这件事我一辈子都会记得。是我——杀了那个中士。"

"忏悔时你会怎么说?"阿莫问。

"我会说,'神父,保佑我吧,是我杀了那个中士。'"大家都笑了起来。

"他是个无政府主义者,"皮亚尼说,"根本不上教堂。"

"皮亚尼也是个无政府主义者。"博内洛说。

"你们真是无政府主义者?"我问。

"不,中尉,我们是社会主义者。我们是伊拉莫人。"

"你没去过那儿吗?"

"没有。"

"天哪,中尉,那可是个好地方。战争结束后你一定要去一趟,我们带你好好逛逛。"

"你们都是社会主义者吗？"

"人人都是社会主义者。"

"那座小镇很不错？"

"棒极了。你肯定从没见过那样的小镇。"

"你们怎么成为社会主义者的？"

"我们都是社会主义者。人人都是社会主义者。我们一直都是社会主义者。"

"来吧，中尉。我们把你也变成社会主义者。"

前方的小路转向左边，出现了一座小山，远远的还立着一道石墙，墙后有个苹果园。沿着小路开始爬山后，大家都不说话了。我们走得飞快，努力争取时间。

第三十章

随后我们走上一条通向河边的路。往小桥去的路上有一长溜被遗弃的卡车和马车。一个人影也没有。河水涨得很高，桥被拦腰炸断。石拱掉进河里，褐色的河水从上面流过。我们沿着河岸往上走，想找个地方过河。我知道前面有座铁路桥，也许我们能从那过河。小路潮湿而泥泞。我们没看见任何部队，只看到被遗弃的卡车和各类物品。河岸上什么也没有，也没人，只有湿漉漉的灌木和泥泞的道路。我们沿着河岸朝上走，终于看见那座铁路桥。

"这座桥可真漂亮。"阿莫说。那是一座很普通的铁制长桥。桥下的那段河床通常是干涸的。

"趁它还没被炸掉，我们最好赶紧过去。"我说。

"没人会炸它，"皮亚尼说，"他们全都跑光了。"

"那上头说不定埋了地雷，"博内洛说，"中尉，你先过。"

"听听，这无政府主义者说的什么话，"阿莫说，"让他先过。"

"我先过吧，"我说，"就算埋了地雷，也不只为了炸一个人。"

"瞧瞧，"皮亚尼说，"这才叫有脑子。你怎么就没脑子呢，无政府主义者？"

"我要是有脑子，就不会在这儿了。"博内洛说。

"这话说得不错，中尉。"阿莫说。

"的确。"我说。我们离桥很近了。天上又乌云密布，下起小雨。铁桥看起来又长又结实。我们爬上路堤。

"一次过一个。"说完，我开始过桥。我仔细观察枕木和铁轨，看有没有地雷拉发线或炸药的痕迹，却什么也没看到。透过枕木间的空隙我看见下方的河水浑浊又湍急。视线越过湿淋淋的田野，我看见了雨中的乌迪内。过桥后我回头一望，发现上面还有一座桥。就在眺望之际，一辆土黄色的汽车从那座桥上开了过去。桥的两侧很高，车一上桥我就看不见它了。但我能看见司机和旁边那人的头，还有后座上两个人的头。他们都戴着德国钢盔。那辆车过了桥，在路上的行道树和被遗弃的车辆后不见了。我冲正在过桥的阿莫和其他人招手，叫他们赶紧过来。我爬下桥，蹲在铁路路堤边。阿莫也跟着我下来了。

"你看见那辆车了吗？"我问。

"没有。我们刚才都盯着你。"

"一辆德国指挥车刚刚开过上面那座桥。"

"指挥车？"

"嗯。"

"圣母玛利亚啊！"

其他人也过来了。我们都蹲在路堤后的泥地上，望着铁轨那头的那座桥、那排树、那条水沟和那条路。

"中尉，你觉得，这是不是说我们已经被切断后路？"

"不知道。我只知道一辆德国指挥车刚刚从那条路上开过去。"

"你难道不觉得奇怪吗，中尉？你脑子里难道没什么怪异的感觉吗？"

"别开玩笑了，博内洛。"

"喝点酒怎么样？"皮亚尼问，"要是后路被切断了，那我们还是喝点儿酒吧。"他解下水壶，拔掉塞子。

"快看！快看！"阿莫指着路上说。石桥上，一排德国人的钢盔缓缓地移动着。它们微微前倾，移动速度异常平稳，像是一种超自然的行为。直到那些人下了桥我们才看见他们原来是支自行车队伍。打头的两人面色红润，一副十分健康的模样。他们的钢盔戴得很低，遮住了额头和侧脸。他们的卡宾枪都别在自行车车架上。炸弹棒插在腰带里。虽然钢盔和灰色的军装都湿了，他们却骑得很从容，眼睛不仅盯着前方，还会瞅瞅左右两侧。起初是两人一排，接着是四人一排，然后又是两人，接着差不多十二人一排，后面又是十二人。最后，是单独一个人。他们没说话，但河水噪音很大，即便讲了我们也听不见。他们骑到路上，慢慢地就看不见了。

"圣母玛利亚啊！"阿莫说。

"是德国人，"皮亚尼说，"不是奥地利人。"

"这儿怎么没人拦截他们？"我说，"他们为什么没炸掉那座桥？这处路堤怎么没架设机关枪？"

"该你告诉我们啊，中尉。"博内洛说。

我很生气。

"该死，这一切真荒谬。他们炸掉了下面的小桥，却在主路上留下一座大桥。人都上哪儿去了？他们难道都不试着阻挡敌人吗？"

"你跟我们说说原因，中尉。"博内洛说。我闭了嘴。这不关我的事。我的任务只是把三辆救护车开到波尔代诺内去。这事我已经办砸。现在我只需要把人弄到波尔代诺内。或许我连乌迪内都走不到。该死，我做不到。此刻要做的是冷静下来，别中枪、别被俘虏。

"你不是开了个水壶吗？"我问皮亚尼。他把水壶递给我。我拿过来，灌了一大口。"我们还是出发吧，"我说，"不过也不必着急。你们想吃点东西吗？"

"此地不宜久留。"博内洛说。

"好吧。我们出发。"

"我们应该靠这边走吧？免得——被人看见？"

"我们最好走上面。他们也可能朝这座桥过来。可别我们还没看见他们，就被他们从上方发现了。"

我们沿着铁轨走，两边都是湿漉漉的平原。平原前面就是乌迪内山。山上城堡的屋顶都掉下来了，可以看见钟楼和钟塔。田野里有很多桑树。前方有段被拆掉的铁轨，枕木也被拆下来丢在了路堤下。

"趴下！快趴下！"阿莫说。我们在路堤边卧倒。又来了一队骑自行车的人。我趴在路堤边缘，看着他们过去。

"他们看见我们了，却没停下。"阿莫说。

"中尉，走上面我们会被打死的。"博内洛说。

"他们要的不是我们，"我说，"他们另有目标。我们要是突然被他们撞上才更危险。"

"我宁愿在别人看不见的地方走。"博内洛说。

"好吧。我们沿着铁轨走。"

"你觉得我们能穿过去吗？"阿莫问。

"当然。他们还没来多少。我们可以趁天黑穿过去。"

"那辆指挥车是干什么的？"

"天知道。"我说。我们沿着铁轨继续走。博内洛在路堤旁的泥地里走烦了，也上来跟我们一起走。这会儿铁路已经转向南方，与公路分开。我们再也看不见路上的情形。运河上的一座短桥被炸断了，但我们还是借助残余的桥身爬到了对岸。这时我们听到前方有枪声。

过了那条运河，我们爬到了铁轨上。铁轨穿过低矮的田野，直直地伸向小镇。前方还有一条铁轨。北面是刚才看见自行车队的那条主路，南面是一条贯穿田野的小路。小路两旁是茂密的树木。我认为最好折向南方，从那条小路绕过镇子，直接朝坎波福米奥和通往塔戈莱门托的那条主路走。如果一直走乌迪内另一边的直线小路，我们还能避开撤退的大队人马。我知道能穿越平原的小路有很多条。于是我朝路堤下走去。

"走吧。"我说。我们要从小路走到镇子南面去。大家都走下路堤。突然，小路那边有人冲我们开了一枪。子弹打进了路堤上的稀泥里。

"快退回去！"我喊。我赶紧往路堤上爬，脚不住地在泥巴里打滑。几个司机都走在我前面。我尽可能快地爬上路堤。又有两发子弹从茂密的灌木丛射了过来。正在横穿铁轨的阿莫突然一个踉跄，脚下一绊，扑倒在地。我们把他拖到路堤另一边，翻了过来。"应该把他的头朝上。"我说。皮亚尼把他翻转过来。他躺在路堤旁的泥地上，耷拉着双脚，断断续续地吐着血。雨中，我们三个蹲在他身边。他脖子后下方中了一枪。子弹一路从右眼下方穿出。我还忙着堵这两个洞，他就死了。皮亚尼放下他的头，用急救绷带擦了擦他的脸，便不再管了。

"这帮XX！"他骂道。

"不是德国人，"我说，"那边不可能有德国人。"

"是意大利人。"皮亚尼把这词当绰号来用，"意大利人[131]！"博内洛一言不发地坐在阿莫身边，却没看他。阿莫的帽子滚到路堤下面去了，皮亚尼把它捡了起来，盖在阿莫脸上。然后他拿出了水壶。

"想喝一点吗？"皮亚尼把水壶递给博内洛。

131　原文为意大利语。

"不想。"博内洛说。他转向我。"要是在铁轨上走，我们随时可能碰到这种事。"

"不会。"我说，"那是因为我们要穿过田野。"

博内洛摇摇头。"阿莫死了，"他说，"下一个是谁，中尉？我们现在应该往哪儿走？"

"开枪的是意大利人，"我说，"不是德国人。"

"他们要是德国人，一定会把我们都杀掉。"博内洛说。

"对我们来说，意大利人比德国人危险。"我说。"殿后的人什么都怕。但德国人知道他们的目标是什么。"

"中尉，你倒是把理由说出来啊。"博内洛说。

"那我们现在上哪儿？"皮亚尼问。

"我们最好找个地方躲起来，等天黑再说。我们要是能走到南面就没事了。"

"他们一定会把我们都打死，证明他们第一次没开错枪，"博内洛说，"我才不想送上去。"

"我们找个靠近乌迪内的地方隐蔽起来，等天黑再穿过去。"

"那我们走吧。"博内洛说。我们从路堤北面下去。我回头看了一眼。阿莫躺在泥巴里，跟路堤处在同一个角度，显得相当小。他的手臂放在身侧，裹着绑腿的双脚和泥泞的靴子连在一块儿，帽子盖在脸上。看起来，他真的死透了。下雨了。在我所认识的人里，他算是我喜欢的一个。我口袋里装着他的证件。我会给他的家人写信。田野前面有座农舍。农舍周围种了些树，还修了一些农场建筑物。二楼有个由圆柱支撑着的阳台。

"我们最好还是拉开一点距离，"我说，"我打头。"我朝那座农舍走去。田野上跨着一条小路。

穿过田野时，我不知道会不会有人从农舍附近的树林或者从农舍里朝我们开枪。我走过去才把它看清楚。二楼的阳台跟谷仓连在一起，圆柱之间还有干草冒出来。庭院是石头砌的，所有的树木都滴着雨水。院子里还有一辆空空的双轮大车，车辕高高地翘在雨里。我走进院中，穿过庭院，站在阳台下。农舍的门开着，我走了进去。博内洛和皮亚尼也跟着走了进来。屋里很黑。我走到后面的厨房。一个敞开的大炉子里还有些灰烬。炉灰上方吊着几个壶，却都是空的。我四下环顾了一番，没找到任何食物。

"我们应该去谷仓躲一躲。"我说，"皮亚尼，不如你去找点吃的送上来？"

"我找找看。"皮亚尼说。

"我也去找找。"博内洛说。

"好吧，"我说，"我上去看看谷仓。"我找到一道从马厩通向上方的石梯。雨中，马厩散发出一种干爽宜人的气味。牲口都不见了。多半是主人撤离时把它们也赶走了。谷仓里堆了半屋子干草。屋顶上有两扇窗，一扇用木板钉死了，另一扇开在北面，是狭窄的老虎窗。谷仓里有道斜槽，用来叉起干草后投喂牲口。光线从窗孔漏进来射在地板上，干草车开到楼下，人们叉起干草送到楼上。我听见雨落在屋顶上的声音，闻到干草的气味。走到楼下，我还能闻到马厩里纯净的干粪味。我们可以把南面窗上的木板撬开一块来观察下方庭院的情况。朝北的那扇窗面向田野。要是想出去，可从其中任意一扇窗爬上屋顶再下去，如果楼梯不能用，还可以从投干草的斜槽滑下去。这座谷仓很大，听到任何响动我们都可以躲进干草堆。这地方还不错。他们要是当时没向我们开枪，我们肯定已经溜到南边了。南边不可能有德国人。德国人只会从北边而来，从奇维达莱沿大路行进。他们不可能从南边过来。意大利人更危险。他们吓坏了，看到谁都开枪。昨天夜里撤退时，我们就听说有德国人穿上意大利军装混进了北边撤退的队伍。我不信。这不仅是战争中经常会听到的谣言之一，也是敌人对付你的惯常手段。你听说过我们的人穿上德国军装，去扰乱他们吗？或许有吧，但这事听起来就很难。我不相信德国人会这么做。

我不信他们非这么做不可。没必要来扰乱我们的撤退。庞大的军队和稀少的道路已经足够造成混乱了。没人发号施令，更别提德国人了。不过他们还是会把我们当成德国人开枪。他们射杀了阿莫。干草真好闻。躺在谷仓的干草堆里，仿佛回到了小时候。那时我们躺在干草堆上聊天，麻雀栖在谷仓墙高高的三角切口上。我们用气枪打那些麻雀。那座谷仓现在已经没有了。有一年人们把那片铁杉树也砍了，只剩下残桩、干枯的树梢和枝叶。曾经林木繁茂之地也只剩下火迹地杂草。你再也回不去了。如果不往前走会怎么样？你再也无法回到米兰。就算回去了又会怎样？我听见北面乌迪内的方向有枪声。听得出是机关枪。没有炮声。多半出了什么事。他们肯定沿路布置了一些兵力。我朝下望去。堆着干草的谷仓光线昏暗，我借着一点微光看见皮亚尼站在搬运干草的地板上。他拿着一根长香肠和一壶东西，腋下还夹了两瓶红酒。

"上来吧，"我说，"那有梯子。"话说出口我才反应过来应该下去帮他拿东西。我下去了。在干草堆上躺了一会儿脑袋都有些昏沉。我差点儿睡着。

"博内洛呢？"我问。

"待会儿告诉你。"皮亚尼说。我们走上楼梯，把东西放在干草堆上。皮亚尼掏出他那把带拔塞钻的小刀，拔掉红酒瓶上的软木塞。

"瓶口还封了蜡，"他说，"一定是瓶好酒。"他笑了笑。

"博内洛呢？"我问。

皮亚尼看着我。

"他走了，中尉，"他说，"他想当俘虏。"

我什么也没说。

"他害怕我们都会被打死。"

我拿起瓶子，一言不发。

"中尉，不管怎么说，打仗的时候，我们什么都不能信。"

"那你怎么不走？"我问。

"我不想离开你。"

"他去哪儿了？"

"不知道，中尉。他就那么走了。"

"好吧，"我说，"你来切香肠吗？"

昏暗中，皮亚尼看着我。

"我们刚才说话的时候我就切好了。"他说。我们坐在干草堆上，边吃香肠，边喝红酒。那酒一定是人家留着婚礼用的。存放的时间太久，都有点褪色了。

"路易吉，你盯着这扇窗，"我说，"我去守那一扇。"

我们一人拿了一瓶酒喝。我拎着自己那瓶，走过去，平躺在干草上，透过那扇窄窗望向湿漉漉的田野。我不知道自己在期待看到什么，但我什么也没看到，除了一片片农田、光秃秃的桑树和正下落的雨。虽然喝着红酒，我却没有感觉好受一些。这酒放了太长时间，味道都散了，失去了原来的品质和色泽。我看着外面渐渐黑下来。天黑得很快。这将是个漆黑的雨夜。天一黑，就没必要守着了。我走向皮亚尼。他已经睡着，我没叫醒他，在他身旁坐了一会儿。他是个大个子，睡得很沉。过了一会儿，我叫醒他。我们动身了。

那是个奇怪的夜晚。我不知道自己在期待什么，也许是死亡，也许是黑暗中的枪火和夺路狂奔。然而，什么也没发生。我们平躺在主路边的水沟那头等一营的德国兵开过。他们过去后我们才穿过主路，继续朝北走。在雨中我们有两次十分贴近德军，但没有被他们发现。我们经过小镇，一路向北，一个意大利人也没见着。又过了一会儿，我们就碰上了撤退的大部队。接着我们朝着塔戈莱门托走了一晚上。没想到撤退的队伍居然如此庞大。不光军队，整个国家都动了起来。我们整夜都在赶路，速度比车辆还快。我不光腿疼，人也很累。但我们走得很快。博内洛决定当俘虏真的太傻。根本没什么危险。我们穿越两军，却没出任何意外。阿莫要是没被打死，那就真的自始至终都没有任何危险。我们毫不避讳地沿着铁路走，却没有一个人来找麻烦。之前那场杀戮实在太突然，太没来由。不知道，博内洛在哪儿。

"中尉，你感觉怎么样？"皮亚尼问。路上挤满了车辆和部队，我们沿路边走着。

"还好。"

"我都走烦了。"

"唉，现在只能走。别担心。"

"博内洛是个傻瓜。"

"的确。"

"中尉，你打算怎么处理他？"

"我不知道。"

"你能不能就报告说，他被俘虏了？"

"我不知道。"

"你瞧，要是战争继续打下去，他们一定会给他的家人造成很大麻烦。"

"战争打不下去了，"一名士兵说，"我们要回家了。战争结束了。"

"人人都回家。"

"我们都回家。"

"快走，中尉。"皮亚尼说。他想超过那些人。

"中尉？谁是中尉？打倒军官 [132]！"

皮亚尼一把拽住我的胳膊。"我还是叫你的名字吧，"他说，"他们或许会找麻烦。他们已经枪毙了几名军官。"我们急走几步，超过了他们。

"我不会做给他家人带来麻烦的报告。"我继续我们的话题。

"战争要是结束就没关系了。"皮亚尼说，"但我不信会结束。虽然应该结束。如果是真的就好了。"

"很快，我们就知道了。"我说。

"和平万岁 [133]！"一名士兵喊道，"我们要回家啦！"

"我也不信战争结束了。他们都认为它结束了，但我不信。"

"我们要是都能回家就好了，"皮亚尼说，"你难道不想回家吗？"

"想。"

"我们永远走不了。我不信战争已经结束。"

"我们回家吧！ [134]"一名士兵喊道。

132　原文为意大利语。

133　同上。

134　同上。

"他们把步枪扔掉了，"皮亚尼说，"行军时就把枪摘下来扔了。然后他们就开始大喊大叫。"

"他们应该留下枪的。"

"他们以为只要丢掉枪，就不会被叫去打仗了。"

黑暗中，我们冒着雨继续沿路边行进。我看见部队里的很多人仍然挂着步枪。枪在披风里顶着。

"你们是哪个旅的？"一名军官大喊。

"和平旅[135]，"有人喊道，"和平旅！"那个军官没吭声。

"打倒军官。和平万岁！[136]"

"走吧。"皮亚尼说。我们经过两辆英国救护车。它们被遗弃在一大堆车里。

"是戈里齐亚开来的，"皮亚尼说，"我认识那些车。"

"他们比我们走得远一些。"

"他们出发得比我们早。"

"不知道那些司机哪儿去了。"

"多半在前面吧。"

"德国人停在了乌迪内外，"我说，"这些人全都可以过河。"

"没错，"皮亚尼说，"所以我才认为这仗会继续打下去。"

"德国人本来可以追上来的，"我说，"他们为什么不追上来呢？"

"不知道。我完全搞不懂这种战争。"

"可能他们得等运输车吧。"

"不知道。"皮亚尼说。他独自一人时要温和得多。跟别人在

135　原文为意大利语。
136　同上。

一起他说话就很粗鲁。

"路易吉，你结婚了吗？"

"你知道我是结了婚的。"

"所以你才不想当俘虏吗？"

"那是原因之一。你结婚了吗，中尉？"

"没有。"

"博内洛也没有。"

"一个男人结没结婚说明不了任何问题。但我觉得一个已婚男人，总想回到妻子身边。"我说。我很乐意谈谈妻子这个话题。

"没错。"

"你的脚怎么样了？"

"非常疼。"

天亮前，我们抵达塔戈莱门托河边，沿着涨水的河往下走，走向撤退大军必经的那座桥。

"他们应该守得住这条河吧。"皮亚尼说。黑暗中水似乎涨得很高。河水打着旋。河面很宽。那座木桥几乎有四分之三英里长。河床宽阔多石，平时只有几条窄窄的水道流过，离桥面很远。此时河水却快涨到桥板了。我们沿着河岸，然后挤进了过桥的人群。我被紧紧地包裹在人群中，冒着雨，在桥上慢慢走着。下方几英尺处就是泛滥的河水。一个弹药车的箱子在我前方。我望向桥边去瞅河水。无法按自己的速度行进反而让我觉得疲惫。我一点儿都不因为过桥而欢喜雀跃。这要是在白天，碰到飞机来丢炸弹，还不知道会是什么样呢。

"皮亚尼。"我说。

"我在这儿，中尉。"他被挤在前面一点儿的人群里。没人说话。所有人都在尽力快点过桥，除此之外，别无他想。我们马上就要过去了。桥那头的两边站着几个正在摇晃手电筒的军官和宪兵。我看见他们在黑暗中的剪影。走近他们时,其中一个军官指了指队伍中的一个人。一名宪兵挤进队伍,抓住那人的胳膊把他从路上拽了出来。我们快要走到他们的对面。军官们仔细审视着队伍中的每个人,偶尔互相交谈几句,上前几步,用电筒照照某人的脸。在我们刚要走到他们面前时,又有一个人被抓了出去。我看见那人是个陆军中校。他们用手电筒照他时我看见了他方形袖标上的星星。他头发花白,又矮又胖。宪兵把他拖到那排军官后面。我们走到他们面前时,我看见有一两个人盯着我。然后其中的一个指着我,对一个宪兵嘀咕了几句。我看见那个宪兵朝我走来,从队伍边缘挤进来走到我跟前。接着我就感觉他抓住了我的衣领。

"你要干什么?"我说。我一拳打到他脸上。我看见帽子底下的那张脸。小胡子向上翘着,血顺着面颊流下来。又一个宪兵朝我们冲了过来。

"你要干什么?"我说。他没应声。他在寻找时机抓住我。我伸手到背后去解手枪。

"你们难道不知道,军官是不能随便碰的吗?"

另一个从背后抓住我,把我的胳膊往上扭,扭得几乎脱臼。我顺着他转身,又被另一个宪兵一把勒住脖子。我使劲踹他小腿,用左膝盖顶他的胯部。

"他要是再反抗,就毙了他。"我听见有人说。

"这算怎么回事?"我竭力喊叫,声音却大不起来。他们把我拖到路边。

"他要是再反抗,就毙了他。"一名军官说,"把他带到后面去。"

"你们是什么人?"

"你会知道的。"

"你们是什么人?"

"宪兵!"另一名军官说。

"你们为什么不叫我走出来,非要派个'飞机'来抓我?"

他们没有回答。他们也不必回答。因为他们是宪兵。

"把他带到后面那些人那去。"第一名军官说,"你听,他的意大利语有口音。"

"你还不是有口音,你——"我说。

"把他带到后面那些人那儿去,"第一名军官。他们拉着我,绕到那排军官后面,朝大路下方一片临河的农田走去。那儿站了一群人。我们正朝那边走着,有人开火了。我看见步枪的闪光,听见了枪声。我们走到那群人跟前。那儿站着四名军官,每名军官前面都站着一个人。站在前面的每个人的左右两侧又都有一名宪兵。还有一群人由宪兵看守着。负责问话的几名军官旁站着四名宪兵。那四名宪兵都戴着宽边帽,倚在各自的卡宾枪上。带我过去的两人把我推进候审队伍。我看了眼军官正在审问的那个人,正是刚才那个被抓出撤退队伍、头发花白、又矮又胖的陆军中校。审讯者个个威严冷酷,效率十足。只管枪毙别人,不会被别人毙的意大利人,都是这副模样。

"你是哪个旅的?"

他告诉了他们。

"哪个团?"

他告诉了他们。

"怎么不跟你们团的人在一起?"

他告诉了他们。

"你不知道,军官应该跟自己的部队在一起吗?"

他知道。

这人问完了。另一个军官开口了。

"就是你这样的人，放那些野蛮人来践踏祖国神圣的土地。"

"抱歉，我不懂你的意思。"陆军中校说。

"就是因为你们这些人的背叛，我们才丧失了胜利的果实。"

"你们经历过撤退吗？"陆军中校问。

"意大利永远都不应该撤退。"

我们站在雨里，听到了这番话。我们面对着军官，犯人站在他们前面，离我们这边稍微近一点。

"你们要是想枪毙我，"陆军中校说，"那就别问了，赶紧动手吧。这种问话简直愚蠢透顶。"他画了个十字。军官们商量了一阵。其中一个在一叠纸上写了点儿什么。

"擅离部队，立刻枪决。"他说。

两名宪兵押着那名陆军中校，往河边走去。他在雨中走着。这是个没戴帽子的老人，身旁各有一名宪兵。我没看他们枪毙他，却听到了枪声。他们现在在审问另外一个人了。这也是一个跟自己部队失散的军官。他们不让他做任何解释。他们念出纸上的判决时，那人大吼大叫。他被枪毙时，他们又开始审问下一个。他们故意在审问下一个的同时枪毙前一个受审人。如此一来，除了审问，他们显然也没有别的事可做。我不知道自己是应该候审还是应该立刻逃跑。我显然是个穿着意大利军装的德国人。我知道他们怎么想，如果他们有脑子并且还管用的话。他们都是年轻人，都在拯救自己的国家。塔戈莱门托那边正在重组第二军。他们处决那些脱离部队、且军衔在少校以上的军官们。同时他们也在高效地解决穿意大利军装的德军煽动者。他们都戴着钢盔。我们这儿只有两个人戴钢盔。有些宪兵也戴，还有其他宪兵则戴宽边帽。我们管这些人叫"飞机"。我们站在雨中。每次都一人受审、一人被枪决。迄今为止，他们枪毙了提审的每个人。处理起这番生杀予夺之事，审讯者们都姿态优雅，严峻无比，不必冒任何危险。他们正在审问一名前线团的上校。又有三名军官被带进我们的队伍。

"他那个团在哪儿？"

我看看宪兵。他们正看着新来的几个人。其他人都盯着那名上校。我身子一缩，推开身边两人，埋头就往河里冲。我在河边绊了一跤，"啪"地一声扑进河里。水很冷，我能感觉到河水打着旋儿从身上流过。我尽力待在水下，直到待得我以为自己再也上不去了。钻出水面的那一刻，我赶紧吸了口气，又潜了下去。身上穿了这么多衣服，还穿着靴子，下潜真是十分容易。第二次冒出水面时，我看见前面有段木头，我赶紧把它捞过来一手抓住。我把头藏在木头后面，不敢往上看。我不想看岸上。我在逃跑和第一次冒出水面时，都有人开枪。快冒出水面的那一刻我就听见了枪响。现在却没人开枪了。木头在湍急的河水中打着旋，我用一只手一直抓着它。我瞥了眼河岸。河岸后退得很快。水里有很多木头。河水很冷。水面上有座小岛。我和木头一起飘过岛边的矮树丛。我双手紧紧抓着木头，任由它带着我随波逐流。一会儿，就看不见河岸了。

第三十一章

水流很急时，你没法搞清自己到底在河里待了多久。似乎很长，也可能很短。河水不仅冷，还在泛滥。河岸上的东西被上涨的水卷入河中，从我身边飘过。很幸运，我还有段沉重的木头可以抱着。我的身子浸在冰冷的水里，下巴搁在木头上，双手尽量放松地抱住木头。我怕会抽筋，一心想要漂到岸边。我和木头顺流而下，在水中划出一道长长的弧线。天渐渐亮了，可以看清沿岸的灌木。前面有座矮树丛生的小岛，湍急的河水径直涌向岛岸。我琢磨着要不要脱掉靴子和衣服试着游上岸。不过我还是决定不这么做。无论如何我肯定能上岸。要是光着脚上去可就糟了。我还得想办法赶到梅斯特雷呢。

我看着河岸越来越近，接着摇摇晃晃地漂远了，然后又靠近了点儿。我抱着木头，漂得越来越慢。此时河岸离我已经很近。我都能看见柳树丛的嫩枝。木头随着水流慢慢旋转，河岸又到了我身后。我这才知道是碰上漩涡了。我抱着木头，缓缓转着圈。再次看到岸边时我离它很近。我试着用一条胳膊抱住木头，一边踢腿，一边用另一条胳膊划水，努力向岸边靠拢，结果却并没挪动半分。我生怕被甩出漩涡，于是一只手抱着木头，脚不再踢水，而是蹬在木头边缘，使劲往岸边推。我看见矮树丛了，但即便我动力十足，拼尽全力游泳，水流还是把我往外冲。然后我才想起我很可能因为这双靴子淹死，但我还是挣扎着拼命划水。抬头看见自己正在逐渐靠近岸边，我更是不顾笨重的双脚，几近疯狂的死命划水。终于，我触到了岸。我紧紧攀着柳条，虽然没力气把自己拉上去，但知道自己已经不会淹死了。趴在木头上时，我还从没想过自己可能会淹死。经过这番挣扎，胃里和胸口都空落落的，直犯恶心。我只得攀住柳条，静静等候。恶心的感觉过去后，我爬进柳树丛又歇了一会儿，伸出胳膊抱住一棵树，双手紧紧拉着树枝。然后我爬出柳树丛，终于上了岸。天已经亮了一半，我一个人也没见着。我平躺在岸边，听着河水声和雨声。

过了一会儿我站起来，沿着岸边朝前走。我知道要到拉蒂萨纳才会有桥过河，我现在可能在圣维托的对岸。我开始琢磨该怎么办。前面有条通往大河的水沟。我朝那走了过去。到目前为止，我还一个人都没见着。水沟边有几丛灌木。我在灌木旁坐下，脱掉鞋，把里面的水倒出来，又脱掉外套，从内袋掏出钱包。钱包里的证件和钞票都湿了。我把外套拧干，再脱下裤子拧干，然后是衬衣和内衣。我在身上揉搓拍打了一阵，再次穿上衣服。我的帽子丢了。

穿上外套前，我把袖子上的星章割下来，跟钱一起放进内袋。钱虽然都湿了，但都还完好。我数了数，有三千多里拉。衣服又湿又黏，我拍打着手臂，促进血液循环。我的内衣是机织的，要是保持走动我应该不会感冒。手枪在路边时就被他们拿走了。我没有披风，走在雨中很冷。我沿着运河的河岸往上走。天已经凉了，一眼望去，田野显得又湿又矮，好不凄凉。农田光秃秃、湿淋淋的。我看见远远的平原上立着一座钟楼。我走上大路。迎面走来一些部队。我沿着路边，一瘸一拐地走着。他们从我身边走过，并未理睬我。是一队开往河边的机枪分队。我沿着公路继续往前走。

那天，我穿过了韦内蒂安平原。那片田野又低又平，在雨中甚至看上去更平了。面朝大海的一面是些盐沼地，几乎没什么道路。所有路都顺着河口通向海边。要想横穿田野，就只能走运河边的小路。我从北往南穿越田野，跨过了两条铁路和很多小路，才终于从一条小路的尽头处踏上在沼泽地边的一条铁路。这是从威尼斯到的里雅斯特的一条主干道，路堤又高又结实，还有坚固的路基和双轨。铁路的下方不远处有座旗站，我看见有士兵在站岗。铁路前方有座桥，桥下的小河一直流入沼泽地。那座桥上也有一名守卫。在我向北翻过田野后，越过平坦的平原。老远就能看见一列火车从铁轨上开过。我想那估计是从格鲁阿罗港开来的。我躺在路基上，盯着那些守卫。如此一来，两条铁轨沿线的情况我都能尽收眼底。桥上的守卫沿着铁路，朝我这边走来了一点，又转身朝桥那头走去。我躺在那，饥肠辘辘地等待火车。我看见的那列火车非常长，所以开得很慢，我肯定能跳上去。我等得几乎快绝望时，终于来了一列火车。火车缓缓开来。我看了一眼桥上的那名守卫。他正在铁轨的另一侧靠近桥的那边巡逻。火车开过时，正好能挡住他的视线。我看着火车缓缓地靠近。看得出来那车挂了很多节车厢。我知道车上肯定有守卫。我想看看他们都在哪儿，但视线被挡住了，根本看不见。火车快要开到我藏身的位置。终于来到我面前，即便在平地，它也噗嗤噗嗤，开得很吃力。我看见火车司机走开了，连忙站起来凑近移动着的车厢。就算有守卫监视，我站在铁轨边反而不容易被怀疑。几节封闭车厢开过去了。然后我看见一节叫作"贡多拉"的无盖车厢。车厢又低又矮，上面罩着帆布。我等到它几乎快要开过去的刹那才纵身一跃，抓住后面的把手，攀了上去。我爬到"贡多拉"与后面那节高运货车厢的遮棚间。我想应该没人看见我。我抓着把手，低低地蹲着，双脚踏在车钩上。火车快要开到桥上时，我想起那名守卫。从他面前开过时他看见了我。他还是个孩子，钢盔对他来说显然太大了。我轻蔑地瞥了他一眼，他赶紧望向别处。他肯定以为我是这车上的什么人吧。

我们开走了。我看见他依然不自然地盯着其他经过的车厢。我弯腰去看固定帆布的东西。帆布边缘有扣眼，绳索穿过扣眼将布固定在车厢上。我掏出小刀割断绳子，伸出一条胳膊探了进去。帆布下有些硬邦邦的东西，鼓鼓囊囊的，因为下雨而绷得很紧。我抬起头，朝前望了望。前方的货车上有一名守卫，但他只顾着朝前看。我放开扶手，钻到帆布下面。额头猛地撞到了什么东西，我顿时觉得脸上流血了。不过我还是爬了进去，直挺挺地躺下了。然后我转了个身，拉下帆布系好。

原来帆布下是大炮。大炮散发出清冽的润滑油的脂味儿。我躺在那，听雨滴落在帆布上的声音和车厢轧过铁轨的咔哒声。少许光线漏进来，我躺着看那些大炮。它们全罩着帆布套，多半是送给前线第三军的。额头上的包肿了起来，我一动不动地躺着，等血液凝结。然后我一一剥掉伤口周围干结的血块。这算不了什么。虽然没有手帕，我用手指清理血块，用外套的袖子蘸着帆布上滴下的雨水擦净血迹。我可不愿太显眼。我知道我一定得在火车抵达梅斯特雷前离开，因为肯定会有人来料理这些大炮。大炮可是他们损失不起的东西，肯定不会被忘记。我饿极了。

第三十二章

我躺在盖着帆布的平板车厢里，身旁就是大炮。我又湿又冷，还很饿。终于我翻了个身，头枕着手臂趴在车板上。膝盖虽然还是僵硬，但我已经对它非常满意。瓦伦蒂尼干得不错。撤退以来，不仅有一半的路都是步行，还在塔戈莱门托游了一段，全靠了他这膝盖。这条腿的膝盖算是他的，另一边的才是我的。你的身体经过医生的手术后，就不再是你的了。头还是我的，肚子里的东西也是我的。现在，肚子饿极了。我感觉到里面在翻江倒海。头还是我的，但不能用，不能思考，只能回忆，还想不起太多。

我能想起凯瑟琳。但我也知道，要是只能想她、却没把握能再见到她，我一定会发疯的。所以我不敢想太多，只稍微想想；只在火车"咔哒咔哒"缓慢行进时，稍微想想。些许光线透过帆布漏进来，我想象着正跟凯瑟琳一起，躺在车板上。躺在硬硬的车板上，不思考，只感觉。感觉我们已经分开那么长时间。感觉衣服是湿的，感觉车的缓慢移动，感觉内心无比孤寂。我穿着湿衣服，孤身一人，把这硬车板当老婆。

你不爱这平板车厢的地板，不爱这盖着帆布套的大炮、涂过凡士林的金属味、或正在漏雨的帆布。不过，躲在帆布下，跟大炮待在一起还算愉快。你爱着一个人，一个你此刻甚至无法假想她在这里的人。现在已经非常清晰，也异常冷静——清晰和空虚感比冷静更甚。你趴在车板上，眼里空无一物。你亲历了一支军队的撤退和另一支军队的进军。你失去了管辖的那几辆车，失去了部下，就像铺面巡视员在大火里失去了店里的货物却没买保险。而现在，你摆脱了这一切，不再有任何责任。因为巡视员说话有口音，就要在失火后将他枪毙，那重新开业时就别指望还会有巡视员来。他们或许会另谋出路，只要还有其他行当可做，只要不会被警察抓住。

愤怒与责任都一起被河水带走了。尽管在那个宪兵的手抓住我的衣领时，责任已经停止。我不在意外在形式，倒是很想脱下这身军装。我割掉星章，但只为了方便。星章与荣誉已无关联。我并不是反对他们，我只是不干了。我祝他们所有人好运。那儿还有很多好人、勇敢的人、冷静的人和明智的人，他们都应该得到荣誉。但那已经不是我的舞台。但愿这该死的火车能开到梅斯特雷让我吃点东西，停止思考。我得赶紧停止思考。

皮亚尼会告诉他们我被枪毙了。枪毙的人都会被搜查口袋，拿出证件。他们没有拿到我的证件。或许他们会说我淹死了。不知道美国那边会得到什么说法。因伤而死，或者别的什么原因吧。天哪，我好饿。不知道食堂里在一起的那个牧师现在怎么样了。还有里纳尔迪。要是他们没有退得更远的话，他可能在波尔代诺内。唉，这下，我永远都见不到他了。所有那些人，我都见不到了。那段生命结束了。我不觉得他得了梅毒，虽然只要及时医治，那也不是什么严重的病。但他还是很担心。我如果得了这种病也担心。任何人都会担心。

思考不是我活着的意义。吃才是。上帝啊，没错。我只会吃饭、喝酒，还有跟凯瑟琳睡觉。也许，就在今晚吧。这没那么不可能。但在明天晚上更好，美餐一顿、同床共枕，再也不去任何地方，除非我们一起。但或许，还他妈的得赶紧走。她会跟我走的。我知道她一定会。我们什么时候走呢？这倒值得好好想想。天渐渐黑了。我躺在那思考我们该去哪儿。可去的地方还真多。

第四巻

第三十三章

我在米兰下了车。当时天色还早，刚刚有点儿光亮。在火车进站前减速的时候我赶紧跳了下去。跨过铁轨，穿过几幢建筑，我来到街上。一间酒馆还开着。我走进去，要了杯咖啡。店里满是清晨打扫过的味道，小匙还在咖啡杯里，红酒杯底留下的濡湿圈痕也还清晰可见。店主在吧台后。两名士兵坐在一张桌旁。我站在吧台前喝了一杯咖啡，吃了一片面包。咖啡被牛奶冲成了灰色，我拿面包片撇去奶皮。店主看着我。

"想来杯格拉巴白兰地吗？"

"不用了，谢谢。"

"我请客。"说完，他便倒了一小杯，朝我推过来，"前线怎么样了？"

"我哪儿知道。"

"他们都喝醉了。"他指指那两名士兵。这话我信。他们的确一脸醉态。

"告诉我，"他说，"前线怎么样了？"

"我哪能知道前线的事。"

"我看见你翻墙过来的。你刚下火车吧。"

"前线在大撤退。"

"我看过报纸了。怎么回事？仗打完了？"

"我不这么认为。"

他从一个矮瓶子里倒了一杯格拉巴白兰地。"你要是有麻烦，"他说，"我可以收留你。"

"我没麻烦。"

"你要是有麻烦，就待在我这儿吧。"

"待在哪儿？"

"就在这楼里。很多人都待在这儿。凡是遇到麻烦的，都待在这儿。"

"遇到麻烦的人多吗？"

"要看是什么麻烦了。你是南美人？"

"不是。"

"会说西班牙语吗？"

"会一点儿。"

他擦了擦吧台。

"现在要离开这个国家虽然很难，但也不是不可能。"

"我并不想离开。"

"你想在这儿待多久都行。你会明白我是什么样的人。"

"我这个早上就得走，我会记下这里的地址，以后再回来。"

他摇摇头。"你要这么说，那就不会回来啦。我还以为你真遇上什么麻烦了。"

"我没遇上麻烦。但我会重视朋友的地址。"

我往吧台上放了一张十里拉的钞票，是付咖啡的钱。

"陪我喝杯格拉巴白兰地吧。"我说。

"不用这样。"

"喝一杯吧。"

他倒了两杯酒。

"记住，"他说，"到这儿来。别让其他人收留你。你在我这儿是安全的。"

"这我信。"

238

"你真的信吗？"

"嗯。"

他一脸严肃。"那我再告诉你一件事。别再穿着那件衣服到处走了。"

"为什么？"

"袖子上割掉星章的地方布的颜色不一样，很显眼。"

我没吭声。

"你要是没证件，我可以给你。"

"什么证件？"

"休假证。"

"我不需要证件。我有。"

"好吧，"他说，"但你如果需要的话，我能如你所愿。"

"办这些需要多少钱？"

"那要看是什么证。价格绝对公道。"

"现在我不需要。"

他耸了耸肩。

"我很好。"我说。

我出去时，他说："别忘了，我是你的朋友。"

"不会忘的。"

"希望能再见到你。"他说。

"好的。"我说。

出门后，我避开车站走，因为那有宪兵。我在小公园边拦了辆马车，给了司机医院的地址。到医院后，我去了门房的住处。他的妻子拥抱了我，他跟我握了握手。

"你回来了。平安无事。"

"是的。"

"吃过早饭了吗？"

"吃过了。"

"你怎么样，中尉？还好吧？"他妻子问。

"还好。"

"你不跟我们一起吃早饭吗？"

"不了，谢谢。告诉我，巴克利小姐这会儿在医院吗？"

"巴克利小姐？"

"那位英国护士。"

"他的女朋友。"那妻子说。她拍拍我的胳膊，笑了。

"不在，"门房说，"她走了。"

我的心沉了下去。"你确定？我说的是那位高个子、金黄头发的年轻英国小姐。"

"确定。她去斯特雷萨了。"

"什么时候走的？"

"两天前，跟另一位英国小姐一起走的。"

"好的，"我说，"我希望你能帮我做件事。那就是别告诉任何人你们见过我。这事非常重要。"

"我不会告诉任何人的。"门房说。我给了他一张十里拉的钞票。他把钱推开。

"我保证不跟别人讲，"他说，"我不要钱。"

"我们能为您做点什么，中尉先生？"他妻子问。

"就这个。"我说。

"我们一定装聋作哑。"门房说，"要是有什么我能做的，尽管跟我说。"

"好的，"我说，"再见。以后再见。"

他们站在门边，目送我离开。

我跳上马车，给了司机西蒙斯的住址。西蒙斯是那个学唱歌的人。

他的住处远在小镇那头，朝着波尔塔·马真塔。我去拜访他时，他还睡眼惺忪地躺在床上。

"你起得真早，亨利。"他说。

"我坐早班火车来的。"

"这大撤退是怎么回事？你不是在前线吗？要根烟吗？烟在桌上那个盒子里。"这是个大房间。床靠墙放着。房间另一头有架钢琴、一个带镜子的衣柜和一张桌子。我在床边的一把椅子上坐了下来。西蒙斯靠着枕头坐起身，开始抽烟。

"我陷入困境了，西姆。"

"我也是，"他说，"我经常陷入困境。你不抽烟吗？"

"不了，"我说，"去瑞士需要办哪些手续？"

"你吗？意大利人不会让你出境的。"

"嗯。我知道。但瑞士人呢？他们会怎么做？"

"他们会拘留你。"

"我知道。但具体流程是什么？"

"没什么。很简单。你哪儿都可以去。我想，只需要打个报告什么的就行了。怎么？你在逃避警察吗？"

"现在还不好说。"

"如果不想说就别说。不过听听一定很有趣。这儿没发生什么事。我在皮亚琴察的演唱非常失败。"

"真遗憾。"

"噢，是啊，糟糕透顶。其实我唱得还不错。我要在利瑞阁这儿再试一次。"

"我很想去听听。"

"你太客气了。你不是正焦头烂额，一塌糊涂吗？"

"我也不知道。"

"你不想说就别说。你怎么离开那该死的前线的？"

"我已经彻底摆脱了。"

"好小子。我一直都知道你是个有头脑的人。有什么我能帮忙的吗？"

"你已经够忙了。"

"一点儿也不忙，亲爱的亨利。一点儿也不忙。什么事我都乐意做。"

"你身材跟我差不多。你能出去帮我买一套便服吗？我有衣服，但它们都在罗马。"

"你真在罗马住过？那地方可脏得很。你怎么会在那儿住？"

"我本来想当建筑师。"

"那儿可不是搞建筑的地方。别买衣服了。你想穿什么我都可以给你。我好好替你打扮打扮，一定让你大变样。到更衣室去吧，那儿有个衣橱。想穿什么尽管拿。老伙计，你完全不用买衣服。"

"我宁愿买，西姆。"

"老伙计，送你衣服，可比让我出去买方便多了。你有护照吗？没有护照可走不远。"

"有。我的护照还在。"

"那赶紧换衣服吧，老伙计，然后就上老海尔维第[137]去。"

"没那么简单。我得先去趟斯特雷萨。"

"那再好不过了，老伙计。坐条船就过去啦。要不是有演出，我都跟你一起去了。不过，我还是会去的。"

137　海尔维第，瑞士的拉丁文名称。

"你可以学唱约德尔调。"

"老伙计，我会的。而且搞笑的是，我还真能唱。"

"我打赌你的确能唱。"

他躺回床上，抽起烟来。

"可别赌太大。不过我真的能唱。说起来真他妈好笑，但我真的能唱。我喜欢唱歌。听。"他扯开嗓子，高声唱起《非洲女》来。他脖子鼓起，血管迸张。"我能唱，"他说，"无论他们喜不喜欢。"我看了看窗外。"我下去把马车打发走。"

"等你回来，老伙计，我们一起吃早饭。"他下了床，站直身子，深深地吸了一口气，开始做屈体练习。我下楼，付了马车钱。

第三十四章

穿上便服后，我觉得自己像个要去参加化装舞会的人。穿了很久军装，我会有点想念那种被衣服紧紧裹着的感觉。尤其是那条裤子，感觉松松垮垮的。我在米兰买了张去斯特雷萨的票，还买了顶新帽子。我戴不了西姆的帽子，但他的衣服不错，有股烟草味。我坐在车厢里，看着窗外，只觉得帽子太新，衣服太旧。我觉得自己跟窗外隆巴尔德潮湿的田野一样悲伤。车厢里有几个飞行员。他们不怎么看得起我，压根就对我视而不见，好像在鄙视我这个年龄的平民。不过我不觉得受到了冒犯。换作从前我肯定会出言不逊，跟他们干上一架。他们在加拉拉泰下了车。我很高兴我一个人了。我有报纸，却没看，我不想了解战事。我要忘掉战争，单方面宣布和平。我觉得无比孤独。火车开到斯特雷萨时，我真是很高兴。

本来以为车站上会有旅馆的伙计，结果却一个也没看见。旺季已经过去很久，没人到车站来接客了。我拎着包下了车。包是西姆的，很轻，里面除了两件衬衣，再没别的东西。我站在车站屋檐下躲雨，看着火车开走。我在车站找到一个人，问他哪家旅馆还在营业。博罗梅奥群岛大酒店还开着门，一些小旅馆也全年都在营业。我拎着包，冒雨去找博罗梅奥群岛大酒店。看见一辆马车沿街驶来，我连忙招呼司机过来。坐车去显然更好。驶进大酒店停车处入口时，门房撑着一把伞走上前来，态度很是恭敬。

我要了个临湖的大房间，光线充足。眼下湖上云影重重，但太阳一出来，肯定美不胜收。我说，我在等我太太。房间里有张大双人床，铺着缎面床罩，像是专为新婚夫妇准备的。我穿过长长的走廊，又走下宽阔的楼梯，穿过几个房间，来到酒吧间。我认识那个酒保。我坐在高脚凳上吃咸杏仁和土豆片。马提尼酒清爽甘洌。

"你穿着便服[138]到这儿来做什么？"酒保调好第二杯马提尼后，问道。

"我在休假。疗养假。"

"这儿根本没人。真不知道，酒店干吗还要营业。"

"你还在钓鱼吗？"

"钓到了几条不错的。每年这个时候你都能钓几条不错的鱼。"

"你收到我寄的烟草了吗？"

"嗯。你收到我寄的卡了吗？"

我笑了。我从来没搞到过烟草。他想要的是美国烟斗用的烟丝，但要么就是我那些亲戚不再寄了，要么就是被人扣留了。总之，烟草从来就没寄到过。

"我一定能从什么地方弄点儿来，"我说，"告诉我，你有没有见到两个英国姑娘来镇上？她们前天来的。"

"她们不住这家酒店。"

"她们是护士。"

"我见过两个护士。等等，我能查到她们在哪儿。"

"其中一个是我老婆，"我说，"我来这儿就是为了见她。"

"那另一个就是我老婆。"

"我没开玩笑。"

"抱歉，这个玩笑很蠢，"他说，"我刚才没听明白。"他走开

了好一会儿。我吃着橄榄、咸杏仁和土豆片，还对着吧台后的镜子照了照身穿便服的自己。酒保回来了。"她们在车站附近的一家小旅馆。"他说。

"能来点三明治吗？"

"我按铃让他们送些来。要知道现在这儿什么也没有，因为根本没客人。"

"真的连一个客人也没有？"

"有，只有几个。"

三明治送来了。我吃了三个，又喝了几杯马提尼。我从没喝过如此清爽甘冽的酒。几杯下肚，我有种回归文明社会了的感觉。我喝了太多红葡萄酒，吃了太多面包、奶酪，灌了太多劣质咖啡和格拉巴白兰地。我坐在高脚凳上，面对着宜人的桃花心木吧台、黄铜器具和几面镜子，什么也不想。酒保问了我几个问题。

"别谈战争。"我说。战争已经是遥远的事了。或许，根本就没打过仗。这里没有战争。接着我立马意识到，战争对我来说已经结束，我却没有那种它真的结束了的感觉。我就像个逃学的小男孩，心里总想着学校在什么时刻里会发生点什么。

我到她们旅馆时，凯瑟琳和海伦·弗格森正在吃晚饭。走廊上我看见了她俩正坐在桌旁。凯瑟琳的脸背对着我，我看见她的头发、脸颊、以及那可爱的脖子和肩膀的线条。弗格森正在说话。我进去时，她一下子就停下了。

"天哪！"她说。

"你好。"我说。

"怎么是你！"凯瑟琳说。她顿时满脸喜色，高兴得简直不敢相信这是真的。我吻了她。凯瑟琳脸红了。我在桌边坐了下来。

"你这惹祸精，"弗格森说，"你到这儿来干什么？吃过饭了吗？"

"没有。"负责送餐的女服务员进来了，我叫她也替我拿个盘子来。凯瑟琳一直盯着我，满眼喜悦。

"你穿着便服干什么？"弗格森问。

"我入内阁了。"

"你惹麻烦了吧。"

"开心点儿，弗吉。开心点儿。"

"看见你，我可开心不起来。我知道你给这姑娘惹了什么麻烦。看见你没法让我高兴。"

凯瑟琳冲我笑笑，在桌子底下轻轻踢了我一下。

"弗吉，没人给我惹麻烦。我这都是自找的。"

"真受不了他，"弗格森说，"他除了用意大利人那种鬼鬼祟祟的伎俩毁了你，还干什么啦！美国人比意大利人还坏。"

"苏格兰人是很有道德的民族。"凯瑟琳说。

"我不是那个意思。我是说，他身上那种意大利式的鬼鬼祟祟。"

"我鬼鬼祟祟吗，弗吉？"

"是啊。你比鬼鬼祟祟更糟。你简直像条蛇，一条穿着意大利军装的蛇。脖子上还扎着披风。"

"我现在没穿意大利军装。"

"那又是一个证明你鬼鬼祟祟的例子。你整个夏天都在谈恋爱，还让这个姑娘怀了孕。现在，你估计想偷偷溜走吧！"

我冲凯瑟琳笑了笑，她也冲我笑了笑。

"我们会一起溜走。"她说。

"你俩真是一丘之貉，"弗格森说，"凯瑟琳·巴克利，我真为你感到羞耻。你不知羞耻、不顾名誉，跟他一样鬼鬼祟祟。"

"别这么说，弗吉，"凯瑟琳说，拍了拍她的手。"别骂我啦。你知道的，我们彼此喜欢嘛。"

"把你的手拿开，"弗格森脸都涨红了。"你要是有一丁点儿羞耻心，就不会像现在这样。可老天知道你怀了几个月身孕，还当作儿戏。瞧你那满脸堆笑的样子，全都是因为勾引你的那个人回来了。你真是不知羞耻，麻木不仁。"她哭了起来。凯瑟琳走过去，伸出胳膊搂住她。她站在那安慰弗格森时，我觉得她的体形还没怎么变化。

"我不管，"弗格森抽泣着说，"我觉得这真是太可怕了。"

"好啦，好啦，弗吉，"凯瑟琳安慰她，"我会知道羞耻的。别哭了，弗吉。别哭了，好弗吉。"

"我没哭，"弗格森抽泣道，"我没哭。都是因为你摊上了这种烂事。"她看着我，"我恨你。"她说，"她不能逼我不恨你。你这肮脏又鬼祟的美国意大利人。"她的眼睛和鼻子都哭红了。

凯瑟琳冲我笑了笑。

"你不准一边抱着我，一边冲他笑。"

"你真不讲理，弗吉。"

"我知道，"弗格森抽泣道，"你俩都别往心里去，我就是太心烦。我不讲道理。我知道。我希望你们幸福。"

"我们很幸福，"凯瑟琳说，"弗吉，你真好。"

弗格森又哭了。"我不想你们以现在这种方式幸福。你们为什么不结婚？你不是另有老婆吧？"

"没有。"我说。凯瑟琳哈哈大笑。

"有什么好笑的，"弗格森说，"他们好多人都另有老婆。"

"我们会结婚的，弗吉，"凯瑟琳说，"如果这会让你高兴的话。"

"不是为了让我高兴。你们应该想结婚才对啊。"

"我们一直很忙。"

"嗯，我知道。忙着制造孩子。"我以为她又要哭了，没想到她却刻薄起来，"我想你今晚就会跟他走吧？"

"嗯，"凯瑟琳说，"如果他想让我跟他走的话。"

"那我怎么办？"

"你害怕一个人待在这儿？"

"是啊。"

"那我留下来陪你。"

"不，你还是跟他走吧。马上跟他走。看见你们我就心烦。"

"我们最好还是先把晚饭吃完吧。"

"不，马上走。"

"弗吉，讲点儿道理吧。"

"我已经说了马上走。你们俩都给我走。"

"那我们走吧。"我说。我有点烦弗吉。

"你真的想走。你瞧，你真想离开我，甚至还要我一个人吃晚饭。我一直想去看看意大利湖区，结果就是这样。噢。噢！"她呜咽着，看看凯瑟琳，又哽噎起来。

"我们晚饭后再走，"凯瑟琳说，"如果你想让我留下，我一定不会扔下你一个人。我不会扔下你一个人的，弗吉。"

"不，不，我要你走。我要你走。"她擦了擦眼睛，"我太不讲道理了。请别介意。"

负责送餐的女服务员被她这顿大哭弄得很心烦。这时，她又端了一道菜进来。看到情况好转，似乎松了口气。

那天晚上，我们房间外那条长长的走廊上空无一人。我们的鞋在门外，屋里铺着厚厚的地毯，窗外下着雨，屋里明亮、宜人、充满欢乐。然后，灯灭了。光滑的床单、舒适的床铺。我们兴奋极了，感觉像回到了家，再也不孤单。夜半醒来时，发现彼此都在，没有人离开。其他的一切，都不再真实。我们累了就

睡，一个人醒来，另一个也会跟着醒。所以谁也不孤单。无论是
男人还是女人，都会有想要独处的时刻。而就算是彼此相爱的
人，也会猜忌独处时的对方。但我可以由衷地说，我们从未有过
那样的感觉。在别人一起时，我们也会感到孤独，因为与他人格
格不入而产生的孤独。我只有过一次这样的感觉。我和很多女孩
在一起的那段时间里，感到很孤独，而且那恰恰是一个人最孤独
的时候。但我们在一起时，我就从未感觉孤独，也不害怕。我知
道，夜晚和白天不同：一切都不同。夜里的事在白天没法解释，
因为那些事一到白天就不存在了。对于孤独的人来说，只要他们
开始感觉孤独，夜晚就可能变得极其可怕。但跟凯瑟琳在一起，
夜晚和白天几乎没有差别，夜晚甚至比白天更美好。如果这个世
界要摧毁那些带来勇气的人，当然可以如愿。这世界打垮了每一
个人。然后那些被打垮了的人变得精神强大，而那些打不垮的，
就被世界害死了。那些极其美好、极其温柔、极其勇敢的人，世
界都会不偏不倚地将其杀害。即便你不属于上述任何一类，世界
也会杀了你，只是没那么急罢了。

　　我记得早晨醒来时的情景。凯瑟琳还在睡。阳光从窗口照进
来。雨已经停了。我下床，穿过房间，走到窗边。下面是花园。
眼下虽然光秃秃的，却有整洁漂亮的砾石小径、树木、湖边的石
墙、阳光下的湖泊和远处连绵的群山。我站在窗边往外看。在我
转身时，发现凯瑟琳已经醒，正目不转睛地看着我。

　　"感觉怎么样，亲爱的？"她说，"天气真不错，不是吗？"

　　"你感觉怎样？"

　　"好极了。我们度过了一个愉快的夜晚。"

　　"想吃早饭吗？"

　　她想吃早饭。我也想。我们就在床上吃。十一月的阳光从窗

口射进来，早餐盘就搁在我膝上。

"你不想看报纸吗？在医院时，你总要看报纸。"

"不想，"我说，"我现在不想再看报纸了。"

"战况已经糟到你连报纸都不想看了？"

"我不想再看跟战争有关的消息。"

"要是一直都没跟你分开就好了，这样我多少还能知道一点儿。"

"等我想明白了，兴许能跟你说说。"

"可他们发现你脱了军装，不会逮捕你吗？"

"他们多半会枪毙我。"

"那我们别待在这儿了。我们离开这个国家吧。"

"我也想过离开。"

"我们走吧。亲爱的，你不该这么傻。告诉我，你是怎么从梅斯特雷到米兰的？"

"坐火车。那时候我还穿着军装。"

"你没遇到危险吗？"

"不是太危险。我有张旧调令。我在梅斯特雷把日期改了改。"

"亲爱的，你在这儿随时都可能被捕。我可不允许这样的事发生。这么做太傻了。他们要是把你抓走，我们怎么办？"

"我们别想这事了。我都想烦了。"

"他们要是来抓你，该怎么办呀？"

"打死他们。"

"瞧瞧，你多傻。除非我们离开这儿，否则我绝不许你走出这家酒店。"

"我们能去哪儿？"

"亲爱的，求求你别这样。你说我们去哪儿，我们就去哪儿。但求你赶紧找个马上就能去的地方。"

"湖那边就是瑞士。我们可以去那儿。"

"听起来很棒。"

外面阴云密布，湖面上渐渐暗了下来。

"希望我们别总过着逃犯一样的生活。"我说。

"亲爱的，别这样。你并没有过多久逃犯的生活。而且，我们不会过得像囚犯。我们会生活得很快乐。"

"我感觉自己像个逃犯。我从部队逃了出来。"

"亲爱的，请你理智点儿。那不算逃离部队。那只是意大利的军队。"

我哈哈大笑。"你真是个好姑娘。我们回床上去吧。我在床上感觉比较好。"

过了一会儿，凯瑟琳说："现在你不觉得自己像个逃犯了吧?"

"不觉得。"我说，"跟你在一起，就不觉得了。"

"你真是个傻小子，"她说，"但我会照顾你的。亲爱的，我今天没有晨吐，太棒了，不是吗?"

"太棒了。"

"你有这么好的妻子，你都不珍惜。不过我不在乎。我会帮你找个地方，让他们没法抓走你。那样，我们就能快快乐乐地生活在一起。"

"我们现在就去吧。"

"我们会去的，亲爱的。只要你想，不管什么地方，什么时候，我都跟你去。"

"我们什么都别想了。"

"好。"

第三十五章

凯瑟琳沿着湖边去那间小旅馆见弗格森。我坐在酒吧间看报纸。那里有舒适的皮椅。直到酒保进来，我一直坐在皮椅上看报纸。军队连塔戈莱门托都没守住，现在正朝皮亚韦河撤退。我记得皮亚韦河。通往前线的铁路在圣多纳附近穿过那条河。那儿的河水又深又慢，河面还相当狭窄。再往下就是蚊子滋生的沼泽和运河。那儿还有些漂亮的别墅。战前，有一次我北上去科蒂纳丹佩佐时，曾沿着那条河在山间走了几个小时。从山上看下去那真像一条会出鳟鱼的河。水流湍急，岩石的阴影下遍布着浅滩和水潭。山路到卡多雷时，就跟皮亚韦河分道扬镳了。真不知道山上的部队是怎么撤下来的。我正想着，酒保进来了。

"格霏菲伯爵找你。"他说。

"谁？"

"格霏菲伯爵。你还记得上次来这儿时，碰到的那个老头吗？"

"他在这儿？"

"嗯，跟他侄女来的。我告诉他你也在。他想跟你打台球。"

"他在哪儿？"

"在散步。"

"他怎么样？"

"越来越年轻了。昨天他还在晚餐前喝了三杯香槟鸡尾酒。"

"他台球打得怎么样？"

"很好。我是他的手下败将。我跟他说你在这儿，他很高兴。这儿没人陪他玩。"

格霏菲伯爵九十四岁了，跟梅特涅[139]是同时代的人。这位须发皆白的老人举止优雅，曾在奥地利和意大利从事过外交工作。他的生日宴会可是米兰社交界的大事。眼看就要活到一百岁的他台球打得娴熟流畅，与那九十四岁的脆弱身板形成了鲜明对比。我曾在旺季后的斯特雷萨遇到过他一回。我们边打台球，边喝香槟。我觉得这真是个非常棒的习俗。他每一百分让我十五分，还是赢了我。

　　"你怎么不早告诉我他在这儿。"

　　"我忘了。"

　　"还有谁在这儿？"

　　"没有你认识的了。这儿总共就六位客人。"

　　"你现在有事吗？"

　　"没事。"

　　"那我们去钓鱼吧。"

　　"我可以去一个小时。"

　　"走吧。带上钓鱼线。"

　　酒保穿上外套，我们便出发了。我们下到湖边，弄了条船。我划船，酒保坐在船尾，把鱼线放进湖里钓鳟鱼。钓丝顶端挂了个旋转匙状的诱饵和一个重重的铅坠。我们沿着岸边划船，酒保把线扯在手里，时不时地朝前抖一抖。从湖面望去，斯特雷萨显得异常荒凉，只有一长排光秃秃的树木、几间大酒店和门扉紧闭的别墅。我划过湖面，直奔贝拉岛，来到石壁附近。这儿的水突然变深了。透过清澈的湖水，可以看见岩壁斜斜地插进湖里。我们又一路往上，划向渔人岛。太阳被一片云遮住了，湖面平滑幽暗，

139　梅特涅，19世纪奥地利著名外交家。

寒气逼人。尽管看到水面上有鱼的涟漪，我们却一条也没钓到。

我们划到渔人岛对面。那儿停着几条船。有人正在补渔网。

"我们去喝一杯吧？"

"好。"

我把船划到石码头。酒保拉回鱼线，卷好放在船底，又把饵挂在舷缘。我跨上岸，把船拴好。我们走进一家小咖啡馆，在一张裸木桌旁坐下，点了苦艾酒。

"你划船划累了吧？"

"回去还我划。"他说。

"我喜欢划船。"

"也许你来抓线我们能转转运。"

"好吧。"

"跟我说说，战况如何了？"

"糟糕透顶。"

"我倒不用去打仗。我跟格霏菲伯爵一样，已经太老啦。"

"说不定你还是得去。"

"明年，他们就会到我这个阶层来征兵。但我才不去。"

"那你要做什么？"

"离开这个国家。我不会上战场的。我以前在阿比西尼亚[140]打过一次仗。毫无意义。你为什么去打仗？"

"我不知道。我是个傻瓜。"

"再来杯苦艾酒吗？"

"好。"

回去时，酒保划船。我们到斯特雷萨那头的湖上钓鱼，又

140　阿比西尼亚，埃塞俄比亚的旧称。

到离岸不远的地方钓了一会儿。我拉着绷紧的鱼线，盯着十一月幽暗的湖面和荒凉的湖岸，感觉着不断旋转的匙状诱饵微弱的震颤。酒保每一桨都划得又深又长，船每往前冲一下，鱼线就跟着跳一跳。有一次鱼上钩了：鱼线突然绷紧，猛地往后扯。我连忙拉线，那重量感觉是一条活蹦乱跳的鳟鱼。可紧接着线又有规律地抖动起来。鱼脱钩了。

"鱼大吗？"

"相当大。"

"有一次我独自出来钓鱼。我用牙齿咬着鱼线时一条鱼突然上钩，差点把我的嘴巴扯破。"

"最好的办法还是把线缠在腿上，"我说，"那样你既可以感觉到鱼上钩，又不会被拽掉牙齿。"

我把手伸进湖里。水很冷。这会儿，我们差不多快到酒店对面了。

"我得进去了，"酒保说，"十一点一定得到那。鸡尾酒时间[141]！"

"好吧。"

我拉回鱼线，缠在一根两头都有凹槽的棍子上。酒保把船停在石墙间一个小小的码头，用铁链和挂锁锁好。

"你要是想用，我随时都可以给你钥匙。"他说。

"谢谢。"

我们上岸进入酒店，来到酒吧间。大清早的，我不想再喝酒，于是上楼回房间去了。女侍者刚把房间收拾好，凯瑟琳还没回来。我躺到床上，尽量什么都不想。

141　原文为法语。

等凯瑟琳回来，一切都会重新好起来。弗格森在楼下，她说。她是来吃午饭的。

"我知道，你不会介意的。"凯瑟琳说。

"不介意。"我说。

"怎么了，亲爱的？"

"我不知道。"

"我知道。你无事可做。你现在只有我，我却要走开了。"

"这倒是。"

"对不起，亲爱的。我知道，突然无事可做的感觉一定很可怕。"

"我的生活本来是很充实的，"我说，"现在，只要你不在我身边，我就觉得自己一无所有。"

"但我会跟你在一起啊。我不过走了两个小时。难道你就没别的事可做了？"

"我跟酒保钓鱼去了。"

"有意思吗？"

"嗯。"

"我不在的时候，别想我。"

"我在前线时，就是这么做的。但那时候，我有事可做。"

"你简直像失去事业的奥赛罗[142]。"她打趣道。

"奥赛罗可是个黑人，"我说，"而且，我也不善妒。我只是太爱你，别的一切都不重要。"

"你会乖乖的，对弗格森好一点儿吗？"

"我对她一向都很好，除非她骂我。"

---

142 奥赛罗，莎士比亚四大悲剧之一《奥赛罗》的主人公。

"对她好点儿。想想看，我们已经拥有这么多了，她却还一无所有。"

"我们拥有的这些，她不见得想要吧。"

"亲爱的，你是个聪明的小家伙，但还有很多事不懂。"

"我会对她好点儿的。"

"我就知道你会。你真好。"

"她吃完饭不会赖着不走，对吧？"

"不会。我会打发她走的。"

"到时候，我们就回楼上来。"

"嗯。不然你以为我想做什么？"

我们下楼和弗格森共进午餐。酒店和富丽堂皇的餐厅让她印象深刻。我们美餐了一顿，喝了几瓶卡普里白葡萄酒。格霏菲伯爵由侄女陪着走进餐厅时，还冲我们鞠了一躬。他侄女看起来有点儿像我的祖母。我跟凯瑟琳和弗格森讲了讲他的情况，又让弗格森印象深刻。酒店很大，豪华气派，虽然空荡荡的，但饭菜可口，酒也很不错。终于，美酒让大家都感觉好了起来。凯瑟琳已经别无所求，高兴得不能再高兴。弗格森变得相当快活。我感觉也不错。午饭后，弗格森就回她的旅馆去了。她说，午饭后，她要躺下休息一会儿。

下午晚些时候，有人敲我们的门。"谁呀？"

"格霏菲伯爵问，您愿不愿意陪他打台球。"

我看看表。之前，我摘下手表，放在了枕头底下。

"你非去不可吗，亲爱的？"凯瑟琳轻声问。

"我想，最好还是去。"表上显示四点一刻。我大声说，"告诉格霏菲伯爵，我五点到台球室。"

五点差一刻时，我吻别凯瑟琳，进卫生间穿衣服。对着镜子打领带时，我觉得自己穿便服真奇怪。一定要记得再去买些衬衫和袜子。

"你要去很久吗？"凯瑟琳问。她躺在床上的样子真可人。"请把梳子递给我好吗？"

我看着她梳头，她偏着头，头发全落向一边。外面已经暗了，床头的灯光洒在她头发、脖子和肩膀上。我走过去吻她，握住了她拿梳子的那只手。她的头倒回枕头上。我吻了她的脖子和肩膀。我太爱她，都爱得晕晕乎乎的了。

"我不想去了。"

"我不想让你走。"

"那我不去了。"

"不。还是去吧。只要一会儿，你就回来了。"

"我们就在上面吃晚饭。"

"快去快回。"

我在台球室找到格雪菲伯爵。他正在练习击球。在台球桌上方灯光的照耀下，他看上去格外脆弱。光圈外不远处的一张牌桌上，摆着一个银色冰桶。冰块上露出两瓶香槟的瓶颈和瓶塞。见我往台球桌走去，格雪菲伯爵直起身子，也朝我走来。他伸出手："你在这儿真令人高兴。你真好，还来陪我打球。"

"你邀请我，我也很高兴。"

"你痊愈了吗？他们告诉我，你在伊孙左河上受了伤。但愿你已经康复了。"

"我很好。你还好吗？"

"噢，我一直都挺好的。但我越来越老啦。我都已经发现一些老迈的迹象了。"

"真不敢相信。"

"是啊。你想听听吗？我说意大利语容易些。虽然尽量控制自己，但我发现，累的时候说意大利语轻松多了。所以，我知道自己一定正在变老。"

"我们可以用意大利语交谈。我也有点儿累了。"

"噢，不过，你累的时候，说英语应该轻松些吧。"

"美语。"

"嗯，美语。请讲美语吧。这是种令人愉快的语言。"

"我几乎没见过美国人。"

"您一定很想念他们。一个人肯定会想念同胞，尤其是女同胞。我知道那种滋味。我们还玩吗，还是你太累了？"

"我不是真的累了。刚才不过开个玩笑。你准备让我多少？"

"你最近打得多吗？"

"压根儿没打过。"

"你打得不错。一百分让十分怎么样？"

"你太抬举我了。"

"十五分？"

"很好。不过你还是会赢我的。"

"赌一把怎么样？你不是一向喜欢下注吗。"

"行，赌一把。"

"很好。我让你十八分，我们就玩一法郎一分。"

他台球打得很好，虽然让了我，到五十分时，我却只领先他四分了。格霏菲伯爵按了下墙上的按钮，把酒保叫了过来。

"请开一瓶。"说完，他又对我说，"我们来点儿小刺激。"酒透心凉，不甜，味道非常棒。

"我们说意大利语好嘛？你不会太介意吧？现在，我是真累了。"

我们继续打球，打几杆，就啜几口酒。我们说意大利语，但聊得不多，主要还是专心打球。格霏菲伯爵打到一百分时，加上他先前让我的分数，我还是只有九十四分。他笑了笑，拍拍我的肩膀。

"现在，我们喝另外一瓶，你跟我讲讲战况吧。"他等我坐下来。

"聊别的吧，什么都行。"我说。

"你不想谈论战争？好吧。你最近在读什么书？"

"什么都没读。"我说，"我这人恐怕很无趣。"

"不。但你应该读读书。"

"战时能有什么书啊？"

"有个叫巴比斯的法国人写了本《火线》[143]。还有本《勃列林先生看穿了它》[144]"

"不，他没有。"

"什么？"

"他没看穿。这些书医院里都有。"

"这么说，你还是会读书的？"

"嗯，但没读到什么好书。"

"我觉得，《勃列林先生看穿了它》这本书很好地研究了英国中产阶级的灵魂。"

"我对灵魂一窍不通。"

"可怜的孩子。我们谁都不懂灵魂。你信教[145]吗？"

---

143 《火线》，亨利·巴比塞作品。

144 《勃列林先生看穿了它》，赫伯特·乔治·威尔斯作品。

145 原文为意大利语。

"晚上信。"

格霏菲伯爵笑了笑，用手指转转酒杯。"我本以为，年纪越大，人就会越虔诚。但不知怎的，我没有这种变化，真遗憾。"

"你想在死后继续活下去吗？"刚问出口，我立马发现自己真蠢，竟然提到死。不过，他一点儿也不在意。

"那取决于今生过得如何。我这辈子过得很愉快，倒真希望一直活下去，"他笑了，"我差不多也算长寿了。"

我们坐在深深的皮椅里，冰桶里放着香槟，我们的酒杯放在两人之间的桌上。

"你要是活到我这个年纪，就会发现很多事都挺奇怪的。"

"你从来不显老。"

"老的是身体。有时候我都害怕手指会像粉笔一样折断。灵魂是不会老的，但也没变得更聪明。"

"你本来就聪明。"

"不，认为老人睿智可是最大的谬误。他们不是越来越睿智，而是越来越小心。"

"或许，这就是智慧。"

"那也是非常不讨人喜欢的智慧。你最珍惜什么？"

"我爱的人。"

"我也一样。但那并不是智慧。你珍惜生命吗？"

"嗯。"

"我也是。因为我只有这个。所以，才要开生日派对。"他大笑起来。"你可能比我睿智。你不庆祝生日。"

我们都喝了口酒。

"你到底怎么看待战争？"我问。

"我认为战争是愚蠢的。"

"谁会赢？"

"意大利。"

"为什么？"

"这个国家比较年轻。"

"比较年轻的国家总能打赢吗？"

"一度是这样。"

"然后又怎么样呢？"

"然后，他们也变成比较老的国家。"

"你还说你没有智慧。"

"好孩子，那不是智慧。那是愤世妒俗。"

"我听起来觉得很有智慧。"

"也不是什么大不了的智慧。我可以给你举点反面事例。不过那其实也不糟。我们把香槟喝完没有？"

"差不多了。"

"要再喝点儿吗？然后，我就得换衣服去了。"

"我们最好还是别喝了。"

"你真的不想再喝了？"

"嗯。"他站起身。

"希望你一直都非常好运、非常快乐、非常非常健康。"

"谢谢。希望你长生不老。"

"谢谢。我已经很长寿了。以后如果你变虔诚了，在我死后请为我祈祷。这事我已经拜托了好几个朋友。我本以为自己会虔诚起来，结果却没有。"他似乎苦笑了一下，但我也说不准。他太老了，满脸皱纹。笑一下就会牵动很多皱纹，完全分不清层次。

"我或许会变得非常虔诚，"我说，"但无论如何，我一定会为你祈祷的。"

"我一直以为自己会虔诚起来。我的家人在离世时都十分虔诚。但不知怎的，我就是虔诚不起来。"

"是时间还太早吧。"

"或许太迟。或许我已经活过了信教的年龄。"

"我只有晚上才信教。"

"这么说，你也恋爱了。别忘了，恋爱也是一种虔诚的情感。"

"你真这样认为？"

"当然。"他朝桌子迈了一步，"你能来打球，真是太好了。"

"我也很高兴。"

"我们一起上楼吧。"

第三十六章

　　那天晚上来了场风暴，我醒来，听见暴雨抽打着窗玻璃。雨从打开的窗户飘进来。有人在敲门。我轻手轻脚地走过去开门，没吵醒凯瑟琳。酒保站在门外。他穿着大衣，手里拿着湿淋淋的帽子。

　　"能跟你谈谈吗，中尉？"

　　"怎么了？"

　　"很严重的事。"

　　我四下望了望。房间里很黑。我看见地板上有窗外飘进来的雨水。"进来吧。"我说。我拉着他的胳膊把他拽进卫生间，锁上门，打开灯。我在浴缸边上坐了下来。

　　"怎么了，埃米利奥？你遇到麻烦了？"

　　"不，是你遇到麻烦了，中尉。"

　　"是吗？"

　　"他们早上就要来抓你。"

　　"是吗？"

　　"我特意来通知你。我刚才到镇上去了，在一家咖啡馆听见他们说的。"

　　"原来如此。"

　　他站在那，一言不发。他的外套湿了，手里拿着的帽子也湿了。

　　"他们为什么要抓我？"

　　"因为某些跟战争有关的事。"

"你知道是什么事吗？"

"不知道。但我听到，他们知道你以前来这儿时是个军官，现在到这儿，却没穿军装。这次撤退后，他们什么人都抓。"

我想了一会儿。

"他们什么时候来抓我？"

"早上。具体时间我也不知道。"

"你说，我该怎么办？"

他把帽子放进洗脸盆。帽子很湿，一直往地板上滴水。

"你要是没什么好怕的，被抓也没事。但被抓总归不是件好事——尤其是现在。"

"我不想被抓。"

"那就去瑞士吧。"

"怎么去？"

"划我的船去。"

"有暴风雨啊。"我说。

"暴风雨已经过去了。虽然还有风浪，但你们会没事的。"

"我们应该什么时候走？"

"马上走。他们很可能一大早就来抓你了。"

"那我们的包怎么办？"

"收拾起来。让你夫人穿好衣服。包就交给我吧。"

"你在哪儿等？"

"就在这儿吧。我不想让人看见我在外面的走廊上。"

我打开门，然后关好，走进卧室。凯瑟琳已经醒了。

"怎么了，亲爱的？"

"没事，凯，"我说，"你想不想马上穿好衣服，我们划船去瑞士？"

"你想吗?"

"不想,"我说,"我想回床上睡觉。"

"怎么回事?"

"酒保说,他们明天早上要来抓我。"

"酒保疯了吗?"

"没有。"

"我们赶紧走吧,亲爱的。穿上衣服,就可以走了。"她在床边坐了起来,依旧睡眼惺忪。"酒保在卫生间吗?"

"嗯。"

"那我就不梳洗了。请把脸转过去,亲爱的,我马上就能穿好衣服。"

她脱下睡衣时,我看见了她白皙的背部。我转向了一边,因为她不希望我看。怀了孩子,她开始臃肿,不想让我看她。我边穿衣服,边听着窗户上的雨声。我并没有多少需要收进包里的东西。

"凯,如果你需要的话,我包里还有很多位置。"

"我都快装好了,"她说,"亲爱的,我实在太笨,但酒保为什么要待在卫生间呢?"

"嘘——他等着帮我们把包提下去。"

"他真是太好了。"

"他是老朋友了,"我说,"有一次,我差点儿把一些烟斗烟丝寄给他。"

我透过打开的窗户,看了看漆黑的夜。看不见湖,只有黑夜和大雨。不过,风倒是小一些了。

"我准备好了,亲爱的。"凯瑟琳说。

"好。"我走到卫生间门口。"埃米利奥,包都在这儿。"我说。酒保接过了那两个包。

"你能帮我们，真是太好了。"

"这没什么，夫人，"酒保说，"只要我不惹上麻烦，我很乐意帮助你们。听着，"他对我说，"我从员工梯下去，把这些东西送到船上。你们就装出一副出门散步的样子。"

"这么可爱的夜晚，正好出门散步。"凯瑟琳说。

"今晚真是糟透了。"

"真高兴我有伞。"凯瑟琳说。

我们穿过走廊，走下铺着厚地毯的宽阔楼梯。楼梯口的门边，门房正坐在桌子后面。

看见我们，他显得很吃惊。

"先生，你们不是想出去吧?"他问。

"是的，"我说，"我们想去湖边看看暴风雨。"

"先生，您没有伞吗?"

"没有，"我说，"这件大衣是防水的。"

他一脸怀疑地看着我。"先生，我给您拿把伞吧，"说完，他便走开了。回来时，他带来了一把大伞。"先生，这伞有点儿大。"他说。我给了他一张十里拉的钞票。"噢，您真是太好了，先生。非常感谢。"说完，他打开门，我们走进雨里。他冲凯瑟琳笑笑，凯瑟琳也对他笑了笑。"别在暴风雨里待太久，"他说，"先生、太太，你们会淋湿的。"他是门房的助手，只会说直译过来的英语。

"我们一会儿就回来。"我说。我们撑着那把大伞，沿着小径穿过又黑又湿的花园，转上另一条路，接着又穿过另一条路，踏上沿湖搭着棚架的那条小径。这会儿，风正由岸上往湖面刮。十一月的风又湿又冷，我知道，山里肯定在下雪。我们沿着码头

268

走，经过许多用铁链拴着的小船，来到酒保停船的地方。石码头下面的湖水黑黝黝的。酒保从旁边的一排树后走了出来。

"包已经放在船上了。"他说。

"我把船的钱给你吧。"

"你有多少钱？"

"不太多。"

"那以后再给也行。"

"多少钱？"

"你看着给吧。"

"跟我说个价吧。"

"你要是安全过去了，就给我寄五百法郎吧。要是过去了，你也不会在乎这点儿钱。"

"好。"

"这是三明治。"他递给我一个小包，"酒吧间里的所有东西我都拿来了。都在这儿。这是一瓶白兰地和一瓶葡萄酒。"我把它们放在我的包上，"我付你这些东西的钱。"

"好，给我五十里拉吧。"

我把钱给了他。"这白兰地还不错，"他说，"可以放心给你夫人喝。她最好还是上船吧。"船一起一伏，一下下地撞着石墙。他拉住船，我扶凯瑟琳上了船。她坐在船尾，用披肩裹住自己。

"你知道要去哪儿吗？"

"沿湖北上。"

"你知道有多远吗？"

"要过卢伊诺。"

"要过卢伊诺、坎内罗、坎诺比奥、特兰扎诺。只有到了布里萨戈，才算进入瑞士国境。还得穿过塔玛拉山。"

"现在几点了?"凯瑟琳问。

"才十一点。"

"要是不停的话,早上七点应该就到郡了。"

"有那么远吗?"

"三十五公里。"

"我们怎么去呢? 这么大的雨,我们需要一个指南针。"

"不用。你先划去贝拉岛。然后从马德雷岛另一面开始,就可以顺风划。风会把你们带到帕兰扎。你会看见灯光的。到时候,顺着岸边往北就行了。"

"风向可能改变。"

"不会的," 他说,"风是从马塔龙峰直接刮下来的。一连三天,风向都不会变。船上有个罐子,可以用来舀水。"

"我现在付点船钱给你吧。"

"不用,我宁愿冒个险。你要是平安抵达,再尽你所能付给我吧。"

"好。"

"我觉得你们不会淹死的。"

"那就好。"

"顺着风,沿湖北上。"

"好的。"我上了船。

"给酒店的房钱你留下了吗?"

"留下了。放在房间的一个信封里。"

"好的。祝你好运,中尉。"

"也祝你好运。非常感谢你。"

"你们如果淹死,就不会感谢我了。"

"他说什么?"凯瑟琳问。

"他说祝我们好运。"

"好运，"凯瑟琳说，"非常感谢你。"

"你准备好了吗？"

"好了。"

他弯腰，把我们推了出去。我用桨划水，然后抬起一只手挥了挥。酒保也不以为然地挥了挥手。我看着酒店的灯光，把船直直地划了出去。终于，什么也看不见了。湖面波涛汹涌，不过，我们正好顺风。

第三十七章

黑暗中，我迎着风划船。雨已经停了，只偶尔刮来狂风。天很黑，风很冷。我能看见船尾的凯瑟琳。船桨划下去，却看不见湖水。桨很长，没有皮套，所以老是滑出去。我推桨、上提、倾身向前、触到水面、下压、接着又推桨，尽量省着力气划。因为顺风，所以我没有放平桨面。虽然知道手上会起泡，但我还是想尽可能晚点再起。船很轻巧，划起来并不吃力。我在黑乎乎的水面上划呀，划呀，什么也看不见，只希望能早点抵达帕兰扎对面。

我们始终没看到帕兰扎。风一直往湖的北面吹，我们在黑暗中划过遮蔽帕兰扎的尖岬，一直没看见灯光。等我们又朝北边走了很远，终于看见近岸的灯火时，已经是因特拉了。但之前很长时间，我们既没看到任何亮光，也看不见湖岸。只能在黑暗中乘风破浪，不停地划桨。有时，一个浪把船掀起，桨就会划空。情况极其糟糕，但我还是得继续划。划着划着，船猛然到了岸边。浪拍在岸边的一处石岬上，冲得老高，又重重地落下来。我赶紧用力拉右桨，用左桨倒着划，才又退回到湖面。石岬不见了，我们继续沿湖北上。

"我们过了湖啦。"我对凯瑟琳说。

"我们不去帕兰扎看看吗？"

"那儿已经过了。"

"你怎么样，亲爱的？"

"还好。"

"我可以划一会儿。"

"不用了，我很好。"

"可怜的弗格森，"凯瑟琳说，"早上她去酒店，就会发现我们已经走了。"

"这我倒不怎么担心，"我说，"我怕的是天亮后进入瑞士境内的湖，被海关警卫看见。"

"还远吗？"

"离这儿大约三十公里。"

我划了一晚上船，最后，手疼得几乎握不住桨了。我们好几次差点儿在岸边把船撞破。因为害怕在湖中迷失方向，白白浪费时间，所以我几乎是贴着岸边划。有时，我们离岸非常近，都可以看见岸边的行道树、大路和后面的群山。雨已经停了，风驱散云层，月亮露出脸来。我回头一望，看见卡斯塔尼奥拉又长又黑的尖岬和白浪翻飞的湖面，以及月色下，远方高高的雪山。然后云又遮住了月亮，群山和大湖都不见了。不过，这会儿比之前亮得多，我们可以清晰地看见湖岸和岸边的景物了。我连忙把船往湖上划。这样，就算是帕兰扎的大路上有海关警卫，也不容易被他们看见。月亮再次出来时，我们看见了湖岸山坡上的白色别墅和林间伸出来的白色大路。至始至终，我都在一刻不停地划船。

湖面变宽了，对面山脚下有些亮光，应该是卢伊诺。我看见对岸群山间有个楔形山谷。我想那儿多半是卢伊诺。如果是的话，这趟行程还真算顺利的。我收起桨，往座位上一靠。我划得精疲力尽，胳膊、肩膀、背和手都在疼。

"我能举着伞，"凯瑟琳说，"我们拿它当帆，顺风行驶吧。"

"你会掌舵吗？"

"我觉得会。"

"你把这支桨夹到胳膊下面，挨着船边掌舵，我来举着伞。"我走到船尾，教她如何拿桨。我拿起门房给我的那把大伞，面对船头坐下，啪地一声撑开伞。伞柄勾住了座位，我抓住伞的两边，跨坐在伞柄上。伞顿时灌满了风，我感到船一下子朝前冲了出去。我尽量抓住伞的两边。风把伞绷得很紧。船行驶得飞快。

"我们的速度真棒！"凯瑟琳说。我只能看见伞骨。伞绷得很紧，风直把它往前推。我使劲蹬住双脚，拼命拉着伞。突然伞一歪，一条伞骨啪地打在我额头上。我去抓已经被风吹弯的伞顶时，伞被整个吹翻了。我原本拉着灌满风的帆，这下却成了跨坐在一把伞布朝外的破伞伞柄上。我解开勾在座位上的伞柄，把伞搁在船头，回到凯瑟琳那去拿桨。凯瑟琳正在哈哈大笑。她拉过我的手，依旧笑个不停。

"怎么了？"我接过桨。

"你抓着那东西的模样太好笑了。"

"估计是吧。"

"别生气，亲爱的。但真是太滑稽了。你看上去就像有二十英尺宽，还那么亲密地抓着伞边——"她笑得气都喘不过来了。

"我来划船。"

"休息一下，喝口酒吧。这是个了不起的夜晚，我们已经赶了不少路啦。"

"我得让船避开浪谷。"

"我给你倒杯酒。休息一下吧，亲爱的。"

我拿着桨，划起船来。凯瑟琳打开包，把那瓶白兰地递给我。我用小折刀撬开瓶塞，喝了一大口。酒味道不错，热辣辣地贯满全身，顿时让我温暖快活起来。"这白兰地真不错。"我说。月亮又躲了起来，但我还是看得见湖岸。前方似乎又有一个尖岬，长长地深入湖中。

"凯，你现在够暖和吗？"

"我很好，就是身子有点儿发僵。"

"把水舀出去，你就可以把脚放下来了。"

然后，我开始划船，听着桨架声、划水声和锡罐在船尾座位下舀水的声音。

"把舀水的罐子给我一下好吗？"我说，"我想喝口水。"

"罐子太脏了。"

"没关系。我洗一洗。"

我听见凯瑟琳在船边洗罐子的声音。随后她舀了满满一罐子水，递给了我。喝完白兰地后我很渴，湖水冰凉，冻得牙齿发痛。我望向岸边，我们离那条长岬又近了一些。前方的湖湾处有些亮光。

"谢谢。"说完，我把锡罐递了回去。

"不必客气，"凯瑟琳说，"你要想喝，这儿还多的是。"

"你不想吃点儿东西吗？"

"不想。我等会儿才会饿。还是留到那时候再吃吧。"

"好吧。"

前面那个看起来像尖岬的地方，原来是一片又长又高的陆岬。我又往湖面划了一段才绕了过去。这会儿，湖面窄多了。月亮又出来了，海关警察[146]真要注意看的话，一定能发现水面上我们这条黑乎乎的船。

"凯，你怎么样？"我问。

"我还好。我们到哪儿了？"

146　原文为意大利语。

"我想，顶多还有八英里。"

"划过去也挺远的。可怜的小心肝，你都快累死了吧？"

"不，我还好。只是手有些疼。"

我们继续沿湖北上。右边湖岸上的群山出现了一处缺口，形成一段又低又平的湖岸线。我想那儿多半就是坎诺比奥。我一直离岸很远，因为从现在开始遇上海关警察的可能性最大。前方对岸有座圆顶的高山。我累了。虽然划过去不算太远，但人不在状态的时候就觉得看上去很远。我知道必须划过那座山，再往北划至少五英里我们才能进入瑞士境内。此刻，月亮几乎快下去了，但还没等它落下天空就再次阴云密布，漆黑一片。我仍旧远远地待在湖中，划一会儿，歇一会儿，抬着桨，让风吹到桨叶。

"我来划一会儿吧。"凯瑟琳说。

"我不觉得应该让你划。"

"胡说。这只会对我有好处，可以让我不那么僵硬。"

"凯，我还是觉得不该让你划。"

"胡说。适度的划船对孕妇有好处。"

"那好吧，你小心适度地划一会儿。我先到船尾，你再过来。过来时，双手抓住舷缘。"

我披着大衣，翻起衣领，坐在船尾看凯瑟琳划船。她划得很好，但船桨太长，她有些不顺手。我打开包，吃了两块三明治，又喝了口白兰地。东西下肚，一切都顿时好了许多。我又喝了一口酒。

"你要是累了，就告诉我。"我说。过了一会儿，我又说："小心别让桨撞到肚子。"

"要是真撞到，"凯瑟琳趁划桨的间隙说，"那生活或许就简单多了。"

我又喝了口白兰地。

"你怎么样了？"

"还好。"

"不想划了就跟我说一声。"

"好。"

我又喝了一口白兰地，然后抓着舷缘，朝前走去。

"别，我划得正起劲儿呢。"

"回船尾去。我已经休息够了。"

借助白兰地的酒劲儿，我轻松又沉稳地划了一会儿。接着我便深一桨、浅一桨地乱了章法。因为用力过猛，口中涌起一股淡淡的褐色胆汁味儿。

"给我点水喝，好吗？"我说。

"这好办。"凯瑟琳说。

天亮前，下起了毛毛雨。不知是风停了，还是我们被湖湾处的高山挡住了。一发觉天要亮了，我连忙卖力地划桨。我不知道我们到了哪儿，但愿我们已经进入瑞士水域。天开始真正亮起来，我们已经离岸相当近。我可以看见岩岸和树木。

"那是什么？"凯瑟琳说。我放下船桨，仔细倾听。是一艘汽船正突突突地开过湖面。我赶紧把船划到岸边，静静地停在那。突突声越来越近。接着我们便看见那艘汽船在雨中开过。那船离我们并不远，汽船尾部坐着四名海关警察[147]。他们那阿尔卑斯山式的帽子压得低低的，披风领子拉得老高，卡宾枪斜斜地挎在背上。一大清早，他们看起来都还昏昏欲睡。我可以看见他们帽子上的那抹黄色，以及披风领子上的黄色徽标。汽船突突地开了过

147　原文为意大利语。

去，消失在雨中。

我把船划向湖中。要是真离边境很近了，我可不想被路上的哨兵喝住。我把船划到刚刚可以看见岸边的位置，又冒雨划了三刻钟。又听见汽船声，我连忙把船停下，直到引擎声划过湖面而去。

"凯，我想我们已经在瑞士了。"我说。

"真的吗？"

"没法确定，除非看到瑞士军队。"

"或者看到瑞士海军。"

"碰上瑞士海军可不是好玩儿的。我们刚才听到的那艘汽船估计就是瑞士海军的。"

"我们要是真到了瑞士，就放开肚皮吃顿早餐吧。瑞士的面包卷、黄油和果酱都棒极了。"

此时天已大亮。又下起了毛毛细雨。风依旧朝湖的北面吹，可以看见滔滔白浪从我们这边腾起，翻卷着滚向北方。我敢肯定，我们已经到了瑞士。岸上的树后有很多房子，离岸不远处还有座村庄。村里有石砌房屋、山上有几座别墅，还有一座教堂。我一直盯着环湖的大路，看有没有警卫，却一个也没看到。现在，大路离湖很近，我看见一名士兵从咖啡馆出来，走到路上。他穿一身灰绿色军装，头上戴着德国人那样的钢盔。他有一张看起来很健康的脸，留着一撮牙刷般的小胡子。他看向了我们。

"冲他挥挥手。"我对凯瑟琳说。凯瑟琳挥了挥手，那士兵尴尬地笑笑，也挥了挥手。我放慢了划桨速度。我们正经过这座村子的滨水区。

"我们一定已经深入瑞士境内了。"

"我们得确定了才行，亲爱的。可别让他们把我们从边境线

278

上赶回去。"

"边境线早就过了。这里就是边关小镇。我非常确信，这儿就是布里萨戈。"

"这儿不会有意大利人吧？通常，两国的军警都会驻扎在边关小镇上。"

"战时不会。我不认为他们会让意大利人跨越边境。"

这是个漂亮的小镇。码头沿岸停着许多渔船，渔网都摊在架子上。虽然现在是十一月，下着毛毛细雨，但即便在雨中，小镇也显得愉悦又干净。

"那我们该上岸吃早饭了吧？"

"好。"

我用力划左桨，向岸边靠拢。快碰到码头时，我把船打横，靠在了码头上。我收了桨，抓起一个铁环，踩上湿漉漉的石码头。总算到瑞士了。我拴好船，伸手去拉凯瑟琳。

"凯，上来吧。感觉真是太棒了。"

"包怎么办？"

"就留在船上吧。"

凯瑟琳跨上岸。这下，我们都在瑞士了。

"多么可爱的国家啊！"她说。

"真棒，不是吗？"

"我们去吃早饭吧。"

"多棒的国家啊，不是吗？我喜欢脚踩在这地上的感觉。"

"我身子僵得很，感觉不太灵敏。不过，这似乎是个不错的国家。亲爱的，你是不是觉得我们来到这儿，已经远离之前那个该死的地方了？"

"是啊，我真的感觉到了。之前我还没感觉。"

“瞧瞧那些房子。那广场真棒，不是吗？那儿有个能吃早饭的地方。”

“这雨真棒，不是吗？意大利就从没下过这样的雨。这雨多令人快活啊！”

“我们到这儿了，亲爱的！你意识到，我们已经到这儿了吗？”

我们走进咖啡馆，在一张干净的木桌旁坐下，兴奋得不得了，都快乐晕了。一个干净清爽、围着围裙的漂亮女人走过来，问我们想吃什么。

“面包卷、果酱和咖啡。”凯瑟琳说。

“抱歉，战争期间我们不供应面包卷。”

“那就面包吧。”

“我可以为你们烤些吐司。”

“好的。”

“我还想要几个煎蛋。”

“先生来几个？”

“三个。”

“来四个吧，亲爱的。”

“四个煎蛋。”

那女人走开了。我吻了吻凯瑟琳，紧紧抓着她的手。我们望望彼此，又瞧了瞧这家咖啡馆。

“亲爱的，亲爱的，这儿真可爱，不是吗？”

“棒极了。”我说。

“没有面包卷也没关系，”凯瑟琳说，“虽然我想它们想了一晚上，但我不介意，一点儿也不介意。”

“我想，他们很快就会来抓我们了。”

“没关系，亲爱的。我们先吃早饭吧。就算吃完早饭被抓走，你也不会介意了。到时候他们也不能拿我们怎么样。我们是声誉良好的英国和美国公民。"

"你有护照的，对吧？"

"当然。噢，我们别再谈这事了。开心点吧！"

"我已经开心得不能再开心了。"我说。一只胖灰猫穿过地板，跑到我们桌前。它的尾巴像羽毛般竖着，弓起身子靠在我腿上，每蹭一下，就"呼噜"一声。我弯腰去摸它。凯瑟琳快活地冲我微笑。"咖啡来了。"她说。

早饭后，他们便逮捕了我们。我们先去村里散了会儿步，接着走回码头取行李。一名士兵守在我们的小船边。

"这是你们的船吗？"

"嗯。"

"你们从哪儿来？"

"从湖上来。"

"那我得请你们跟我走一趟了。"

"包怎么办？"

"可以拎上。"

我拎起包，凯瑟琳走在我旁边，那名士兵跟在我们后面，一起朝老旧的海关大楼走去。大楼里有个中尉，人很瘦，却很有军人气质。他负责盘问我们。

"你们是哪国人？"

"美国和英国。"

"把护照给我看看。"

我把自己的护照递他。凯瑟琳从手提包里拿出她的。

他查看了好长时间。

"你们为什么划船来瑞士。"

"我是个喜欢户外运动的人，"我说，"划船是我最喜欢的运动。我一有机会就划。"

"你们为什么来这儿？"

"为了冬季运动。我们是游客，想来搞点儿冬季运动。"

"这儿可不是搞冬季运动的地方。"

"我们知道。我们想去会举办冬季运动的地方。"

"你们在意大利是做什么的？"

"我学建筑。我表妹学美术。"

"为什么离开那儿？"

"我们想搞点儿冬季运动。那边在打仗，也没法学建筑了。"

"请在这儿等一等。"那名中尉说。他拿着我们的护照，走回大楼里面去了。

"你真是太棒了，亲爱的，"凯瑟琳说，"就这么说下去好了。你想搞冬季运动。"

"你懂点美术吧？"

"鲁本斯[148]。"凯瑟琳说。

"画的人物又大又肥。"我说。

"提香[149]。"凯瑟琳说。

"提香式头发很有特色。"我说。"曼泰尼亚[150]怎么样？"

"别问我那些难的，"凯瑟琳说，"不过，他我倒是知道——非常冷酷。"

"非常冷酷，"我说，"画了好多钉子眼儿。"

148　鲁本斯，佛兰德斯画家。

149　提香，意大利文艺复兴后期威尼斯画派的代表画家。

150　曼泰尼亚，意大利佛罗伦萨画派画家。

"你瞧，我会是个很好的妻子。"凯瑟琳说，"我能跟你的客人们谈论美术。"

"他来了。"我说。那位瘦削的中尉从海关大楼的另一头走来，手里拿着我们的护照。

"我得把你们送到洛卡尔诺去。"他说，"你们可以叫辆马车，有一名士兵陪你们一起去。"

"好吧。"我说，"那船怎么办？"

"船没收了。你们的包里有什么东西？"

他把两个包都检查了一遍，然后举起那瓶还剩四分之一的白兰地。"要跟我喝一杯吗？"我问。

"不了，谢谢。"他站直身子，"你身上有多少钱？"

"两千五百里拉。"

他显得很满意。"你表妹呢？"

凯瑟琳有一千两百里拉多一点。中尉很高兴，对我们的态度也没那么傲慢了。

"你们要是想搞冬季运动，"他说，"文根是个好地方。我父亲在那开了家非常棒的旅馆。四季营业。"

"太棒了，"我说，"能告诉我旅馆的名字吗？"

"我写在卡片上。"他很有礼貌地把卡片递给我。

"士兵会送你们去洛卡尔诺。他会替你们保管护照。对此我很抱歉，但这是必要程序。希望到了洛卡尔诺，他们能发给你一张签证，或一张警方许可证。"

他把两张护照都交给那个士兵。我们拎起包，到村里去叫马车。"喂！"那个中尉叫住了士兵。他用某种德国方言对那士兵说了点什么。士兵挎上枪，拿过我们的包。

"这是个伟大的国家。"我对凯瑟琳说。

"很务实。"

"非常感谢。"我对中尉说。他摆摆手。

"敬礼!"他说。我们跟着那名士兵进了村。

我们乘马车前往洛卡尔诺,士兵和车夫一起坐在前座上。到洛卡尔诺后,一切还算顺利。他们虽然盘问了我们,却非常礼貌,因为我们既有护照、又有钱。我的那套说辞,他们估计一个字都不信。虽然挺傻,但那情形倒跟上法庭差不多。合不合理没关系,只要法律上讲得过去,坚持到底就行,不必加以解释。我们有护照,又有钱,所以他们给了我们临时签证。

这种签证随时都可能被吊销。无论去哪儿,我们都得向警察报告。

我们想去哪儿就能去哪儿吗? 当然。那我们想去哪儿呢?

"凯,你想去哪儿?"

"蒙特勒。"

"那地方不错。"一名官员说,"我想,你们会喜欢那儿的。"

"洛卡尔诺这儿就挺不错,"另一名官员说,"你们肯定会很喜欢洛卡尔诺。洛卡尔诺是个迷人的地方。"

"我们想去有冬季运动的地方。"

"蒙特勒没有冬季运动。"

"不好意思,"另一名官员说,"我就来自蒙特勒。蒙特勒奥伯兰贝尔努瓦铁路沿线肯定有冬季运动。你否认这点是一个错误。"

"我没否认这点。我只是说蒙特勒没有冬季运动。"

"我质疑你,"另一名官员说,"我非常质疑你的表述。"

"我坚持我的表述。"

"那我坚持质疑你的表述。我自己就曾坐无舵雪橇[151]进入蒙特勒的街道。而且不止一次，是好几次。无舵雪橇当然是种冬季运动。"

另一名官员转向我。

"先生，你认为无舵雪橇是冬季运动吗？我跟你说，你在洛卡尔诺这儿会很舒服的。你会发现这里的气候有益健康，周围的景色也很迷人。你一定会非常喜欢这儿的。"

"这位先生已经表示想去蒙特勒了。"

"无舵雪橇是什么东西？"我问。

"你瞧，他都没听说过无舵雪橇！"

我这话对第二名官员意义重大，听得他非常高兴。

"无舵雪橇，"第一名官员说，"就是平底雪橇运动。"

"抱歉，"另一名官员摇摇头，"我又得提出异议了。平底雪橇跟无舵雪橇可大不相同。平底雪橇是在加拿大用木板条做的。无舵雪橇是装着滑板的普通雪橇。有必要准确一些。"

"我们不能滑平底雪橇吗？"我问。

"你们当然能滑平底雪橇，"第一位官员说，"你们完全可以滑得很棒。蒙特勒就有上好的加拿大平底雪橇出售。奥克斯兄弟就卖这种雪橇，他们的雪橇都是进口的。"

第二名官员转过脸去。"滑平底雪橇，"他说，"得有专门的滑雪道。你不能滑着平底雪橇去蒙特勒的大街吧。你们在这儿住哪？"

"不知道。"我说，"我们乘车从布里萨戈来。马车还在外面。"

"你们去蒙特勒一点儿都没错，"第一名官员说，"你会发现那里的气候非常棒，十分宜人。要想搞冬季运动，你们都不用跑

151　无舵雪橇，也称"单雪橇"，是比赛用的单人或双人仰卧雪橇。

多远。"

"你们要真想搞冬季运动，"第二名官员说，"就该去恩加丁或米伦。我必须反对有人建议你们去蒙特勒搞冬季运动。"

"蒙特勒北面的莱萨旺，就是可以搞各种冬季运动的绝佳之地。"蒙特勒的支持者目光炯炯地瞪着他的同事。

"先生们，"我说，"我们恐怕得走了。我表妹很累了。我们暂定去蒙特勒。"

"祝贺你。"第一名官员跟我握了握手。

"离开洛卡尔诺，你们一定会后悔的。"第二名官员说，"无论如何，到蒙特勒后，你们得去警察局报到。"

"跟警方打交道不会让你们有半分不快。"第一名官员向我保证，"你会发现，所有居民都非常客气、非常友好。"

"感谢二位，"我说，"非常感谢你们的建议。"

"再见，"凯瑟琳说，"非常感谢你们二位。"

他们躬身将我们送到门口，洛卡尔诺的支持者有些冷淡。我们走下台阶，上了马车。

"天哪，亲爱的，"凯瑟琳说，"我们能快点儿走吗？"其中一名官员推荐了一家旅馆。我把旅馆名字告诉车夫。他提起了缰绳。

"你现在已经把军队忘啦。"凯瑟琳说。那名士兵还站在马车旁。我给了他一张十里拉的钞票。"我还没有瑞士钞票。"我说。他向我道谢，敬了个礼便离开了。马车出发了。我们朝那家旅馆驶去。

"你怎么就挑中了蒙特勒？"我问凯瑟琳，"你真想去那儿吗？"

"我想到的第一个地方就是那儿，"她说，"那地方不错。我们可以在山里找个地方住。"

"你困吗？"

"我马上就能睡着。"

"我们会好好睡上一觉的。可怜的凯，你熬过了一个漫长又糟糕的夜晚。"

"我过得很愉快啊，"凯瑟琳说，"尤其是你撑着伞航行那会儿。"

"你感觉到我们已经在瑞士了吗？"

"没有。我就怕一觉醒来，这一切都不是真的。"

"我也怕。"

"亲爱的，这是真的，对吗？我不是刚刚在米兰车站下车，来给你送行的吧？"

"但愿不是。"

"别那么说。这话让我害怕。或许那就是我们要去的地方。"

"我太晕了，什么也不知道。"我说。

"让我瞧瞧你的手。"

我伸出手。两只手都起了水泡。

"我胁下可没有钉痕。"我说。

"别说这种渎圣的话。"

我觉得很累，脑袋昏昏沉沉的。兴奋劲儿全都没了。马车沿街行驶着。

"可怜的手。"凯瑟琳说。

"别碰，"我说，"老天作证，我真不知道我们到哪儿了。车夫，我们这是要上哪儿啊？"车夫勒住马。

"上大都会旅馆啊。您不想去那了？"

"去吧。"我说，"凯，没事了。"

"没事了，亲爱的。别心烦。我们好好地睡一觉，明天你就不会头晕了。"

"我晕得厉害，"我说，"今天真像演了出滑稽剧。或许，我就是饿了。"

"你只不过是累了，亲爱的。你会好起来的。"马车停在旅馆门口。有人出来帮我们拿包。

"我觉得没事了。"我说。我们沿着人行道，朝旅馆走去。

"我就知道你会没事的。你只是累了。你好久没睡觉了。"

"不管怎样，我们到了。"

"是啊，我们真的到了。"

我们跟着拎包的那个男孩，走进旅馆。

第五卷

第三十八章

那年秋天，雪下得很晚。我们住在一个棕色木屋里。木屋建在半山腰的一片松林间。夜里下了霜，早上，梳妆台上的两个水罐会结上一层薄冰。古丁根太太一大早就进屋来，关上窗子，在一个高高的瓷炉里生起火。松木烧得噼啪作响，冒出火花，不久便熊熊地燃烧起来。古丁根太太第二次进屋时，会带来烧火用的大块木头和一罐热水。等房间暖和起来，她就把早餐端进来。我们坐在床上吃饭时，可以望见湖和湖对岸法国境内的群山。山顶上积着雪，大湖则是灰蒙蒙的钢青色。

我们这座瑞士农舍前有条上山的小径。车辙和两边的棱线都被霜冻得像铁一样硬。小径一路往上，穿过森林，在山间绕来绕去，通向一片草地。那片草地靠着林边的几间谷仓和木屋，可以眺望山谷。山谷很深，谷底有条小溪。小溪向下流入湖中。风从山谷那边吹来时，可以听见岩石间淙淙的水声。

有时我们会离开那条小径，踏上松林间的小路。林间的地走起来软绵绵的，不像山路一样被寒霜冻硬。不过我们不在乎路硬不硬，靴子的脚掌和后跟都有钉子。钉子扎进被冻硬的车辙，走在山路上反倒舒服又带劲儿。不过在林间漫步，感觉也不错。

我们住的小屋前，有一座陡峭的高山骤然延伸到湖边的小平原。阳光下，我们坐在小屋门廊上，可以看见山坡这面蜿蜒而下的山路，以及较低的那面上一座座梯田状的葡萄园。现在是冬季，葡萄藤早已凋零。园里的田地用石墙隔开。园下是镇上的房屋，沿湖建在一片狭窄的平原上。湖中有座小岛。岛上有两棵树，看起来就像渔船上的双帆。湖另一边的群山陡峭险峻。大湖尽头，是夹在两片群山之间的罗纳河河谷平原。河谷上游被群山切断的地方，就是南牙山。那是一座俯瞰河谷的巍峨雪山，但因为离得太远，所以看不到山的阴影。

阳光明媚时，我们坐在门廊上吃午饭，其他时候我们都在楼上的小房间里吃。房间四面都是朴素的木墙，角落里有个大炉子。我们在镇上买来书和杂志，还买了一本《霍伊尔纸牌游戏书》，学会不少两人玩的纸牌游戏。这个带炉子的小房间就是我们的客厅。房间里有两把舒适的椅子，一张放书和杂志的桌子。收拾干净饭桌后，我们便在上面玩纸牌。古丁根夫妇住在楼下。我们晚上有时能听见他们说话。他们也生活得很幸福。古丁根先生是侍者领班，古丁根太太在同一家酒店当侍者。他们存钱买下了这个地方。两人的独子正在苏黎世一家酒店学习当侍者领班。楼下有个店堂，夫妻二人在那卖葡萄酒和啤酒。晚上，我们有时候会听见马车停在路边，接着就有人迈上台阶，到店里来喝酒。

客厅外的走廊上有一箱木头。我靠它让炉火保持不灭。不过我们不会熬夜到很晚。大卧室里，我们摸着黑上床。脱掉衣服后我打开窗，看看夜色、寒星和窗下的松树，然后用最快的速度爬上床。空气冷冽而清新，窗外夜色茫茫，这么躺在床上感觉真舒服。我们睡得很好。能让我半夜醒来的原因只有一个——换羽绒被。我动作十分轻柔，以免吵醒凯瑟琳。然后我便接着睡，身上既暖和，又因为薄被的轻盈而轻松不少。战争，似乎已经像别人大学里举行的足球赛那般遥远。但我从报纸上得知，因为还没下雪，所以山里还在打仗。

有时，我们会下山走去蒙特勒。有一条小径可以下山，但很陡。所以我们通常还是走大路，转到田野间那条又宽又硬的路，随后在葡萄园的石墙间穿行。再往下就沿着村里的房屋走。那儿有三个村子：切内克斯、方塔尼凡，还有一个名字我忘了。沿途我们会经过一个古老的方形石头城堡。城堡就建在山坡一侧的岩礁上，周围是呈梯田状分布的葡萄园。虽然每株葡萄藤都有小棍支撑，但现在都又干又黄。泥土在等待下雪。下方的大湖一平如镜，呈现出钢铁般的灰色。城堡下方那段下山的路有一段非常陡。走过那段路后右拐，便是直通蒙特勒的鹅卵石路，同样十分陡峭。

我们在蒙特勒谁都不认识。我们沿着湖边步行，看见天鹅，还有很多海鸥和燕鸥。人一走近，它们就尖叫着飞起来，一边飞，一边盯着下方的水面。湖上鸬鹚成群。那些鸬鹚又小又黑，游过湖面，拉出一道道水痕。

我们沿着城中的主街，边走边观赏各种店铺的橱窗。虽然很多大酒店都关门了，但大多数商店还在营业，人们也很乐意见到我们。城里有家不错的发廊，凯瑟琳总去那做头发。开发廊的女老板热情开朗，是我们在蒙特勒唯一认识的人。凯瑟琳去那儿时，我就上啤酒馆看报纸，喝慕尼黑啤酒。我看《晚邮报》[152]和巴黎来的英美报纸。所有广告都被抹掉了，据说是为了防止有人以这种方式跟敌军互通消息。报纸很难看。到处的情况都很糟糕。我靠坐在角落里，面前放着一大杯黑啤酒和一包椒盐卷饼。卷饼由光面纸包着。就着咸咸的卷饼喝啤酒，味道还不错。我一边吃喝，一边看报上的灾难新闻。我以为凯瑟琳会来，结果却没有。于是我把报纸挂回架子，付了啤酒钱上街去找她。天又黑又冷，一派冬日景象。就连房屋上的石头看起来都冷冰冰的。凯瑟

---

152 《晚邮报》，米兰的意大利语日报。

琳还在发廊。女老板正在给她烫头发。我坐在小隔间里观看。我看得很兴奋，凯瑟琳微笑着跟我说话。因为兴奋，我都有点儿口齿不清。发钳发出悦耳的咔哒声，我可以从三面镜子里看到凯瑟琳。我待在这个愉快又温暖的小隔间里。然后，女老板把凯瑟琳的头发梳了起来。凯瑟琳看了眼镜子，稍微调整了一下，抽掉几根饰针，插到别处，随后就站了起来。"抱歉，花了这么长时间。"

"先生非常感兴趣呢，是吗，先生？"女老板笑着问。

"是啊。"我说。

我们出门，走到街上。街上寒冷又萧条，还刮起了风。"噢，亲爱的，我真是太爱你了。"我说。

"我们过得很快乐，不是吗？"凯瑟琳说，"嘿，我们找个地方喝啤酒吧，别喝茶了。喝点儿酒对小凯瑟琳有好处，能让她一直小小的。"

"小凯瑟琳，"我说，"那个小懒虫。"

"她一直都挺乖，"凯瑟琳说，"很少烦人。医生说，啤酒对我有好处，能让她长得小一点。"

"你如果能让她一直都小小的，而她又是个男孩，将来或许能当赛马师。"

"我想，如果真要把这孩子生下来，我们应该结婚。"凯瑟琳说。我们坐在啤酒馆角落的桌旁。外面渐渐黑了。虽然时间还早，但天色已暗。黄昏又早早地来了。

"我们现在就去结婚。"我说。

"不，"凯瑟琳说，"现在太尴尬了。已经这么明显。现在这样子，当着谁的面结婚，我都不愿意。"

"真希望我们已经结过婚了。"

"结了婚或许会好点吧。但我们任何时候都能结婚，是吧，亲爱的？"

"不知道。"

"我只知道我不要以这副已婚妇女的形象结婚。"

"你哪里像已婚妇女了。"

"噢，我哪儿都像啊，亲爱的。理发师还问我这是不是我们的第一个孩子。我撒谎说不是，说我们已经有两个男孩和两个女孩。"

"我们什么时候结婚？"

"等我又变苗条了，任何时候都行。我们一定要举办一场盛大的婚礼，让每个人都看到这是对漂亮的年轻夫妇。"

"你不担忧吗？"

"亲爱的，我为什么要担忧？只有在米兰的那次感觉很糟糕。那时我觉得自己就像个妓女。不过我也就难受了七分钟。而且那是因为房间陈设的问题。难道我不是个好妻子吗？"

"你是个可爱的妻子。"

"那就不要太教条了，亲爱的。我一瘦下来，就立刻嫁给你。"

"好吧。"

"你觉得我应该再喝一杯吗？医生说我胯太窄，我们最好让小凯瑟琳长得小一点儿。"

"他还说什么了？"我有些担心。

"没什么。我的血压很棒，亲爱的。他对我的血压大加赞赏。"

"关于你的胯太窄，他还说了什么？"

"没了，什么也没说。他说我不能滑雪。"

"非常正确。"

"他说我要是之前都没滑过现在开始就来不及了。因为除非我不摔跤，才可以滑雪。"

"他真是个善良又幽默的家伙。"

"人的确不错。到时候，就让他来接生吧。"

"你有没有问他你该不该结婚？"

"没有。我告诉他我们已经结婚四年了。你瞧，亲爱的，要是嫁给你，我就是美国人啦。根据美国的法律，我们无论什么时候结婚，孩子都是合法的。"

"你从哪儿知道这个的？"

"从图书馆里的《纽约世界年鉴》读到的。"

"你真是个了不起的姑娘。"

"我很高兴成为美国人。我们一起去美国，好吗，亲爱的？我想去看看尼亚加拉大瀑布。"

"你是个好姑娘。"

"还有个地方我想去看看，却想不起叫什么名字了。"

"屠宰场？"

"不是。我想不起来了。"

"伍尔沃斯大厦？"

"不是。"

"大峡谷？"

"不是。但大峡谷我也想看看。"

"那你想看的到底是哪儿呢？"

"金门！我想看金门。金门在哪儿？"

"旧金山。"

"那我们就去那儿吧。我也想看看旧金山。"

"现在我们回山上去吧，好吗？我们还赶得上车上供餐吗？"

"五点过一点儿有班车。"

"好吧，那我再喝一杯啤酒。"

我们走出酒馆，沿街而行，爬上车站台阶。天气异常寒冷，一股冷风从罗纳河谷吹来。商店的橱窗亮着灯，我们爬上陡峭的石头台阶到上面的街，又爬过一段石阶才抵达车站。电气火车已经等在那，车里的灯全都亮着。有个显示开车时间的钟盘。指针指向五点十分。我看了眼车站里的钟。五点零五分。上车时我看见电车司机和售票员从车站的酒馆出来。我们坐下来，打开窗子。火车用电力供暖，很是憋闷，但有新鲜的冷风从窗外吹进来。

"你累了吗，凯?"我问。

"不，我感觉棒极了。"

"行程不长。"

"我喜欢坐这车，"她说，"别担心我了，亲爱的。我感觉很好。"

直到圣诞节的前三天才开始下雪。一天早晨我们醒来，就发现下雪了。炉子里的火烧得正旺。我们躺在床上，看雪花纷飞。古丁根太太拿走早餐盘，又往炉子里加了些木头。这是一场暴风雪，她说大概是午夜左右开始下的。我走到窗前向外张望，却连大路的对面都看不清。外面寒风呼啸，大雪纷飞。我走到床上。我们躺着聊起天来。

"真希望我能滑雪，"凯瑟琳说，"不能滑雪 简直糟透了。"

"我们找个长橇，到路上去滑吧。滑长橇跟坐车差不多。"

"不会颠得太厉害吧。"

"滑滑看就知道了。"

"希望别颠得太厉害。"

"待会儿我们就去雪地上走走。"

"午饭前去吧，"凯瑟琳说，"这样我们会有个好胃口。"

"我总是很饿。"

"我也是。"

我们走进雪里，积雪很厚，没法走太远。我走在前面，踩出一条通往车站的小路。抵达车站时，我们却已经走了很远。大雪纷飞，几乎什么也看不清。我们走进车站旁的小酒馆，拿扫帚扫掉彼此身上的雪，坐在一张长凳上，喝起苦艾酒来。

"真是场大风雪啊。"酒馆女招待说。

"是啊。"

"今年雪下得晚。"

"是啊。"

"我能吃个巧克力棒吗？"凯瑟琳问，"是不是离午饭时间太近了？我总是很饿。"

"吃吧。"我说。

"我要一根榛子巧克力棒。"凯瑟琳说。

"榛子巧克力很棒，"女招待说，"我最喜欢吃这种口味。"

"我再来杯苦艾酒。"

等我们出了小酒馆往回走时，刚才踩出的小径已被大雪覆盖，只剩淡淡的钉痕。雪直往脸上扑，我们几乎什么也看不见。我们掸掉身上的雪，进屋吃午饭。古丁根先生端来了饭。

"明天可以滑雪，"他说，"你滑雪吗，亨利先生？"

"我不会，但我想学。"

"很容易就学会了。我儿子要回来过圣诞节，他会教你的。"

"太好了。他什么时候回来？"

"明天晚上。"

午饭后，我们坐在小房间的炉子旁，看着窗外纷飞的大雪。凯瑟琳说："亲爱的，你不想一个人去哪儿转转，和男人们滑滑雪吗？"

"不想。我为什么要去？"

"我想，除了我，你或许有时候也想见见其他人。"

"不想。"

"我也不想。"

"我知道。但你不同。我怀着孩子，就算什么也不做都很满足。而且我知道我现在不光很笨，还很唠叨。我想你应该出去走走，才不会厌烦我。"

"你想让我走开吗？"

"不想。我想让你留下来。"

"我正想待着不走呢。"

"过来这边，"她说，"我想摸摸你头上那个包。那可是个大包。"她用手指摸了摸。"亲爱的，你想留胡子吗？"

"你想让我留吗？"

"那会很有趣。我想看你留胡子的样子。"

"好吧，我这就留。从这一刻就开始留。这真是个好主意。这下，我总算有点儿事情可做了。"

"你在愁无事可做吗？"

"不。我喜欢这种生活，我过得很开心。你不也是吗？"

"我也过得很开心。但我怕现在肚子大了，可能会惹你厌烦。"

"噢，凯，你不知道，我爱你爱得都快发疯了。"

"爱这样子的我？"

"就爱这样子的你。我很幸福。我们都很幸福，不是吗？"

"嗯，但我想，或许你静不下来。"

"不。有时候我确实想知道前线和朋友们的消息，但我并不担心。我什么事都不多想。"

"你想知道谁的情况？"

"里纳尔迪、牧师、还有很多我认识的人。但我也没怎么想他们。我不愿想起战争。我跟它已经没有关系了。"

"你现在在想什么？"

"什么也没想。"

"不，你在想。快告诉我。"

"我在想，里纳尔迪到底染上梅毒没有。"

"没想别的了？"

"没有。"

"他染上梅毒了吗？"

"不知道。"

"我很高兴你没染上。你得过类似的病吗？"

"我得过淋病。"

"噢，这我可不爱听。那病疼吗，亲爱的？"

"很疼。"

"真希望我也得过。"

"别胡说，你才不会得。"

"我想得。我希望能跟你一样，也得一次。我希望，你睡过的妞儿我也睡过，这样我就可以拿她们来笑话你了。"

"那样的话，场面可就好看了。"

"染上淋病，可不是什么好看的场面。"

"我知道。你瞧，现在下雪了。"

"我更想看着你。亲爱的，你为什么不把头发留起来。"

"怎么留？"

"再留长一点。"

"现在已经够长了。"

"不，再留长一点。我把我的头发剪短，我们的发型就一样了，只是一个金发，一个黑发。"

"我不会让你剪头发的。"

"很好玩啊。我厌倦长发啦。夜里躺在床上，长发真是讨厌极了。"

"我喜欢长发。"

"短发你就不喜欢吗？"

"或许也会喜欢吧。现在这样子我就喜欢。"

"短点或许更好。我们就一样了。噢，亲爱的，我太需要你了，真希望我就是你。"

"你已经是我了。我们就是一个人。"

"我知道。夜里，我们就是一个人。"

"夜晚真美妙。"

"我希望我们的一切都融为一体。我不想让你走。不，我只是说说罢了。你要走，就走吧。不过要快点回来。因为亲爱的，如果不跟你在一起，我连活着都没劲。"

"我不会走的，"我说，"你如果不在，我也好不了。我再也没有别的生活了。"

"我希望你有生活，幸福的生活。但我们可以一起拥有，不是吗？"

"现在，你希望我继续留胡子，还是不留胡子呢？"

"留吧，继续留。那多让人兴奋呐。或许到新年时就留好了。"

"现在你想下棋吗？"

"我想跟你玩儿。"

"不，我们下棋吧。"

"下完之后我们再玩儿？"

"嗯。"

"那好吧。"

我拿出棋盘，摆好棋子。外面，雪依然下得很大。

有一次夜里醒来时，我发现凯瑟琳也醒着。月光洒在窗户上，窗框在床上投下暗影。

"亲爱的，你醒着吗？"

"嗯。你睡不着吗？"

"我刚醒。想起第一次见你，那时候我都快疯了。你还记得吗？"

"只有一点儿疯。"

"我再也不会那样了。我现在棒极了。你说'棒极了'的时候很好听。你快说'棒极了'。"

"棒极了。"

"噢，你真贴心。我现在已经不疯了。我只觉得非常、非常幸福。"

"继续睡吧。"我说。

"好。我们一起睡。"

"好。"

但我们并没有一起睡着。我醒了好长时间，一边想事情，一边看着凯瑟琳睡觉。月光照在她的脸上。后来，我也睡着了。

第三十九章

到一月中旬，我的胡子留起来了。冬日的天气也稳定下来，明亮寒冷的白天，天寒地冻的夜晚。我们又可以在路上走了。运草和木材的雪橇，以及从山上拖下来的木头把积雪压得结实又平整。积雪不仅覆盖了整片乡野，还一路往下，几乎盖到蒙特勒去。湖对岸的群山一片雪白，罗纳河河谷的平原也被大雪覆盖。我们到山的另一边远足，一直走到阿里亚兹温泉。凯瑟琳穿着钉靴，披着披肩，还拿了一根带钢尖头的手杖。披着披肩，她看起来一点儿也不臃肿。我们走得不快，她一觉得累，我们就坐在路边的木头堆上休息。

阿里亚兹温泉的树林里有家小酒馆。樵夫们在那儿歇脚喝酒。我们也坐进去，一边烤着炉火，一边喝着热气腾腾、放了香料和柠檬的红葡萄酒。人们管这种酒叫"香料酒"，通常是暖身子和搞庆祝时喝。小酒馆里很暗，烟雾弥漫。后来出门一吸气，冷空气骤然吸进肺里，几乎把鼻子都冻麻了。我们回头看了眼小酒馆，窗户里透出灯光。屋外樵夫的马为了取暖，又是跺脚又是甩头。马的口鼻和鬃毛上都结了霜，喷出的气息，也在空中凝成片片羽毛般的白气。上山回家的路在开始是平整光滑的。然后脚下的冰雪因为马走过而变成了橙黄色，这条橙黄色的路一直延伸到用来拖木料的小道转弯处。随后便是铺着洁净白雪的山路。我们在树林间穿行，回家途中，两次见到了狐狸。

这是一片美丽的乡野。每次出门，我们都觉得很有意思。

"你现在的胡子真好看，"凯瑟琳说，"简直跟樵夫们的一样啦。你看见那个戴着小金耳环的男人了吗？"

"他是个打小羚羊的猎手，"我说，"他们说耳环能让他们听得更清楚，所以才会戴那玩意儿。"

"真的吗？我不相信。我觉得他们之所以戴耳环，是为了让别人知道他们是狩猎小羚羊的。这儿附近有小羚羊吗？"

"嗯，雅曼山那头就有。"

"看见狐狸真好玩。"

"狐狸睡觉时，为了保暖，会用尾巴裹住身体。"

"那种感觉一定很美妙。"

"我一直想要一条那样的尾巴。我们要是有狐狸那样的尾巴，不是很有趣吗？"

"那穿衣服估计就麻烦了。"

"我们可以定做，或者去一个无论干什么，别人都无所谓的国家生活。"

"我们现在生活的国家，不就做什么都无所谓吗。我们什么人也不见，是不是挺好的？亲爱的，你不想见人，对吧？"

"不想。"

"我们要在这儿坐会儿吗？我有点累了。"

我们依偎着坐在那堆木头上。前方的小路穿过森林，往下延伸。

"她不会影响我们之间的关系，对吧？那个小淘气。"

"不会，我们不会给她这个机会的。"

"我们还有多少钱？"

"还有很多。他们承兑了我最近的那张即期汇票。"

"知道你在瑞士，你的家人不会设法联系你吗？"

"可能会吧。我给他们写封信。"

"你还没写过吗？"

"没有。只开了张即期汇票。"

"谢天谢地，我不是你的家人。"

"我会给他们发个电报的。"

"你一点儿都不关心他们吗？"

"以前关心。但因为吵了太多次架，感情渐渐淡了。"

"我想我会喜欢他们的。我可能会非常喜欢他们。"

"我们别聊他们了，不然我要开始担心他们了。"过了一会儿，我说，"你要是休息好了，我们就继续走吧。"

"我休息好了。"

我们沿着小路继续走。天已经黑了，靴底的雪咯吱作响。夜里又干又冷，澄澈清静。

"我真喜欢你的胡子，"凯瑟琳说，"留得太成功了。看起来又硬又尖，其实却很软，很讨人喜欢。"

"你更喜欢我留胡子的样子？"

"是的。你知道吗，亲爱的，等小凯瑟琳出生后我就去剪头发。现在我看起来又臃肿，又像已婚妇女。但她出生了我就又苗条了。到时候，我就去剪头发，为你变成一个全新的好女人。我们一起去剪。不对，还是我一个人去吧，回来时好给你一个惊喜。"

我什么也没说。

"你不会说不能剪的，对吧？"

"不会。我想，那一定很激动人心。"

"噢，你真可爱。亲爱的，我应该会好看起来的。我会变得又苗条又讨人喜欢，一定会让你重新爱上我。"

"见鬼，"我说，"我已经够爱你的了。你还想怎样？毁掉我吗？"

"嗯，我想毁掉你。"

"很好，"我说，"也正是我想要做的。"

第四十章

我们幸福地过完了一月和二月。那年冬天气候很好，有时会吹来暖风。短时间内，冰雪消融，空气中都有了春天的气息。不过凛冽的寒意总会再度来袭，冬天便又回来了。直到三月，寒冬才有了一丝破裂的痕迹。夜里下起了雨。到第二天上午雨还是下个不停，雪化成了雪水，把整片山坡都弄得暗淡阴沉。湖面和山谷上层云密布。高山上也在下雨。凯瑟琳穿着笨重的套鞋，我穿着古丁根先生的长筒雨靴。融化的雪和流水把路上的冰冲得干干净净。我们撑着伞，踏着水走向车站。午饭前，我们在一间酒吧停下来，喝了杯苦艾酒。我们听见外面的雨声。

"你觉得，我们应该搬进城里吗？"

"你觉得呢？"凯瑟琳问。

"冬天过去了要是还一直不停地下雨，住在山上就没什么意思了。小凯瑟琳还有多久出生？"

"大约一个月。也可能更长一点儿。"

"我们或许可以搬下山，住到蒙特勒来。"

"干吗不去洛桑？医院就在那儿。"

"好吧。不过我觉得那个城市也许太大。"

"即便到了大一点儿的城市，我们也可以独自生活啊。洛桑或许还不错。"

"我们什么时候去？"

"无所谓。亲爱的，你想哪天去都行。如果你不想离开这儿，那我也不想。"

"那我们看看天气再说吧。"

一连下了三天雨。车站下面那些山坡上的雪都化了，路上全是一股股泥泞的雪水。地上太湿，也太泥泞，根本无法外出。就在下雨的第三天早晨，我们决定搬到山下的城里。

"没关系，亨利先生，"古丁根说，"您用不着事先通知我。现在天气这么糟，我也认为你们不会继续待下去的。"

"无论如何，因为夫人的缘故，我们也总得住到医院附近去。"我说。

"我理解，"他说，"将来你们会带着小家伙回来住住吗？"

"会，如果你们有空房间的话。"

"春天天气好的时候，你们再来享受一下美景吧。小家伙和保姆可以住楼下的大房间。现在那个房间是锁着的。您和夫人还住现在这个，可以看见湖景。"

"我来之前会写信的。"我说。我们收拾好行李，乘午饭后的那班车走。古丁根夫妇送我们到车站。路上到处都是泥泞的雪水，古丁根先生还用雪橇帮我们拖行李。雨中，他们站在车站旁，冲我们挥手道别。

"他们真好。"凯瑟琳说。

"他们待我们很好。"

我们坐上了从蒙特勒开往洛桑的火车。透过车窗遥望我们住过的地方，那些山却都被云遮住了。火车在沃韦停了停，然后又往前开，先经过湖的一边，又经过另一边。另一边的湖岸满是湿淋淋的褐色田野、光秃秃的树木和湿漉漉的房屋。我们抵达洛桑后，住进了一家中型旅馆。天还在下雨，我们坐着马车穿过大街，从车辆入口处驶进旅馆。门房的翻领上别着铜钥匙徽章，酒店里有电梯，地板上铺着地毯，白色洗脸盆的水龙头闪闪发光。

房间又大又舒适，里面还有黄铜架子的床。在古丁根家住过之后，这一切都显得奢侈极了。房间的窗户面朝一个湿漉漉的花园。花园有围墙，墙头装着铁栅栏。街道很陡，街对面的那家旅馆也有同样的围墙和花园。我望向窗外，看见雨正落到花园的喷泉里。

凯瑟琳开了所有灯，开始拆行李。我点了杯威士忌苏打[153]，躺在床上看从车站买来的报纸。这时是1918年3月，德军已经在法国发动进攻。我边喝威士忌苏打边看报，凯瑟琳则整理行李，在屋里走来走去。

"亲爱的，你知道我还要买什么吗？"

"什么？"

"婴儿衣服。到我这时候还没准备婴儿用品的人可不多。"

"你可以去买啊。"

"我知道。我明天就去买。我得先看看需要买什么。"

"你应该知道。你是护士呀。"

"但医院里几乎没有士兵生孩子呀。"

"我要生。"

她扔了个枕头打我，把我的威士忌苏打弄洒了。

"我再给你点一杯，"她说，"对不起，弄洒了你的酒。"

"本来就没剩多少了。到床上来。"

"不，我得努力把这房间收拾像样。"

"像什么样？"

"像我们的家。"

"干脆把协约国的旗帜也挂上吧。"

153　威士忌苏打，一种鸡尾酒。

"噢，闭嘴！"

"再说一遍。"

"闭嘴。"

"你说得那么小心，"我说，"生怕得罪人似的。"

"我没有。"

"那就到床上来吧。"

"好吧。"她走过来，坐到床上，"亲爱的，我知道你觉得我没意思了。我就像个大面粉桶。"

"不，你没有。你美丽又可爱。"

"我只是你娶回家的丑八怪。"

"你才不是。你一直都越来越漂亮。"

"但亲爱的，我会瘦回去的。"

"你现在就很瘦。"

"你喝醉了吧。"

"就喝了杯威士忌苏打。"

"另一杯马上就来了，"她说，"然后我们把晚饭点上来，好吗？"

"好的。"

"那我们不出去了，好吗？今晚我们就待在这儿。"

"就待在这儿。"我说。

"我要喝点葡萄酒，"凯瑟琳说，"对我没有坏处。或许，我们可以喝点儿以前常喝的卡普里白葡萄酒。"

"嗯，可以。"我说，"这种规模的旅馆，一定有意大利葡萄酒。"

侍者敲了敲门。他端着盘子进来了。盘里有杯加了冰的威士忌，杯子旁是一小瓶苏打水。

"谢谢，"我说，"放在那儿就行了。请送两个人的晚餐上来，再来两瓶冰镇干卡普里白葡萄酒。"

"晚餐前要先来份汤吗？"

"凯，你要汤吗？"

"好的，谢谢。"

"来一份汤吧。"

"谢谢您，先生。"他走出房间，带上门。我继续看报，了解战事，并把苏打水慢慢倒进加了冰块的威士忌中。我应该跟他们说别把冰块放在威士忌里，应该分开放，那样才知道到底有多少威士忌，免得苏打水一倒进去突然就发现酒味淡了。我应该叫一整瓶威士忌，然后再让他们拿冰块和苏打水。那才是明智的做法。好的威士忌喝起来非常愉快，简直是人生一大享受。

"亲爱的，你在想什么？"

"想威士忌。"

"威士忌怎么了？"

"想它有多好。"

凯瑟琳做了个鬼脸。"好吧。"她说。

我们在那家旅馆住了三个星期。感觉还不错。餐厅通常都是空的。我们经常在房间里吃晚饭。我们去城里散步，乘齿轮小火车到乌希，沿着湖边漫步。天气相当暖和，就像春天一样。真想回山上去住。可春天般的气候只持续了几天，湿冷的寒冬便又回来了。

凯瑟琳进城买回了孩子需要的东西。我去了拱廊市场的一家健身房练拳击。我通常早上去，那时凯瑟琳还在睡着，很晚才会起来。乍暖还寒的那几天，我过得非常惬意。练完拳击后冲个澡，然后在街上一边走，一边闻着春天的气息。接着找间咖啡馆歇歇脚，看看人，读读报，喝杯苦艾酒。然后回旅馆，跟凯瑟琳一起吃午饭。健身房教拳击的教练留着小胡子，拳法精准，招式利落，但若真被人追着打，很快就全线溃败了。健身房空气清新，光线明亮。我练得相当卖力，跳绳、作空拳攻防练习、躺在地板上做腹部练习。阳光透过打开的窗户落到我身上。偶尔和教练对打时，我也会吓吓他。起初我无法对着那面又长又窄的镜子做空拳攻防练习，因为看着一个留胡子的人打拳真不习惯。最后我开始觉得很好玩。开始练拳的时候我想剃掉胡子，但凯瑟琳不同意。

有时凯瑟琳和我会乘马车去乡间兜风。天气好的时候出去兜兜风还是挺愉快的。我们找到两个外出时可以吃饭的好地方。现在，凯瑟琳已经不能走太远的路，我喜欢陪她坐车到乡间游逛。天气好的时侯我们总是玩得很开心，从没败过兴。我们知道孩子就快出生了。这给我们一种感觉，好像有什么在催促着我们，不要浪费任何两人共处的时间。

第四十一章

一天早晨，我在三点左右醒来，听见凯瑟琳在床上翻来覆去。

"凯，你没事吧？"

"亲爱的，我有点儿疼。"

"有规律的疼吗？"

"不，不是太有规律。"

"要是有规律的话，我们就得去医院了。"

我困得厉害，又睡着了。过了一会儿，我又醒了。

"或许，你最好还是给医生打个电话吧，"凯瑟琳说，"我想，这次也许是真的了。"

我打电话找医生。"多久疼一次？"他问。

"凯，多久疼一次？"

"我想，应该是十五分钟一次吧。"

"那该上医院了，"医生说，"我穿好衣服，马上也去。"

我挂断电话，又给车站旁的车行打电话，叫一辆出租车来。好半天都没人接电话。终于，总算有人接了，答应马上派一辆来。凯瑟琳正在穿衣服。包已经收拾好，里面放着她住院的东西和婴儿用品。我站在外面走廊上按铃叫电梯。没人回应。我下了楼。除了守夜人，楼下一个人也没有。我坐电梯上去，把凯瑟琳的包提进电梯，她走进电梯，我们一同下了楼。守夜人替我们打开门，台阶下就是车道。我们坐在台阶旁的石板上等出租车。凯瑟琳非常兴奋。

"开始发作了，我真高兴。"她说，"再过一会儿，一切就结束了。"

"你是个勇敢的好姑娘。"

"我不怕。但我还是希望出租车快点儿来。"

我们听见车从街上开来的声音，看见了车前灯。车拐进车道，我扶凯瑟琳上了车，司机把包放在了前座上。

"去医院。"我说。

我们驶出车道，开始上山。

到了医院，我们走进去，我拎着包。桌旁的一个女人在本子上写下了凯瑟琳的姓名、年龄、地址、亲属和宗教信仰。凯瑟琳说她不信教，那女人就在那一栏里画了一条杠。凯瑟琳报的姓名是凯瑟琳·亨利。

"我带你上去你的房间。"她说。我们乘电梯上楼。那女人停下电梯，领着我们出去，走过一条走廊。凯瑟琳紧紧抓住我的胳膊。

"就是这间，"那女人说，"请脱掉衣服上床，好吗？这儿有件睡衣，是给你穿的。"

"我有睡衣。"凯瑟琳说。

"你最好还是穿这件。"那女人说。

我走出房间，坐在走廊的椅子上。

"你现在可以进来了。"那女人站在门口说。凯瑟琳躺在狭窄的床上，身上的睡衣颜色朴素，样式老旧，就像用粗布床单做的。她冲我笑了笑。

"我现在疼得厉害了。"她说。那女人抬起她的手腕，看着表计算阵痛的时间。

"刚才那下好疼。"凯瑟琳说。这点我从她脸上也看出来了。

"医生呢？"我问那个女人。

"正躺着睡觉呢。需要他的时候，他自然会来。"

"现在，我得替夫人做点事儿了。"护士说，"请你再出去一下好吗？"

我来到走廊。这条走廊空荡荡的，只有两扇窗户。其他房间的门都关着。空气中有医院的味道。我坐在椅子上，盯着地板，为凯瑟琳祈祷。

"你可以进来了。"护士说。我走了进去。

"你好，亲爱的。"凯瑟琳说。

"怎么样？"

"现在疼得更频繁了。"她的脸皱成一团。然后她笑了笑。

"刚才那下真疼。护士，你能不能再把手放到我背上？"

"如果能对你有帮助，当然可以。"护士说。

"亲爱的，你出去吧，"凯瑟琳说，"出去吃点儿东西。护士说，我可能还要这样疼很久。"

"头胎通常都得拖很久。"护士说。

"请出去吃点东西吧，"凯瑟琳说，"我很好，真的。"

"我再待一会儿。"

阵痛已经来得相当规律，疼过之后又缓和下来。凯瑟琳非常兴奋。疼得厉害时，她大喊疼得好。阵痛一减轻，她就觉得失望和羞耻。

"亲爱的，你出去吧，"她说，"你在这儿反而让我难为情。"她的脸又绷了起来。"来了。这次好点儿。我多想做个好妻子，顺利生下这孩子，不犯一点儿傻。亲爱的，请你出去吃点早饭吧，吃完再回来。我不会想你的。护士对我好极了。"

"你有大把时间吃早饭。"护士说。

"那我去了。再见，亲爱的。"

"再见，"凯瑟琳说，"也替我好好吃一顿早饭。"

"哪儿可以吃早饭？"我问那名护士。

"顺着这条街往前走，广场上就有家咖啡馆，"她说，"现在应该已经开门了。"

外面，天渐渐凉了。我沿着空无一人的大街，朝咖啡馆走去。店里有灯光。我走进去，坐在锌制的吧台旁。一个老头给了我一杯白葡萄酒和奶油鸡蛋卷。奶油鸡蛋卷是昨天的。我蘸着酒把它吃掉了，然后又喝了一杯咖啡。

"你这么早在做什么？"老头问。

"我妻子在医院里生孩子。"

"原来如此。祝你好运。"

"再给我一杯酒吧。"

他又从瓶里倒了一杯。倒的时候还洒了一些在锌制吧台上。我喝完这杯酒，付了账，便出去了。外面，街边的每户人家门口都摆着一个垃圾桶，等着收垃圾的来清理。一条狗冲着其中一个垃圾桶嗅个不停。

"你想找什么？"我边问，边朝垃圾桶里瞧了瞧，看能替它弄些什么东西出来。面上只有咖啡渣、灰尘和几朵枯萎了的花。

"狗儿，这里什么都没有啊。"我说。狗跑到街对面去了。我回到医院，顺着楼梯爬到凯瑟琳所在的那层，穿过走廊，来到她的房间。我敲了敲门。没人回应。我推开门。房间里空无一人，只有凯瑟琳的包还放在椅子上。而她的睡衣挂在墙上的挂钩上。我走出房间，沿着走廊找人。我找到一名护士。

"亨利夫人在哪儿？"

"有位夫人刚刚进了产房。"

"产房在哪儿?"

"我带你去。"

她把我领到走廊尽头。那个房间的门半开着。我看见凯瑟琳躺在一张台子上,身上盖了条被单。护士站在台子一边,医生站在另一边。医生旁边有些圆桶。医生一只手里拿着个带管子的橡皮面罩。

"我给你拿件罩衣,你可以进去,"护士说,"请过来吧。"

她替我套上一件白罩衣,用一个安全别针别在颈后。

"现在你可以进去了。"她说。我走了进去。

"你好,亲爱的,"凯瑟琳说,"我没什么进展。"

"你是亨利先生?"医生问。

"嗯,医生,情况怎么样?"

"情况很好,"医生说,"我们到这儿来,是为了方便在阵痛时上麻醉气。"

"我现在就要。"凯瑟琳说。医生替她罩上橡皮面罩,转动了刻度盘。我看着凯瑟琳急促地深呼吸了一会儿,推开面罩。医生关掉旋塞。

"这次并不是很疼。刚才有一次才疼得厉害。医生的麻醉气让我完全失去了知觉,是吧,医生?"她的声音很奇怪。说到"医生"二字时,还提高了声调。

"我又想要了。"凯瑟琳说。她把橡皮面罩紧紧按在脸上,急促地呼吸着。我听见她呻吟了一下。然后,她推开面罩,笑了。

"这次疼得厉害,"她说,"真厉害。亲爱的,别担心。你出去吧。再吃顿早饭。"

"我要待在这儿。"我说。

我们凌晨三点左右到的医院。中午,凯瑟琳还在产房。阵痛再次缓和下来。这会儿，她看上去又疲惫、又憔悴，但仍旧很高兴。

"亲爱的，我真没用，"她说，"真对不起。我本以为很容易就能生下来。现在——又来了——"她伸手抓过面罩，扣在脸上。医生转动刻度盘，一直看着她。过了一会儿，疼痛过去了。

"这次不是很疼。"凯瑟琳说。她笑了笑。"我真是迷上麻醉气了。它太棒啦。"

"以后，我们也弄点儿回家。"我说。

"又来了。"凯瑟琳急促地说。医生转动刻度盘，看了看手表。

"现在间隔多长时间？"我问。

"一分钟左右。"

"你不想吃午饭吗？"

"我过会儿去吃。"他说。

"你必须要吃点儿东西，医生，"凯瑟琳说，"真抱歉，我拖了这么久。不能让我丈夫给我上麻醉气吗？"

"如果你愿意的话，"医生说，"把刻度拨到二。"

"我明白了。"我说。刻度盘上有个带手把的指示器。

"我现在想要。"凯瑟琳说。她把面罩紧紧捂在脸上。我把刻度盘拨到二。凯瑟琳一放下面罩，我就关掉了旋塞。医生能让我做点儿事真是太好了。

"亲爱的，是你上的吗？"凯瑟琳抚摸着我的手腕问。

"当然。"

"你真可爱。"吸了麻醉气，她有些晕乎乎的。

"我在隔壁房间端个盘子吃点儿，"医生说，"你随时叫我都行。"就这样，我看着他吃饭。过了一会儿，我看见他躺下来，抽起了烟。凯瑟琳已经疲惫不堪。

"你觉得，我还能把这个孩子生下来吗？"她问。

"能，当然能。"

"我已经竭尽全力。我使劲推，可它就是跑开了。又来了。快把面罩给我。"

两点，我出去吃午饭。咖啡馆里坐着几个人。桌上放着一杯杯樱桃白兰地和渣酿白兰地。我在一张桌边坐了下来。"有吃的吗？"我问侍者。

"午饭时间已经过了。"

"没有什么是全天供应的吗？"

"你可以来点儿酸菜炖肉。"

"那就它和啤酒吧。"

"半杯还是一杯？"

"半杯低度的吧。"

侍者端来一盘酸菜炖肉。酸菜上有片火腿，还有一根埋在酸白菜里的香肠。白菜是浸过热葡萄酒的。我饿极了，边吃边喝啤酒。我打量着这些咖啡馆里的人们。有一桌人在玩牌。我旁边桌的那两人一边抽烟，一边聊天。咖啡馆里烟雾弥漫。在我刚才吃过早饭的锌制吧台后，这会儿已经有三个人了：那个老头、一个身穿黑色连衣裙，坐在柜台后负责点餐记录的胖女人，还有一个围着围裙的伙计。我心想，不知道那女人已经生过多少孩子，又是怎么生下来的。

吃完午饭后，我回到医院。街上已经全都打扫干净，各家门口的垃圾桶也不见了。虽然是多云的天气，太阳却在努力地冲出来。

我乘电梯上楼，出了电梯顺着走廊，朝凯瑟琳的房间走去。我把白罩衣留在那了。我穿上罩衣，别好颈后的别针。我看了眼镜子，觉得自己就像个留着胡子的冒牌医生。我沿着走廊，朝产房走去。门关着，我瞧了瞧。没人回应。我转动把手，走了进去。医生坐在凯瑟琳旁边。护士正在房间另一头忙着什么。

"你丈夫来了。"医生说。

"噢，亲爱的，我真是碰到一个最棒的医生，"凯瑟琳用一种很奇怪的声音说，"他一直在给我讲最奇妙的故事。疼得厉害时，他还能让我完全失去知觉。医生，你真是棒极了。"

"你醉了。"我说。

"我知道，"凯瑟琳说，"但你不该说出来。"接着，又是"给我，快给我。"她紧紧抓着面罩，呼吸短促而深沉。那副气喘吁吁的模样，弄得面罩咔哒作响。然后，她长吁一口气，医生伸出左手，拿走了面罩。

"这次真疼。"凯瑟琳说，她的声音非常奇怪，"亲爱的，我现在不会死。我已经闯过了生死关头，不会死的。你不高兴吗？"

"你可别再闯到那去了。"

"不会的。不过我也不怕死。亲爱的，我不会死的。"

"你不会做这种傻事的，"医生说，"你不会扔下你丈夫死掉的。"

"噢，不会。我不会死。我不会死。死掉就太傻了。又来了。快给我。"

过了一会儿，医生说："亨利先生，你得出去了。就一会儿，我要做个检查。"

"他想看看我怎么样了，"凯瑟琳说，"亲爱的，你待会儿再回来吧。可以吗，医生？"

"可以，"医生说，"可以的时候，我会派人叫他回来的。"

我出了门，沿着走廊，走到凯瑟琳产后要待的房间。我坐在椅子上，打量这个房间。外套口袋里有报纸，是我刚才出去吃午饭时买的。我读了起来。外面，天渐渐黑了。我打开灯，继续读。过了一会儿，我放下报纸，关掉灯，看着外面渐渐变黑。不知道为什么医生没派人来叫我。或许我不在场更好吧。他可能想让我走开一会儿。我看了看表。无论如何，要是十分钟之内他还不派人来叫我。我就自己去看看。

可怜的凯，我亲爱的凯。这就是你要为同床共枕所付出的代价吗。这就是踏入陷阱的下场。这就是人们相爱的结果。感谢上帝，至少还有麻醉气。在没有麻药之前，真不知道是怎么过来的。阵痛一开始，她们就像陷入了磨坊的转轮里。凯瑟琳怀孕期间还挺顺利，情况很不错，几乎连孕吐都没有。直到最后阶段她才有如此痛苦的感觉。可现在，到了最后的关头，她还是逃不了。谁都逃不过。绝对逃不过！就算我们结五十次婚，结果还是一样。万一她死了怎么办？她不会死的。如今没有人会因为生孩子丢掉性命。所有丈夫都这么想。没错，可万一她死了怎么办？她就是要吃些苦头罢了。头胎通常都会拖得久一点。她只是要吃些苦头罢了。等到事后说起当时的艰难，凯瑟琳肯定会说其实也没那么糟。不过，万一她死了呢？她不能死。没错，可万一她死了呢？她不能死，我告诉你。别傻了。只不过是受会儿罪罢了。只不过是自然在让她受罪。这是头胎，通常都要拖很久。没错，可万一她死了呢？她不能死。她为什么要死？她有什么理由死？只不过是生个孩子罢了，那只是在米兰的夜里作乐的副产品。孩子先是带来麻烦，然后出生，接着由你抚养。说不定，你还会喜欢上他。可万一她死了呢？她不会死的。可万一她死了呢？她不会的。她会没事的。可万一她死了呢？她不能死。可万一她死了怎么办？嘿，听起来怎么样？万一她就是要死了？

医生走进房间。

"医生，进展得如何了？"

"没进展。"他说。

"这话是什么意思？"

"就是这个意思。我已经做了检查——"他把检查结果详细描述了一番。"从那会儿起，我就开始观察。等来等去，就是没有动静。"

"你看该怎么办？"

"两个办法。要么下高位产钳，要么做剖腹产。下产钳可能会撕裂，相当危险，也可能对孩子非常不利。"

"剖腹产有什么危险？"万一她死了怎么办！

"不会比自然分娩更危险。"

"你亲自做吗？"

"嗯。我可能需要一小时准备手术用具，还要找几个助手。或许，也用不了一小时。"

"你觉得怎样比较好。"

"我建议剖腹产。要是我太太，我也会做剖腹产手术的。"

"手术后会有什么影响吗？"

"没有。只是会留疤。"

"会感染吗？"

"没有下高位产钳危险。"

"要是就这么下去，不动手术呢？"

"最终还是得想个办法。亨利太太已经消耗了大量体力。越早动手术越安全。"

"那就趁早手术吧。"我说。

"我去交代一下。"

我走进产房。护士陪着凯瑟琳。凯瑟琳平躺在台子上，面色苍白，疲惫不堪，被单下的肚子拱得高高的。

　　"你跟他说可以做手术了吗？"她问。

　　"嗯。"

　　"太好了。现在，还有一个小时就结束了。亲爱的，我真是快不行了。我简直要崩溃了。请再给我点儿那个。不管用了，唉，它不管用了。"

　　"深呼吸。"

　　"我在深呼吸。唉，不管用了，不管用了。"

　　"再拿一筒来。"我对护士说。

　　"这筒就是刚换的。"

　　"亲爱的，我真是个笨蛋，"凯瑟琳说，"但那东西再也不管用了。"她哭了起来。"噢，我多想顺顺利利地生下孩子，别惹麻烦。现在我却完了，崩溃了，那东西不管用了。噢，亲爱的，一点儿也不管用了。只要能止痛，就算要我死我也不在乎了。噢，求求你，亲爱的，快让它停下来。又来了，噢噢噢！"她在面罩下啜泣。"不管用了。不管用了。亲爱的，别管我。求你别哭。别管我。可怜的宝贝，我就是崩溃了而已。我多爱你啊，我要再好起来。这次，我一定会好起来。他们不能再给我点儿什么吗？再给我点儿什么吧。"

　　"我会让它有用的。我把它开到底。"

　　"快，马上给我。"

　　我把刻度盘转到底。她用力深呼吸，抓住面罩的那只手放松下来。我关掉麻醉气，拿起面罩。她苏醒过来，仿佛刚从很远的地方回来。

　　"亲爱的，刚才简直棒极了。噢，你对我真好。"

"勇敢点。因为我不能老是这么做。它可能会要了你的命。"

"亲爱的,我再也勇敢不起来了。我垮了。现在我知道,疼痛把我打垮了。"

"人人都是这样的。"

"但这太可怕了。它们就是来个不停,直到把你彻底打垮。"

"一小时后就结束了。"

"太好了,不是吗,亲爱的?我不会死的,对吧?"

"不会的。我保证,你不会死。"

"因为我不想死,我不想丢下你,可我已经疼得筋疲力尽,我觉得我快死了。"

"胡说。每个人都有这种感觉。"

"有时,我知道自己就快死了。"

"你不会的。你不能死。"

"万一我死了呢?"

"我不会让你死的。"

"快给我。快!"

这波疼痛过去后,"我不会死的。我不会让自己死的。"

"你当然不会死。"

"你会陪着我吗?"

"我不会看着你做手术。"

"不,我只是想你守在这儿。"

"当然。我会一直守在这儿。"

"你对我太好了。又来了,快给我。多给我点儿。它不管用了!"

我把刻度盘拨到三,然后又拨到四。我希望医生快回来。我害怕二以上的数字。

终于,又来了一名医生和两名护士。他们把凯瑟琳抬上轮式担架后，我们就顺着走廊出发了。担架迅速穿过走廊，进入电梯。每个人都得紧贴着墙，才能给担架腾出空间。电梯上去了，门开了，担架推出电梯，橡胶车轮顺着走廊往手术室而去。医生带着帽子和口罩，我都没认出他来。此外，还有一名医生和几名护士。

"他们得给我点儿什么，"凯瑟琳说，"他们得给我点儿什么。噢，求求你，医生，多给我点儿才管用！"

其中一位医生替她罩上面罩。我朝门里望了一眼，看见手术室里供观摩外科手术的梯形示范台一片通明。

"你可以从另一道门进去，在上边看。"一名护士对我说。栏杆后摆了几条长凳，从那往下看，可以看见白色的手术台和明晃晃的灯。我看着凯瑟琳。此刻她脸上罩着面罩，已经安静下来。他们把担架往前推。我转身踏进走廊。两名护士急匆匆地朝这个狭长的房间赶来。

"是剖腹产手术，"其中一个说，"他们要做剖腹产手术了。"

另一个人笑了起来。"我们刚好赶上，真幸运，不是吗？"她们从门口走了进去。

又有一名护士赶了过来。她也急匆匆的。

"你直接进去吧，进去吧。"她说。

她急匆匆地进去了。我在走廊上踱来踱去。我害怕进去。我望望窗外。天虽然已经黑了，但借着窗内的灯光，可以看出外面正在下雨。我走进走廊尽头的那个房间，看着玻璃柜里那些瓶子上的标签。然后，我又走出来，站在空无一人的走廊上，盯着手术室的门。

一名医生出来了，后面跟了个护士。他双手捧着什么东西。那东西好像一只刚刚剥了皮的兔子。他捧着它匆匆穿过走廊，进了另一扇门。我来到他刚刚进去的那个房间，在门口发现他们正在摆弄一个新生婴儿。医生把婴儿举起来给我看。他提着婴儿的脚踝，不停地拍打着他。

"他没事吧？"

"好极了，有五公斤重。"

我对他毫无感情。他似乎跟我没有任何关系。我一点儿做父亲的感觉都没有。

"你不为你儿子感到骄傲吗？"护士问。他们正在给他洗澡，拿东西把他裹了起来。我看见那张黑乎乎的小脸和黑乎乎的小手，却没见他动，也没听到他哭。医生又开始摆弄他，似乎有些烦躁。

"不，"我说，"他差点儿要了他妈的命。"

"那可不是这小宝贝的错。你不想要个男孩吗？"

"不想。"我说。医生对着他忙个不停，一边抓着他的脚，把他倒提过来，一边拍打他。我没有等着看结果。我出了房间，来到走廊。现在我可以进去看看了。我走进门，往那狭长的房间里走了几步。坐在栏杆旁的那几个护士招手叫我过去。我摇摇头。从我站的位置望过去，已经看得足够清楚。

我以为凯瑟琳死了。她那样子就像个死人。我能看见的那部分脸是苍白的。下方，医生正在灯光下缝合那条被手术钳拉开，又大又长，边缘很厚的伤口。另一名戴着口罩的医生在上麻药。两名戴口罩的护士在传递器具。那简直就是一幅宗教裁判所的画面。看到这儿，我知道我刚才完全可以看到整个手术，但很庆幸我没看。我不认为我能欣慰地看着他们用刀切开她。看着那伤口，像被鞋匠缝针般快速而娴熟地缝成一条棱线。伤口缝好后我又踏进走廊，开始在那踱来踱去。过了一会儿，医生出来了。

"她怎么样？"

"她没事。你看了吗？"

医生显得很疲惫。

"我看见你缝针了。切口看起来很长。"

"你觉得长吗？"

"嗯。伤口会长平吗？"

"噢，会的。"

过了一会儿，他们把轮式担架推出来，飞快地推过走廊，进了电梯。我跟在旁边。凯瑟琳在呻吟。到了楼下，他们把她搬到她病房的床上。我坐在床脚边的椅子里。房间里有个护士。我起身，站到窗边。房间里很暗。凯瑟琳伸出手。"嗨，亲爱的。"她说。她的声音虚弱又疲惫。

"嗨，亲爱的。"

"男孩还是女孩？"

"嘘——别说话。"护士说。

"男孩。又长、又宽、又黑。"

"他还好吗？"

"嗯。"我说，"他挺好的。"

我看见护士奇怪地盯着我。

"我累坏了，"凯瑟琳说，"疼死我了。亲爱的，你还好吧？"

"我还好。别说话。"

"你对我真好。噢，亲爱的，我真是疼死了。他长得怎么样？"

"像只剥了皮的兔子。脸皱巴巴的，像个老头。"

"你得出去了，"护士说，"亨利夫人不能说话。"

"我要出去了。"

"出去吃点东西吧。"

"不，我就在外面。"我吻吻凯瑟琳。她面色苍白，虚弱又疲惫。

"我能跟你谈谈吗？"我对护士说。她跟我来到走廊。我朝前走了几步。

"孩子怎么了？"我问。

"你不知道？"

"不知道。"

"他没活下来。"

"他死了？"

"他们没能成功让他呼吸。估计是脐带缠住了脖子之类的问题。"

"所以他死了。"

"嗯。真遗憾。多好，多大的一个男孩啊。我还以为你知道了。"

"不知道。"我说，"你还是回去陪着夫人吧。"

我找了把椅子坐下，面前的桌上，护士们的报告用夹子夹着，放在桌子的一边。我望望窗外，一片黑暗，除了被灯光照亮的雨丝，其他什么也看不见。所以，就这样了。孩子死了。所以医生才显得那般疲惫。可在房间里时他们干吗还那么费力地折腾孩子？他们或许以为那孩子还能醒过来开始呼吸。我虽然不信教，但也知道他应该受洗。不过，要是他根本就没呼吸过呢。他没有。他压根就没活过。他只在凯瑟琳的肚子里活过。我经常感觉到他在里头踢打。最近一周，他却没什么动静。或许早就闷死了。可怜的孩子。真希望我也那么闷死算了。不，我没有死，所以还是要经历眼下这些死亡。现在凯瑟琳也要死了。全都是你造成的。你死了。你都不知道这是怎么回事。你连了解的时间都没有。他们把你扔下场，告诉你规则，可第一次抓到你不在垒上，就会杀掉你。或者他们会像杀死阿莫一样，无缘无故地杀掉你。要么就让你像里纳尔迪一样染上梅毒。反正到了最后，他们总会杀掉你。这点毋庸置疑。等着吧，他们会杀掉你的。

有一次去野营，我往火里加了根爬满蚂蚁的木头。那根木头刚燃起来时，蚂蚁们先是一窝蜂地朝中间着火处爬，接着立刻调头往两边跑。两头都挤不下时，它们便跌进了火里。也有几只逃了出来，身体烧得又焦又扁，不知该何去何从。但大多数蚂蚁是先往火里冲，然后朝两边跑，挤在阴凉的末端，最后还是全都跌进火里。我记得当时我曾想，这就是世界末日，也是我充当救世主的绝佳时机。我完全可以从火里拎出那根木头，扔到一个它们可以回到地上的地方。但我什么也没做，只是把锡杯里的水泼到那根木头上以便空出杯子装威士忌。我想那杯泼到木头上的水，把蚂蚁们都蒸死了吧。

所以，此时此刻，我只能坐在走廊上等着凯瑟琳的消息。护士没有出来。过了一会儿，我走到门口，轻轻推开门，朝里面张望。因为走廊太亮，房间太暗，起初我什么也没看见。随后，我看见了护士坐在床边，凯瑟琳的头枕在枕头上，被单下的身子完全平躺着。护士把手指竖在唇上，起身走到门口。

"她怎么样？"我问。

"还好，"护士说，"你该去吃晚饭了。吃完要是想来再来吧。"

我穿过走廊，下了楼梯，踏出医院大门，沿着昏暗的大街，冒雨朝那间咖啡馆走去。咖啡馆里灯火通明，桌前坐着很多人。我没发现空位。一名侍者走上前来，接过我的湿外套和帽子，帮我在一张桌旁找了个位置。对面坐着一个边喝啤酒边看报的老头。我坐下来，问侍者今天有什么特色菜。

"炖小牛肉——但已经卖完了。"

"那我能吃什么？"

"火腿鸡蛋、奶酪鸡蛋或者酸菜炖肉。"

"中午我已经吃过炖肉了。"我说。

"那倒是，"他说，"没错。你今天中午吃过了。"他其实是个中年人，已经秃了，就把周围的头发拨到秃顶上遮盖。他有张和善的脸。

"你想吃什么？火腿鸡蛋还是奶酪鸡蛋？"

"火腿鸡蛋吧。"我说，"还有啤酒。"

"来半杯淡的？"

"嗯。"我说。

"我想起来了，"他说，"你今天中午就喝了杯淡的。"

我边吃火腿鸡蛋，边喝啤酒。火腿鸡蛋盛在一个圆盘子里——火腿在上，鸡蛋在下。菜很烫，刚吃第一口，我就连忙喝了些啤酒凉凉嘴巴。我很饿，又让侍者端了一份上来。我喝了几杯啤酒。我什么也没想，只是看着对面那个男人手中的报纸。报上说，英军阵地被突破了。那人发现我在看他的报纸，便把报纸折了起来。我本想叫侍者拿一份来，却又无法集中精力。咖啡馆里很热，空气很糟糕。很多桌的客人彼此都认识。有几拨人打起了牌。侍者们忙着把酒水从吧台端到各张桌上。又进来两个人。他们也找不到位置。他们站在我这张桌子对面。我又点了一杯啤酒。我还不想走。现在回医院太早了。我努力什么都不想，尽量完全冷静下来。那两个人站了一会儿，不见人离开，只得出去了。我又喝了一杯啤酒。现在我面前的桌上已经堆起不少杯垫。我对面那人摘下眼镜，放进眼镜盒，折好报纸放进口袋，然后便捧着酒杯坐在那，望着店里。突然，我觉得我得回去了。我叫来侍者付了账，穿上外套，戴上帽子，出了门。我冒着雨，赶回医院。

上楼后，我在走廊上碰到迎面而来的护士。

"我刚打电话到旅馆去找你。"她说。心中仿佛有什么东西沉了下去。

"出什么事了？"

"亨利夫人刚刚出血了。"

"我能进去吗？"

"不，还不能。医生跟她在一起。"

"危险吗？"

"非常危险。"护士走进房间，关上了门。我坐在外面走廊上。万念俱灰。我没有思考，也无法思考。我知道她要死了，我祈祷她别死。别让她死。噢，上帝，求求你别让她死。只要你别让她死，叫我做什么都行。亲爱的上帝，求求你，求求你，求求你别让她死。亲爱的上帝，别让她死。求求你，求求你，求求你别让她死。上帝啊，求你别让她死。只要你别让她死，叫我做什么都行。你已经带走孩子，别再让她死了。带走孩子没关系，但别让她死。亲爱的上帝，求求你，求求你，别让她死。

护士打开门，用手指示意我过去。我跟着她进入房间。我进去时，凯瑟琳并没有抬眼。医生站在床的另一边。凯瑟琳看见我，笑了笑。我俯身趴在床边，哭了起来。

"可怜的宝贝。"凯瑟琳的声音非常轻。她看起来很苍白。

"凯，你会没事的，"我说，"你会好起来的。"

"我要死了。"她说。她顿了顿，接着说，"我讨厌死。"

我握住她的手。

"别碰我。"她说。我放开她的手。她笑了笑。"可怜的宝贝，你想碰就碰吧。"

"凯，你会没事的。我知道你会没事的。"

"我本想写封信给你以防不测，但还是没写。"

"你想让我找个牧师之类的人来看看你吗？"

"我只要你。"她说。过了一会儿，她又说："我不害怕。我只是讨厌死。"

"你不能讲太多话。"医生说。

"好的。"凯瑟琳说。

"凯，你想要我做什么吗？要我给你拿什么东西来吗？"

凯瑟琳笑了笑。"不用。"过了一会儿，她又说，"我们做过的事，你会跟别的姑娘做吗？你会跟她们说我们说过的那些话吗？"

"绝对不会。"

"不过，我希望你交女友。"

"我不想交女友。"

"你话太多了。"医生说，"亨利先生必须出去了。他可以待会儿再来。别傻了，你不会死的。"

"好吧，"凯瑟琳说，"我会在你身边。陪你所有的夜晚。"她说。她说话已经非常吃力。

"请出去，"医生说，"你不能再说话了。"凯瑟琳冲我眨眨眼，她脸色苍白。"我就在外面。"我说。

"别担心，亲爱的，"凯瑟琳说，"我一点儿也不怕。这不过是场卑鄙的小把戏。"

"你这亲爱的、勇敢的宝贝。"

我在外面的走廊上等待着，等了很长时间。护士来到门口，向我走来。"亨利夫人情况很严重，"她说，"恐怕已经不行了。"

"她死了？"

"还没有，但已经神志不清。"

看来她一次接一次地出血。他们没能止住。我走进房间，陪在凯瑟琳身边，直到她死去。她始终昏迷不醒，没多久就死了。

我在房间外的走廊上对医生说："今晚还有什么需要我做的吗？"

"没有。没什么要做的了。要我送你回旅馆吗？"

"不用了，谢谢。我想在这儿待一会儿。"

"我知道已经没什么可说的。我没法跟你说——"

"不用，"我说，"没什么可说的了。"

"晚安，"他说，"真不要我送你回旅馆吗？"

"不用了，谢谢。"

"这是唯一的办法，"他说，"事实证明，手术——"

"我不想再谈论。"我说。

"我想送你回旅馆。"

"不用了，谢谢。"

他沿着走廊走了。我走到房间门口。

"你现在不能进来。"一名护士说。

"不，我能。"我说。

"你还不能进来。"

"你出去，"我说，"另外那个，你也出去。"

把她们都赶出去，关上门，熄了灯，一切也都不过如此。那简直就像在跟一尊雕像告别。过了一会儿我出了房间，离开医院，在雨中走回旅馆。

（完）

8. 海明威幼年照

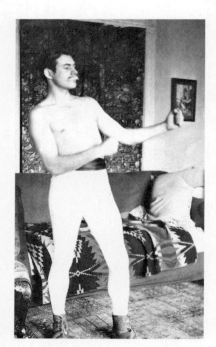

9. 海明威青年照

10. 海明威在密歇根沃伦湖捕鱼

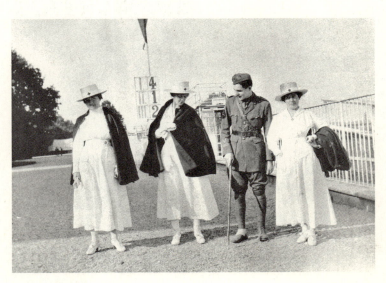

11. 海明威战时与医护人员

12. 海明威在巴黎

13. 海明威与第一任妻子哈德莉

附录

（马萨诸塞州波士顿约翰·F·肯尼迪图书馆所藏海明威《永别了，武器》的手稿中，藏品目录编号为 76 和 76a 两页内容是作者思考书名时罗列的备选方案）

No. 76

- 战争中的爱情
- 苦中作乐
- 永别了，武器
- 后知后觉
- 销魂
- 如果必须爱
- 足够大的世界和足够长的时间
- 赞美他的情人
- 每夜与夜夜
- 伤痛及其他
- 从意大利撤退
- 和其他人一样
- 爱情是把狂热的火
- 无欲之火
- 未知的世界
- 爱国者的进展
- 大巡游

- 意大利之旅
- 世界之屋
- 失序与早到的悲伤
- 意大利纪事
- 对换的时间
- 死过一次的死亡
- 被枪毙的人
- 意大利的经历
- 爱在意大利
- 爱在战场
- 情感教育
- 我曾跟某人私通，但那是在另一个国家，而且，情妇已经死了。
- 肉体的教育
- 肉欲的教育
- 弗雷德里克·亨利的情感教育

- 旧日之事
- 永远的夜
- 在另一个国家
- 明了徒增伤悲
- 特殊的宝藏
- 一件发生在所有人身上的事
- 一件谁都会遭遇的事
- 一个男人的最佳经历
- 战时
- 世界之屋
- 唯一确定的事
- 漫长的家

厄尼斯特·海明威

（Ernest Hemingway，1899—1961）
美国"迷惘的一代"标杆。
"冰山理论""新闻体"叙事开创者。
获 1953 年普利策奖与 1954 年诺贝尔文学奖。

代表作：
1926 年《太阳照常升起》
1929 年《永别了，武器》
1936 年《乞力马扎罗的雪》
1940 年《丧钟为谁而鸣》
1952 年《老人与海》
1964 年《流动的盛宴》

楼武挺

资深英语文学译者。
译有 J.K. 罗琳、卡森·麦卡勒斯、埃德加·凯雷特等作家的多部作品。

扫一扫

测测在经典文学的平行时空里，

你是哪一个角色？

经典，你真的读懂了吗？

关注"麦叔读经典"公众号，

让经典文学为你开启看待世界的另一种视角。

永别了，武器

产品经理｜黄　钟　　　装帧设计｜欧阳颖

黄甜橙　　　责任印制｜刘　淼

技术编辑｜顾逸飞　　　出 品 人｜吴　畏

图书在版编目（CIP）数据

永别了，武器 /（美）厄尼斯特·海明威著；楼武
挺译. -- 天津：天津人民出版社，2018.12
　　ISBN 978-7-201-14118-3

　　Ⅰ.①永… Ⅱ.①厄… ②楼… Ⅲ.①长篇小说-美
国-现代 Ⅳ.① I712.45

　　中国版本图书馆 CIP 数据核字 (2018) 第 209306 号

永别了，武器
YONG BIE LE, WU QI

出 版 社	天津人民出版社
出 版 人	黄　沛
地　　址	（天津市西康路 35 号　邮政编码：300051）
邮政编码	300051
邮购电话	（022）23332469
网　　址	http://www.tjrmcbs.com
电子信箱	tjrmcbs@126.com
责任编辑	霍小青
装帧设计	欧阳颖
制版印刷	北京文昌阁彩色印刷有限责任公司
经　　销	新华书店
发　　行	果麦文化传媒股份有限公司
开　　本	880×1230 毫米　1/32
印　　张	11
印　　数	1-6,000
字　　数	255 千字
版次印次	2018 年 12 月第 1 版　2018 年 12 月第 1 次印刷
定　　价	49.80 元